每一种声音
都期待回响

[委] 阿里亚娜·诺伊曼 —— 著　子扉我 —— 译

时间停止了

父亲的战争及其遗存

上海社会科学院出版社

致塞巴斯蒂安

致埃洛伊塞

致玛丽亚－特雷莎

本书致力于纪念

那些无法讲述自己故事的人

每个白昼

都要落进黑沉沉的夜,

像有那么一口井

锁住了光明。

必须坐在

黑洞洞的井口

要很有耐心

打捞掉落下去的光明。

——巴勃罗·聂鲁达

《如果白昼落进……》,收录于《海与钟》①

---

① 译文摘自北岛选编:《给孩子的诗》,陈光孚译,中信出版社2014年版,第79页。——译者注,本书内页下均为译者注。

不同于我们通常被引导去相信的那样，事物并不那么容易理解或表达；多数发生的事无法用语言表达，并且发生在语言尚未进入的领域。

——莱内·马利亚·里尔克
《给青年诗人的信》，1903 年

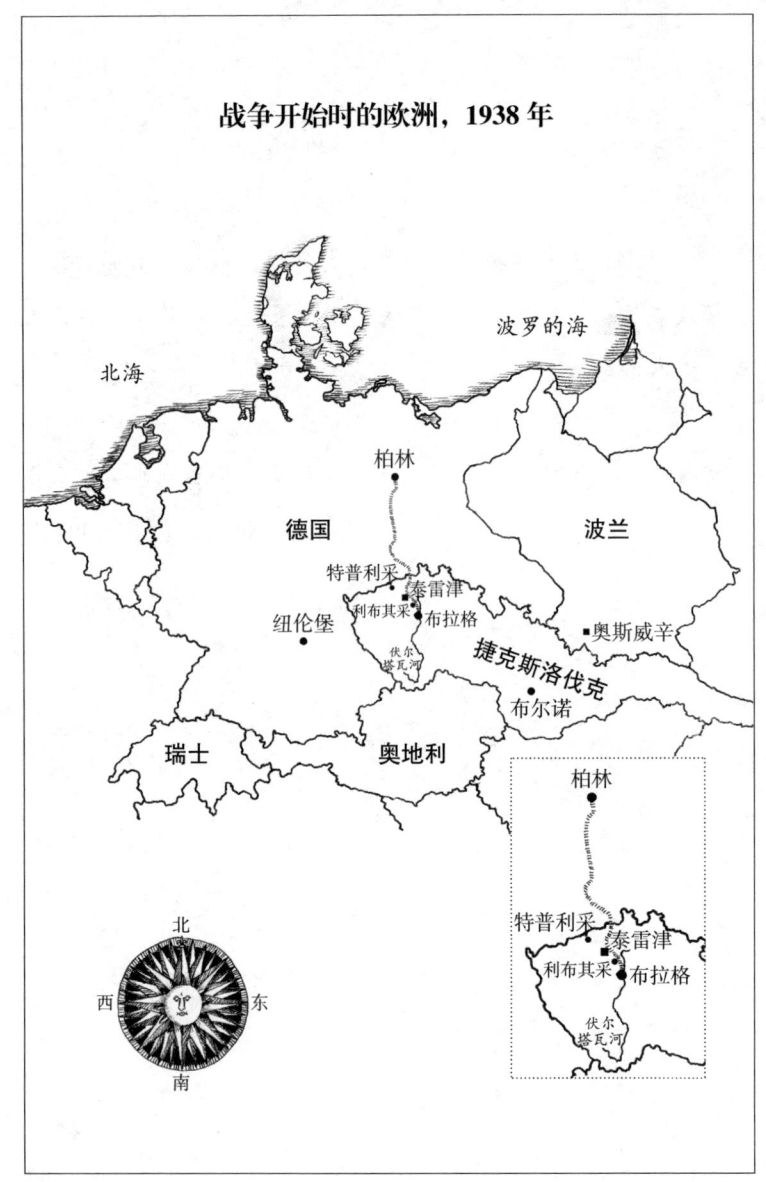

书中地图系原文插附地图

目录

序　幕　　　　　　　　　　　　　　1

第一章　盒　子　　　　　　　　　31
第二章　盘子上的手表　　　　　　45
第三章　雷声四起　　　　　　　　59
第四章　新的现实　　　　　　　　79
第五章　溺　光　　　　　　　　　100
第六章　暴力的黄色　　　　　　　114
第七章　布拉格春天的早晨　　　　131
第八章　兹登卡　　　　　　　　　146
第九章　召　回　　　　　　　　　164
第十章　烛下暗影　　　　　　　　182

第十一章　兹德涅克的朋友汉斯与扬	202
第十二章　选　择	216
第十三章　一个问题	236
第十四章　惊恐的瞳	254
第十五章　伪　装	276
第十六章　我们还剩下什么	292
第十七章　时间不那么重要的地方	308
尾　声	319
致　谢	330
参考文献	340
图片版权归属	347
译后记	348

序　幕

1

　　一个问号，几乎湮没在布拉格这座古老犹太会堂墙上的人名之海中。穿梭在平卡斯犹太会堂各展厅之间，访客都会让孩子们保持肃静。置身于黑红文字的炫目展示中，难免让人不知所措。它们纪念着 77 297 名个体。每一个人都是战时捷克波希米亚与摩拉维亚地区的居民。全部是纳粹遇难者。

　　每人的名字边上都印有出生日期，而每个出生日期边上都整齐地标有死亡日期。

　　其中一条记载着我父亲的名字，哈努斯·斯坦尼斯拉夫·诺伊曼（Hanus Stanislav Neumann），生于 1921 年 2 月 9 日。但它不太一样。不同于那面墙上的其他名字，它没有死亡日期。

　　取而代之的是一个粗体的黑色问号，精心书写，却不甚协调。

我父亲的名字与问号，从上往下数第十行，布拉格平卡斯犹太会堂

  1997 年我作为游客到访纪念馆的时候，并没有意识到自己与这座犹太会堂的关系。我走下台阶步入第一展厅，视线扫过右面墙的顶端，震惊地看到了我父亲的名字。那时他明明还好端端地活着，在加拉加斯①安居、工作。那个粗体问号就这么出现在那里，既刺眼又奇妙地贴切。

  这是我第一次见到这个印在墙上的疑问，但我对我父亲的疑惑由来已久。开始寻求答案的时候，我还是一个小女孩，生活在大洋彼岸迥异的世界。

  这些疑惑始于一张照片。它们始于一张被藏起来然后被发现的照片，始于一件不知是偶然还是（可能是下意识地）

---

① 委内瑞拉首都。

故意留下的、引起了怀疑的纪念品。我看到的是一幅与事实不符的图像,它迫使当下变得陌生。它引发疑问,索求关于过往的答案。

我的童年记忆充满黄鹂、蟋蟀与青蛙的吟唱。回忆被宁静的微风环抱,随高高的棕榈树的节奏摇曳,由天堂鸟的红与橙点燃。不过在所有这些记忆中的洋洋暖意、斑斓色彩与眼花缭乱里,还不时回荡着金属制的摆陀、齿轮、枢轴与主发条发出的清脆声响,来自机芯精美繁杂的机械表。在巨型雕塑的环绕中,我母亲吟诵着鲁文·达里奥与安德烈斯·埃洛伊·布兰科的诗篇,我父亲则唱着《黄色潜水艇》跳舞。在我早期的大部分记忆中,政治家、外交官、实业家、作家、电影制片人、芭蕾舞者,这些人在开放的房间、露台与花园间四处游走,总是围着我父母,打着手势、聊着天、欢笑着、坐着或站着。那里有成功的喧嚣,有幸福的絮叨。但在另一些记忆中,喧闹消退了,静到足以聆听手表嘀嗒作响,咔嚓作响,嗡嗡作响,叮当作响。

镶嵌在我记忆中的是一块特定的表。这是一块圆形银质怀表,抛光完美,面朝下放置,表盖打开,金质内层一览无余。

这块表很奇特——与我父亲的其他收藏都不一样。它有四层表壳,用容易失去光泽的银制成,而其他手表多用金,并饰以华丽的宝石。表又大又重,第一层表壳比较粗糙,用一条酒红色的织绳系着一把钥匙。它上面的浮雕图案很密集,这在木雕上也许更常见。

按下侧面的按钮,第一层表壳弹开,露出精细得多的银质表面，围绕在玳瑁与银螺钉中间。然后你就能看到表盘、弧形金指针，以及被数字符号环绕的亮银与暗银表面；中间的字母拼出了制作者的名字。

第二层表壳里有张年代久远的纸，就着表壳的形状剪成圆形放在背面，上面用漂亮的黑色字迹写道："托马斯·斯蒂弗斯，英格兰伦敦。1732 年于老钟表街商店制造，用于出口印度。"

里面是更小一些的抛光银表壳。

第三层平平无奇的金属表壳里，放着另一层抛光的银表壳，用于放置表本身。美丽的指针与表面引人注目，而且脱离了外表壳，表显得更为小巧精致，也更为脆弱。掀开玻璃盖仔细查看，内部展露出更多铰链，如果检视表面，还能看到在六点钟标记的位置，有一个微小到几乎看不见的扳手。轻轻将扳手往中间拨（小心不要弄坏珐琅），表壳背面就会咔嚓一声打开，展现出豪华的机芯，华丽的齿轮上交织着金银花朵与羽毛掐丝。

多数人从未见过这副机芯。他们很少打开机件去了解精确计时背后的机制。对许多人来说，观看表盘并知道机芯在漂亮的表壳内运转，就已经够神奇了。但如果检查这副令人陶醉的机件，你就会发现它失灵了——构成弹簧的细银线裂了，表不准了。

看着这块表，我进入了回忆，我父亲弓着身，后背埋在一张白色的椅子里。他戴着黑色塑料面罩，眼睛的部位有两个矩形放大镜，他浓密的白发散乱在调节带上。他对外面的世界浑然不觉，也没有察觉到我正从门缝里探出头打量着他。他坐在定制的木桌前，修长的手指握着尖头镊子，正试图从表中貌似金制线轴的部分挑出一根细银线。他动作十分轻柔，有着绝对的精准度与深不可测的耐心。要不是他的手指在表上的毫厘之间拨动，他静止的身影看起来就像时间停止了一样。

　　他正努力维修这副机件。他要他的表都精确到秒。似乎不是他想这样，而是他必须这样。他将大多数表放在他的卧室里：有的放在路易十五式的玻璃展示柜里，有的小心放在专门用酒红色厚天鹅绒做内衬的十九世纪郁金香木衣柜的抽屉里。他至少一周打开一次并检查其中几块表，检查上弦装置，检查弹簧，检查扳手，检查报时。如果表需要校准，他会把它们拿去他的工作室。在我的记忆里，那是位于厨房旁长长的走廊尽头的一间长长的无窗房。房间很窄，就像火车车厢一样。房门总是锁着，钥匙保存在我父亲的口袋里，同夹在他裤腰带上的金链子拴在一起。他会坐在桌边，桌上排着他的微型工具。他会从墙上排着的钩子上挂着的黑色放大镜面罩中取下一个戴上。根据每块表的情况，他会拨动杠杆或撬开表壳，检查机芯。他首先要做的是确认擒纵机构与传动机构还在运转。传动机构必须恒定运转，对于为机件提供能量以长时间运转，这是一个决定性因素。通常，传动机构由四个齿轮构成，三个分别负责时、分、秒，第四个连接擒纵机构。擒纵机构由小小的擒纵叉、一个扳手与另外两个齿轮构成，两个齿轮一个作用于擒纵，另一个作用于摆轮。它使得传动机构以精确的间隔释放适量的能量，足以让指针正确移动。它嘀嗒作响，确保走时精确。传动机构与擒纵机构都是关键构件，必须协同完美运作，否则走时就不准。工作室的抽屉里满是灯、放大镜与其他工具。他拥有 297 块怀表。有时候，他发现我在附近，就会把我叫到身边，给我喜爱的表上发条。不是他试着要修好的那块，而是复杂的、运转完美的那块，它用钟声奏出歌曲，还有两个小天使挥舞着手臂用小金锤敲钟。

我父亲每天早上六点半醒来。每个早晨，无论他睡了多久，都会穿一件藏青棉袍，走到他的书房，那里有个托盘整齐地摆放在小桌子上。每个工作日早上六点三十五分之前，他坐在长沙发的边缘，吃半个葡萄柚，看报，凤梨科植物深绿色带刺的叶子穿过窗口的铸铁栅栏伸进来。他将小包甜味剂的三分之一倒入一小杯黑咖啡中，一饮而尽。他淋浴完，打开镜柜，从几十套西装中挑一套，打理好领带，抓起一块熨烫完美的手帕，选好腕表，在早上七点整前准时前往办公室。

一天结束后，他从办公室回家的车程在九至十三分钟之间，这取决于那天是星期几。他据此安排出门时间，每晚六点半左右回到家。如果他不出门，就把公文包留在书房里，用一柄又长又弯的调羹给自己调制一杯金巴利①与苏打水，然后坐在露台的扶手椅上。每个我父亲在家的夜晚，这柄弯调羹都会在饮料柜雪白的亚麻餐巾上留下粉红印记。晚餐则在晚上七点半准时开始。

---

① 一种源自意大利的利口酒，使用多种水果与草药酿制，酒精浓度在 20.5% 至 28% 之间。

我练完钢琴路过图书室时，如果看到金巴利调羹没有动过，就知道我父母正在梳妆准备出门。这时我就飞奔到我母亲的房间，看着她在明亮的旋转镜前化妆。在我坐在地上谈论这一天的生活的同时，她仔细上妆，穿上礼服，挑选首饰。我父亲通常打着一条干净的黑领带或身着利落的深色西装走进来，不耐烦地说他们要迟到了。他们给予我晚安吻，然后穿过长长的走廊，我父亲身着西装笔挺高大，我母亲礼服飘逸令人着迷，火焰般的棕发舞动着，他们以这样的身姿消失在我的视线中。

2

不同于我们街区的多数房子，我们的房子没有名字。不过，绿色金属大门的标牌上有两个铜板印刷的字——"怒犬"①。英语里没有确切的词来对应"怒"。粗略翻译一下，这块标牌的意思是"疯狂发飙的狗"。对于我们的访客，这幢房子被称为"怒犬之家"。比起疯狂发飙，狗狗们更常在阳光下消磨时光，但这个名字没改动。"怒犬"是一片绿洲，由高耸的杧果树、高大的白墙，以及沉着又有条不紊地在周围交替巡逻的两名警卫保护着，躲过了二十世纪七十年代加拉加斯的喧嚣混乱。

我童年时代的花园里有一棵宏伟的木棉树，有许多不同的棕榈树、杧果树、番石榴树、金合欢树与桉树，还有布满兰花、

---

① 原文为西班牙文"Perros Furibundos"。

五月花与缅栀花的灌木丛，全部环绕着一个天蓝色的水池。我母亲幼时曾在这幢房子里玩耍，当时它属于她家人的朋友。我父母开始共同生活时，我父亲买下它，他们住了进去。

这是一幢明亮宽敞的平房，到处是挑高的房间与通风的露台，由美国建筑师克利福德·温德哈克在1944年设计。温德哈克建造豪宅，设计殖民地别墅，这些构成了加拉加斯乡村俱乐部的主要建筑。我们的平房坐落在加拉加斯东部街区洛斯乔罗斯看似无边无际的花园之海中。它靠近艾尔阿维拉山，这座堂皇的山峰君临城市之上，将首都与海岸隔开。

我成长的这个国度充满了希望。社会不平等、腐败与贫困这些严重的问题也是存在的，但这里的人们能感受到，这些问题正在得到解决。社会与教育项目正在实施，政府住房、学校与医院正在兴建。二十世纪七八十年代的委内瑞拉被视为拉丁美洲的模范。它的民主制度稳定，识字率不断提升，艺术蓬勃发展，并且多亏了石油，政府有充裕的资金，致力于进一步发展工业、基础设施与教育。它充满了潜力。无论是本土企业还是国际企业都热衷于在当地投资。生活质量、相对的安全、气候与机会吸引着移民。国内大部分地区气候温和、土壤肥沃，还有海滩、丛林，以及生物多样性，城市周围的自然环境具备无可比拟的多变与美丽。在我的成长过程中，首都到处都在兴建新的建筑，如博物馆与剧院。那是一个喧嚣的现代大都会。每天都有从加拉加斯飞往纽约、迈阿密、伦敦、法兰克福、罗马与马德里的航班。哪怕是协和式客机也定期从巴黎飞来迈克蒂亚机场。

这里的巨大能量是几十年前耕耘的成果。1946年，委内瑞拉决定欢迎并支持战后无法返回家园的流离失所的欧洲人。数以万计主要来自南欧与中欧的难民来到委内瑞拉，接下来的几十年，更多人紧随其后逃离了欧陆各国的政治动荡。

我从小就知道，我父亲与他哥哥洛塔尔（Lotar）一起移民到了委内瑞拉，因为他们的国家毁于战争。我不确定我怎么知道的这些，但肯定不是从我父亲那里听来的。他关注的焦点永远是现在的生活，而不是往事。二十多年后我出生时，任何关于难民苦难的痕迹都早已消失殆尽。表面上看起来，他格格不入的地方只有他白皙的皮肤、浓重的东欧口音，以及他对计时与守时的执念。

来到委内瑞拉后，他与洛塔尔一起创办了一家涂料厂。我父亲在委内瑞拉发迹了。他的干劲、化工知识与广泛的兴趣使他抓住了国家提供的机遇。到我出生时，他已经是一名举足轻重的实业家兼知识分子。遍布城市的广告牌宣传着他的业务：涂料、建材、果汁、酸奶。人们读着他的报纸。每一家五金店都有他的涂料厂的商标：蒙塔纳（Montana）。他还是慈善机构领导人，是教育项目带头人，是艺术赞助者。我母亲来自一个1611年移民委内瑞拉的欧洲家庭，他们的婚姻使我父亲在委内瑞拉社会中牢牢扎根。1965年，一名叫作伯纳德·泰普尔的作家在《纽约客》上写了一篇题为《加拉加斯快讯》的长文：

> 诺伊曼家被认为是委内瑞拉新兴实业家的典型代表，因为他们同时展现出技术能力、企业家精神与社会责任

感——这种组合在这里极为罕见。

接着他这样描述我父亲：

现年四十三岁的汉斯（Hans）精力充沛，体形健壮，灰色头发剪得很短，绿色的眼睛目光警惕，弯曲的鼻子是年轻时在一次拳击比赛中被打断的，还有一张比想象中更灵敏且善于表达的嘴，搭配着他断裂的鼻子和果断的个性。他热爱艺术，收藏了海量的现代绘画与雕塑作品。此外，他还是贝拉斯艺术博物馆的馆长，为促进国家的艺术发展做了大量工作……

汉斯·诺伊曼与玛丽亚·克里斯蒂娜·安索拉在加拉加斯，1980年前后

我父亲用艺术品填满了家里的每一个角落。每一间房的每一面墙都向访客们展示着他的收藏；甚至连大花园里都点缀着雕塑。这里面既有名满天下的欧洲大师的精美艺术作品，也有一些不那么著名的年轻拉美艺术家的作品。在较温和的作品之中，散布着令人不安的超现实主义与表现主义艺术，这些画作有残破的身体，有被解构的风景，甚至还有交错的身体部位。家里还散布着大小不一的裸女雕塑。我记得在天主教学校认识的一位朋友来参加我的生日聚会时，她那极其虔诚的母亲惊得说不出话。她带着女儿走向门口，经过一座叉开双腿倚在门厅吊床上的巨大青铜裸女时，她用蓝气球挡住女儿的眼睛。印象中，那个女孩再也没来我家玩过。

3

我很小的时候想当侦探，最好是当间谍。我嘴上老说想当医生，但我想我只是要让自己听起来很聪明，因为我一见血就晕。其实我喜欢解谜。为了更接近这个抱负，我八岁时与母亲那边的表兄妹以及几个朋友成立了一家间谍俱乐部。我们读了伊妮德·布莱顿的《神探五人组》与《秘密七人团》并从中受到启发。我们住在热带而不是多雨的英格兰，但这一事实并未让我们动摇。我们称之为秘靴俱乐部。我与朋友卡罗琳娜精心挑选了这个名字。卡罗琳娜比我大一岁，是英国学校班里最优秀的学生之一。我们并不是因为两家人是朋友才互相结识为好友的，而是因为她像我一样理解我们调查工作的重要性。一开始我们想叫它神秘脚印，但那看上去太书呆子气了，而且显然是小朋友的侦探俱乐部名称。我们不想我们的事业因为幼稚而被无视——我们需要被其他孩子认真对待，更重要的是，被大人们认真对待。在写有神秘故事的书里，有太多页布满泥地上的神秘脚印。因此我们决定用制造出神秘脚印的靴子来给我们的组织命名——不知为何，这个名字听起来更好，也不那么傻气：更神秘，也更老练。

沿着花园最北端的围墙，在鹦鹉、古怪的野生猿猴或树懒嬉戏的丛林中，有一个废弃的大型狗窝：秘靴俱乐部的官方会所。我曾向父亲讨过一桶白油漆与一些大刷子，这样我们就能把它弄得有模有样。他答应了，我们就适当装饰了下狗窝。卡罗琳娜的字最漂亮，她一丝不苟地用黑色粗记号笔在外墙淋不到雨的地方涂写上字母"CBM"（即秘靴俱乐部[①]的首字母）。每周六例会前，我们从字母下的小门爬进去。我们会带一把小扫帚和一盒从补给品储藏柜里拿来的纸巾，清扫水泥地面，清除蜘蛛网，驱赶躲在狗窝的锡皮墙里的毛毛虫、蚂蚁和臭虫。我们把木箱当作书架、工具和桌子。这里到处是有关神秘故事的书，还有用了一半的笔记本，上面写满了我们想要寻找的谜团，为我们平淡而被庇护的生活增添乐趣。

由于没有实质性的谜团可以解决，我就忙着制定章程，设定

[①] 原文为西班牙文"Club Bota Misteriosa"。

俱乐部的制度与目标。由于这个角色，我自然而然地被任命为会长。卡罗琳娜与我表兄罗德里戈是我们群体里最懂事最有条理的成员，他们是副会长。我们决定，所有准会员需要接受智力与身体敏捷性测试。智力测试是我从被人扔在厨房里的一本《读者文摘》上撕下来的；敏捷性测试主要是带着满满一袋狗粮，让不那么发飙的狗狗们追，然后爬到树上去。有时我们必须稍稍改变一下规则，保证所有被邀请的人都能加入进来。一位舅母听说了我们的章程后，逼迫我们接收我最小的表妹帕特里夏，她生起气来喜欢咬人，而且年纪太小不识字，更不用说通过笔试了。我父母坚决要求我的行为举止得善良包容，所以入会条件可通融，设置入会门槛主要是为了让会员们感受到一些威望。

在周六的早上，我们交换图书，用一个洗干净的裂了盖子的蛋黄酱罐子收集零花钱，用来购买俱乐部的补给品，也用来资助路上的一家老人院。我们会全体带上记事本，侦查在我家居住、访问或工作的人。我们会在短短半小时内一一搞定任务，然后在俱乐部集合，喝枊果或西瓜汁，用严肃的语调宣读我们的报告。

报告大多是冗长乏味的。当然，我们都假装听得欲罢不能。很多时候，我们不得不在侦查的同时看护咬人的小不点表妹。卡罗琳娜注意到，园丁会反复从花园同一个地方捡叶子，一遍又一遍，一周又一周。卡罗琳娜拨弄着自己的深色卷发，郑重其事地说，很明显他只是在打发时间。我的表弟埃洛伊有着蓝色的大眼睛与悦耳的嗓音，他巨细无遗地朗读他的笔记，说他曾看着一名清洁工擦灰，这人可疑地把图书室的书从一个书架搬到另一个书架。他还看到她在我父亲彩色编目的收藏品中把密纹唱片的位置换来换去。摇滚乐（按照乐队的字母顺序排列，封脊上贴着红色胶带）与歌剧（按照作曲家的字母顺序排列，贴着黄色胶带）交换了。埃洛伊查不出这是玩笑、挑衅还是心不在焉的行为。他说的我们都知道：要是我父亲发现唱片被放错了位置，他会很生气的。我父亲总是渴望条理，这让秘靴俱乐部的全体会员感到神秘难解，又有些许胆怯。

我们会询问每一个在家里参观或工作过的人，有没有看到任何不同寻常的地方。几个月过去了，基本上没什么变化，我们的聚会还在继续。我们孜孜不倦地监视着家里的一举一动，耐心地记录下每一个平平无奇的细节。我们会遇到一些小谜团，聚在一起，兴奋地窃窃私语，但几次之后，我们绝望地意识到，一切都太容易解释了。

我记得有一次学校放假期间，厨师忧心忡忡地抱怨说整个伊达姆奶酪球不见了，接着我们很兴奋地在垃圾堆里发现了一个红色蜡皮。我们费力地给蜡皮打上灰，显示出上面的指纹，然后拿着我从父亲书桌上借来的印台巡逻，要求家里所有人配合按手印。来自加利西亚的玛丽亚每天前来我家做熨烫，她缺了两根手指，结果是她那天没吃早饭和午饭，饥肠辘辘，故而垂涎那块进口黄奶酪。就在我与卡罗琳娜要求她把残存的手指按在印台上的时候，她疲惫地坦白了。这类谜团似乎总是可以直接搞清楚。我们所有孩子都拼命盼着能遇到一个真正的难题来考验我们的技能。

有一天，在数百份不值一提的报告之后，我那个优雅而务实的表兄罗德里戈转述说，我父亲把一个奇怪的灰盒子从工作室上锁的抽屉里挪到了图书室的柜子里。

我说不上来那份特定的报告到底为什么会引起我的注意。也许是因为罗德里戈告诉我们，我父亲表现得很为难，考虑到他只是拿着个纸板盒，动作似乎不应该那么慢。他在报告中说，里面似乎有沉重或珍贵的东西。我父亲离开图书室后，罗德里戈打开了柜子，但没敢碰那个盒子。

我没有向间谍同伴们透露出对此事的丝毫兴趣。我不确定为什么。也许因为这关系到我父亲。

当天下午，间谍们吃完午饭游完泳一走，我就去找那个盒子了。我毫不费力就找到了它。盒子是深灰色的，用木板与布制成。它放在存放跳棋棋盘与木质棋子的架子下面，没有被藏起来，只是在一个不属于它的柜子里放着。我当时在想，里面大概装满了坏掉的表。我搬动了它，但是与罗德里戈的情报相反，它是那么轻，简直把我惊到了。

我坐在书架前的地毯上，用颤抖的指尖掀开盖子。我感觉到，那就是我们一直在等待的谜团。盒子里只有五六张纸和卡片。最上面的是一本早就过期了的委内瑞拉护照，比我见过的要小很多。它的颁发时间是1956年，上面贴着一张照片，那是我熟悉的父亲，面带微笑，已经有了皱纹，眼镜稳稳架在这位拳击手的断鼻上。护照下面是其他文件，很薄，褪色了。

它们是用外语印制的。纸张显得精致而陈旧。我用双手托起每一张纸，放在打开的盒盖上。接着，在盒子底部，我看到了它。一张粉色的卡片上有我父亲的大头照。他比我所见过的都要年轻，鼻子没断，皱纹没长，头发没白。我仍然毫不怀疑那就是他——我认得那双眼睛。他的嘴唇似笑非笑，眼睛盯着照片外的我，带着敏锐而强烈的质疑。

照片底部有一张邮票，在下巴下方，几乎遮住了领带。我年纪太小，对历史所知不多，但我认得邮票上的那个男人。我知道他无疑代表着邪恶，我父亲的脸在它上面，这个景象一点都不合理。我试着去找更多线索。

我童年时在加拉加斯找到的身份证件

我看得出，这是某种形式的身份证件。我寻找父亲的名字，但上面没有。相反，这张卡片似乎属于一个叫扬·谢贝斯塔（Jan Šebesta）的人。它的颁发日期是1943年10月，有效期至1946年10月。在反面，持证人的出生日期记录为1921年3月11日。我知道父亲的生日是1921年2月9日。

我只记得那一刻我感到害怕。我必须去找我母亲。我父亲不叫汉斯。他谎报了自己的名字与出生日期。证据不可否认，就印在一份看起来很官方的文件上。我跑下长长的花岗岩格子露台，经过沙发、扶手椅以及巨大的青铜与石灰石雕塑。我飞奔过白色门厅，想着博特罗肖像[①]中父亲的眼睛正看着我奔跑。我祈祷着在我找到母亲之前不要撞见父亲。我听见父母房间里传出的音乐声。母亲坐在他们房间里的沙发床上，拿着录音磁带盒里的歌词纸，跟着大声播放的《弄臣》音乐高歌。我扑到她怀里，抽泣、颤抖。我记得她抱起我，然后把我抱到立体声音响前，调低音量。她问我是不是又同狗狗玩，弄伤了自己，她的头发拂过我的脸颊。

"不，不，妈妈，不。他不是他说的那个人。那不是他。"

"谁？"

"爸爸。"我说，"他是装的，我有证据。他不是汉斯。他真正的名字是扬，妈妈。他不是2月9日生的，他说谎。他是个冒牌货。"

[①] 指哥伦比亚艺术家费尔南多·博特罗为汉斯画的肖像，详见本书第24页。

那天的事我就记得这些。

那张带有希特勒邮票与我父亲照片的身份证,棘手而意外地震慑住了我。它使其他一些细微的矛盾之处、所有之前隐匿的微不足道的缄默,以及未解答的问题都显现出来。正是在那个时候,我第一次意识到,在我父亲的实力与成功之下,隐藏着无可名状的恐怖所投射的阴影,它们是如此骇人,使得我父亲不得不保持沉默。

在此之前,躲闪的目光、一闪而过的停顿、刻意回避的过往几乎从未引起我的注意。我在盒子里找到的那些照片构成了关键节点。它标志着未知的空白,即叙事中的裂缝显现的确切时刻。

然后,慢慢地,非常非常缓慢地,我意识到,那些缄默与细微的事实令人不安,但在它们掩埋与交织的空隙之中,存放着真实的故事。

我再去看的时候,盒子已经从图书室消失了。我再也没能发现它的藏身之处。很久以后,母亲告诉我,她与我父亲共同生活了这么多年,却从未见过那个盒子。我再一次找到它,已经是几十年以后了。

4

以前就有蛛丝马迹。令人不快的时刻、使人不安的事例,遍布我的记忆。裂痕一直都在。我记得大概七岁的时候,我做了噩梦，穿过走廊去父母的床上寻求保护。我一般不这么做，不是因为我不做噩梦，而是因为我父亲裸睡，我出现时他不得不在睡袍里面穿上睡衣，他似乎会为此而感到不快。因此我清楚记得，有几次我是偷偷溜进去的。

那晚，在一番安抚之后，我在父母中间打起了瞌睡。半梦半醒中，父亲用一种我不懂的语言绝望地大叫，吵醒了我。母亲越过我向他伸出手，抱紧我们两个。她抚摸着他的手臂、他的白发，低语："汉达，没事的，你在加拉加斯的家里。你在这里同我们在一起。那是噩梦。"

父亲紧张地坐起来，浑身是汗，离开了房间，他几乎是跑出去的，看上去是那么痛苦。我母亲轻声说："不用担心，小老鼠。他也会做噩梦的。"

"为什么？"我问。

"打仗的时候他在欧洲吃了很多苦，但那是很久以前的事了。"然后她离开去追他。

我蜷缩在床上我父亲的那边，头枕在手上，盯着墙上的天鹅绒布墙纸。我当时在想，如果他做噩梦，无论什么因素导致的噩梦，都不应该发生在很久以前。为什么母亲要提醒他，说他在加拉加斯？不然他还能在哪里？我的目光落在褪色的皮革相框里的照片上，它孤零零地放在父亲的镜面床头柜上。画面暗淡褪色，不太能看出里面到底是什么。那是满是照片的家里我祖父母唯一的照片：我父亲的父母坐在桌边，没有真的看着相机或看着彼此。桌上铺着白布，上面放着一份报纸、几个玻璃杯与一瓶酒。我祖母低头看着她手里的什么东西,似乎在对它微笑。她大概在编织。我祖父也低着头,右手修长的手指间夹着一根烟。他的左手拿着的似乎是支铅笔。我记得我当时在想,虽然祖母的表情是那样的,但是他们看起来又悲伤又苍老。他们彼此距离很远,离摄影者也很远。在发灰的画面中,他们无疑同我们充满阳光与明艳色彩的生活相去甚远,似乎也远离了我的生命。我记得那晚我感到害怕。因为他们而害怕,因为我所不知道的他们而害怕,也为我父亲而害怕。

我们加拉加斯家中唯一保存的我祖父母的照片

5

我与父亲在他的书房里，1978年前后

在我幼时，父亲显得古板而难以接近。他很忙，总是在开会，没完没了地做一些重要的事。我极度渴望接近他，渴望找到与他联结的方法。我们一起玩拼词游戏，解逻辑题。他给我讲政治，讲我们生活于其中的社会的不平等。他喜欢辩论与思想讨论。我记得我九岁那年，他在看英国广播公司改编的《我，克劳迪亚斯》[①]。我渴望同他讨论这部剧，就读了罗伯特·格雷

[①] 1976年英国广播公司根据英国作家罗伯特·格雷夫斯于1934年出版的同名历史小说改编的电视剧，该剧以罗马皇帝克劳迪亚斯的视角，讲述了罗马帝国早期的历史。

夫斯系列丛书的第一本，是我在图书室的书架上找到的。现在看来，对一个喜欢伊妮德·布莱顿的小女孩来说，这是一个不同寻常的选择。我告诉他我读完了这本书时，父亲牵着我的一条辫子赞许地看着我，我感到自豪极了。那晚吃饭时，他向我母亲宣布，我相当聪慧，已经能同他讨论《我，克劳迪亚斯》；我至今仍记得那一刻。我不确定我是不是看懂了那本书，现在也想不起来故事的任何部分，但我从头到尾狂读了一通。现在我只记得给他留下好印象的喜悦。

我最初告诉他我正在建立侦探俱乐部时，他很感兴趣。他建议我准备一张图表，说明我们如何划分职责。我说我们要让人人都有发言权，但需要有一种结构以确保万一出现僵局时有明确的领导，这点让他特别喜欢。我们从事侦查活动时，我听他讨论过他的一家公司的管理结构。我把我听到的复述了一遍，这样可以让人觉得我在商业与管理方面具有早熟的才能。

"你爸真牛。""真正的文艺复兴时期的人物。""你真幸运。"人们无一例外会这样说。我常常希望他不那么优秀，像别的父亲那样多花一点时间看电视上的足球赛。小的时候，你并不想与众不同。你不想有一个引人注目的家庭，不想朋友们议论你的父母。我已经有一个美得不同寻常的母亲，美得路上的人会停下脚步盯着她看，人们会议论她的美貌，这已经够糟了。

接着就是我父亲。

人们总是压低声调议论我父亲。他比我母亲年长二十岁，在我出生时都快五十岁了，和我朋友们的父亲完全不一样。他看起来忙得多，也复杂得多。长大一点后，如果我想在工作日和他好好聊一聊，我必须打电话给他的秘书，请求会面。他比我朋友们的父母要严肃得多，皱纹多那么多，他皮肤白皙，眼睛下面有黑眼圈。还有一天他来接我放学，一个女孩宣布："阿里亚娜——你外公来啦。"这时我四年级班上的所有其他女孩都在偷笑。

我记得人们说我长得像他时我内心的失望。我渴望身材娇小，鼻子翘起，精致讲究，就像母亲那样。我不要苍白的皮肤，不要黑眼圈，不要又圆又大的绿眼睛。

父亲与哥伦比亚艺术家费尔南多·博特罗为他画的肖像，1993年

有些事显然不能和我父亲说。透过噩梦与缄默，这点显而

易见。有些隔膜使他更难以接近。他的西班牙语有很重的口音。只要和他哥哥洛塔尔、他的第一任妻子米拉（Míla）或大我二十三岁的同父异母的哥哥米格尔（Miguel）说话，父亲必然会轻而易举地说起捷克语。学语言对我来说很容易，我也想学。我既渴望挑战，也渴望锻造我们之间的纽带。"不，不。那是浪费时间。捷克语没用。"我唯一一次问起时，他回答的语气坚定而充满敌意，显然我不应该再问。

不过他讲西班牙语时，有些时刻又可爱又脆弱。他会一次又一次地用错词。有时他说的短语意思到了，但听起来很怪。我记得有一次他为感冒而道歉："我在'溜'鼻涕。"① 他边说边神情严肃地拿出手帕。

6

我最后一次见到父亲时，他已经非常单薄虚弱，流着鼻涕。"又是您那个'溜'鼻涕的鼻子。"我喃喃自语，他与我都含着泪。我用绿眼睛凝视着他的绿眼睛，由于无法说清话，他用尚且能动的那只手捏住了我的手。尽管如此，我们都笑了。那时我住在伦敦，怀上第一个孩子快五个月了。我半夜里接到他的医生从加拉加斯打来的电话，说我必须马上过来。我与我丈夫当天就登上了飞机。

---

① 原文为"My nose is jogging"，表示流鼻涕的正确说法应为"My nose is running"。

1996年，从我父亲与他哥哥的涂料厂蒙塔纳发展起来的跨国集团科里蒙（Corimon）几乎完全瓦解了。那时我父亲已从公司退休五年，但他保留了所有股份，表示对管理层的信任。一系列经济倒退与战略失误导致公司倒闭，只剩下一个被银行接管的空壳。我父亲干了四十年，建立了一个"帝国"，涵盖了纵贯南北美洲的众多行业。他对这家上市公司极其自豪，并觉得对数百名员工与股东负有个人责任。他怀着巨大的悲痛眼看着自己的毕生心血消失，但这并没有拦住他的脚步。集团崩溃数月后，可能是压力导致了他的第一次严重中风；虽然他的肉体受到了沉重的打击，他的精神却依旧坚不可摧。随后我父亲排除万难，又活了五年。虽然坐着轮椅，他仍然保持活跃，继续工作、写作，第三次结婚又离婚，并成立了一家对抗查韦斯政权的新日报。无论最初以及随后几年的预后情况有多严峻，每天早上六点三刻，我父亲都要做发声练习，借助浮板游上几圈，且每天三次撑着助行架在格子走廊来回走。

2001年，我父亲又遭受了一连串的中风，他的身体更虚弱了，双腿也完全瘫痪了。虽然受到了挫折，但是自从上次他深夜把我们叫到加拉加斯后，他又一次振作了起来。那年6月，我们在"怒犬"共度了一周，主要聊政治与科技。我们用DVD观看了《歌厅》等间谍片。父亲的护士是个严厉的瘦高个女人，我记得我们三人一起唱《欢迎》[①]时，她疑惑地从门

[①] 1972年版电影《歌厅》的插曲。

后探出头来查看情况。直到几个月后，9月9日周日那天早上，我接到了另一个电话，当时我与丈夫已回到伦敦，我的第一个孩子的预产期就在三周后。伴随着吱吱作响的电流声，我听到了父亲二十多年来一直信任的助手阿尔瓦的声音："昨晚他又中风了。我们送他去了医院，他还活着，但什么都做不了了。医生有话对你说。"

我记得医生简洁的话语，坚定的语气令人震惊。何时拔掉管子，必须由作为直系亲属的我来决定。医生解释说，中风非常严重，现在是用人工的方式在维持我父亲的心跳。扫描结果显示，脑干已经失去功能了，他称之为完全脑死亡。医生知道我不能出行。他解释说，他愿意给我点时间考虑，等我做出决定后再告诉他。他使用了毫不掩饰而残酷的医学术语，见惯了死亡的人很轻易就能说出这些话。我意识到自己一时接受不了他说的那些，便同意回头再给他打电话。

我拨通了身在纽约的母亲的电话。他们已经离婚几十年，但母亲与我父亲仍来往密切。她提醒我，父亲从不愿意依赖机器。六年前，他手脚不能动，这已经够难了，但由于他的思维能力完好无损，因此他一直在战斗着。如果不能思考，那么他也就不会想再继续拖延。我母亲说的那些正是我需要的。我给加拉加斯的医生打了电话。"可能不会马上死亡，"他警告，"他的本能始终是活下去。"

半小时后，阿尔瓦呜咽着来电，说他已经走了。

我父亲于2001年9月11日火化，那天恐怖袭击不断发展，我内心也更感悲痛。我不能出席父亲的葬礼,我有孕在身,这意味着我必须等儿子出生后才能飞。直到几个月后,我才去了我们在加拉加斯的家。

1月下旬的一个早上,我们在木棉树荫下举行了追思会。我丈夫向聚集的人群致辞,并朗读了狄兰·托马斯的著名诗句,最后一节是这样的:

> 而您,我的父亲,在那悲哀之巅,
> 诅咒我,祝福我吧,此刻以您的热泪;我求您
> 不要温顺地走进那个良宵。
> 怒斥,怒斥光明的消亡。①

那天下午,在朋友、家人与同事离开后,我走进父亲的书房。一切都显得一尘不染,同几个月前一模一样。父亲的电脑在他的书桌上,他的烟斗仍放在左面的架子上。

我同他在这间房间里共度的最后一刻,是在我飞回伦敦的那天。他坐在轮椅上,用他唯一能动的手拿着烟斗抽着烟,一杯带冰的可口可乐插着蓝粉纸吸管放在他前面的书桌上。他的书桌上堆满了书籍、文件和书信,每个抽屉都塞满了卷宗。我父亲强迫性地搜集东西。他收藏钟表、书籍、中世纪物品、绘

---

① 译文摘自[美]狄兰·托马斯:《狄兰·托马斯诗选》,海岸、傅浩、鲁萌译,河北教育出版社2002年版,第204页。

画以及雕塑。他给所有物品都编了目录。他买过的每一件单品都被分门别类地在文件中列出，并按时间顺序排列相关收据与记录。任何人寄给他的每一张纸、每一份笔记或备忘录，私事或公事，无论多琐碎，都在一定的日期范围内按人名或主题归档。他的办公室里有一整间房间专门用来存放他的卷宗。他书房的一面长长的墙也挤满了档案柜。我准备好要花好几天时间去处理他的这些文件，清理出哪些要保留，哪些要扔掉。

此刻，在这间书房的寂静之中，我拉开他书桌顶层的抽屉，开始了清理文件的工作。里面空空如也。我拉开房里一个又一个抽屉，却发现它们全都空了。我走上露台，想去问阿尔瓦她把他的卷宗都放哪了，看到她正和我们的家庭律师埃里克说话。

"你6月来看过你父亲之后，他就让我把它们全都扔掉了，"她含泪说，"除了少部分卷宗，他让我把其他一切都清理掉。他不想你被他的东西淹没。"

我们走进书房，她指着角落里他的皮椅背后的柜子。房里唯一还满着的抽屉就收在那里。最上面是一个发黄的文件夹，装着我写给他的每一张便条。里面包括我青少年时期写给他的一首让人尴尬的破诗，诗的开头是"我有您的眼睛"。里面也有各种便条与卡片，大部分是我寄宿学校时期的。下面是另一个厚厚的文件夹，里面是我母亲写的几十封书信与便条。她给他写过的一切，包括他们恋爱时、结婚后，甚至离婚后的都在里面。阿尔瓦解释，他要求把所有其他个人卷宗与浪漫便条都粉碎掉。她拥抱了我，然后留我自己去看这些文件。

一定有过很多装满便条与书信的文件夹，因为我父亲这些年来同很多女人有过风流韵事。他知道一旦他走了，清理他这些文件的那个人会是我。他的整个过去都被抹除了，这让他的离去更具实感，但我对这一友好的行为心存感激。

淡黄色情书文件夹的下面，我父亲留下了装着他战争年代身份证的盒子。那就是我童年扮侦探时发现的那个盒子，里面有我父亲年轻时的照片，那时他有热烈而充满希望的双眼，还有那个谜一般的名字，扬·谢贝斯塔。

不过这一次，盒子里塞满了文件。

第一章
盒　子

在我父亲的藏品展示柜中间的架子上，在饰以金色报时天使的复杂怀表与红色珐琅镀金镶钻带链的甲虫形手表之间，有一枚十分朴素光滑的圆形金表，我总是嫌它单调。它不带任何花样，没有音乐，也不报时，缺乏吸引人或取悦人的复杂性。它不美丽，不精致，也不华丽。它只是告诉你时间。

我问父亲为什么喜欢它。他回答说，因为它走时精准，还提到了他自己的父亲。"它是爷爷的吗？"我一定这样问过。"不，"他回答，"我买下它是因为它让我想起他拥有的一块表。"

现在，我从父亲的玻璃柜里得到了这块表。它是约翰·阿诺德十八世纪在英格兰制造的。显然，在手表收藏者的世界中，通常认为阿诺德与瑞士制造商亚伯拉罕·宝玑是现代机械表的发明者。阿诺德的技能之一是，他制造的手表精准到甚至能用来导航。能设计出既精确又实用的手表的，他是第一人。这类手表被称为天文钟，其主要目的是保持走时的绝对精准。在全世界钟表制造商最多的国家瑞士，对于哪种手表可以被称为天文钟有着极其严格的规定。天文钟必须经过独立认证。从我未经训练的眼睛看来，这块有着单调的白色表面与通用的罗马数字的怀表显得相当朴素。不过它非常值得收藏，因为毕竟它走时精确。

同我祖父的关联激起了我的兴趣。我小时候从未感受到我有祖父母。关于这个话题的答案总是很简略，没有明显的情绪，只涉及最基本的细节，而且使用的语气清楚表明这不是一个可以探究的话题。也许同我谈论会使他们的缺席更加真切。如果他们在背景中淡出，不被提及，就像我们家里他们唯一的照片那样，在灰雾中几乎不可见，这对所有人来说都会更轻松一些。在静默的背景下，我父亲床边那张褪色的黑白照片是我对他们两人的全部印象。

母亲似乎也对我的祖父母所知不多。十几岁时，即使怀着始终如一的决心探索边界、测试规则，我也知道，关于父亲的过去的话题超出了允许的范围。我们可以自由讨论政治、宗教、性、毒品或我父母的婚姻，任何话题，只有这个是例外。没人告诉过我，但我不知怎么就知道了。它是一个禁忌。在我不安分的叛逆到达顶点的时期，我顶着一头朋克发型，还会在晚饭时冲下饭桌，但我从来不敢询问父亲他自己的童年或是他的父母。成年后，我学着小心调整问问题的方式。尽管从未有明言的禁律，但一旦出现机会，我还是会试着偷偷拐弯抹角地提问。我对父亲愿意分享的任何逸事心怀感激。显然，谈起我祖父母让他很痛苦。他似乎甚至连谈论捷克斯洛伐克都做不到。他从未主动提起他生命中这段时期的任何细节。在他病重之后，他稍微多透露了一点。我让他按照自己的节奏来，并学会在叙述变得断断续续时停下来。有相当长一段时间，关于我祖父母，我只知道他们是捷克人，从未到过委内瑞拉，以及我祖父有一块暗淡的金表。

很久以后，在调查我父亲的家庭时，我遇到了一名坚强而聪慧的女性，她的父母躲过大屠杀，在英国安家落户。我问她对他们所抛下的那个家庭了解多少。"很少。"她回答。我问她为什么不去调查。她的回答很简单："因为我父母从来不允许我这么做。您父亲允许了。"在那一刻之前我从未这么想过，但我意识到她是对的。我父亲留了那个盒子给我。经历过创伤的人们通常会建立起强大的防御机制，足以防备他们最亲近的人。如果一家之主多年来一直认定某个领域是禁区，即使在他们走后，也要必须先获得许可才能进入。

感觉到父亲颁出了许可证，这使得一切都不一样了。当他特意把战争年代的文件留给我时，他也交出了他另一重人生的证据。甚至更重要的是，他暗中保佑着我，去探索他的过去，去找出他以及我的家人是何许人。很多时候，我觉得这不仅仅是许可，有时这似乎是一种鼓励。

我打开了我父亲留在他空荡荡的书房里的盒子，那个装有我小时候看过一眼的身份证的盒子，我意识到，如果要理解我父亲，必须先揭开过去发生的那些谜团。我的探索将我引向其他不同来源的盒子，它们难免既含有线索，又引出更多问题。我父亲将一个他很少提及的世界作为谜题留给我去解答，其答案也许是理解他复杂深奥个性的关键。这些盒子里装着一幅拼图，等我去重构，每一片刚好足以烘托主题。但也有缺失的部分，我必须找到这些碎片来完成拼图。

我一看见盒子里他的这些文件，就明确地知道，他用这种方式告诉我他曾经是谁。他用这种方式阐释自己，继续与我同在，并一如既往地生存下去。他把它作为一个谜留了下来，因为他不能讲述完整的故事。对他而言，过去的真相很恐怖，哪怕只是透过指间的缝隙瞥一眼都很难做到。

我现在已经花了数年时间调查我父亲到达委内瑞拉之前的生活。我开始打听、找人，并试图拼出家谱时，另一个盒子出现了，它由我伯父洛塔尔的第二任妻子薇拉（Věra）在瑞士原封不动地保管着。薇拉打算搬到一个更小、更易于打理的地方，她在打包时发现了这个盒子。薇拉与洛塔尔的小女儿、我堂姐马达拉（Madla）是一名画家，现居伦敦，她把这盒遗物给了我。

第二个盒子同样装有战争时期的文件。少数已褪色或破损，有些起皱、边缘软化了，但大多数完好无损，保存得干净整洁，一如当初。盒子里装着洛塔尔的文件与许可证。里面也有一份用了别的名字的身份证明文件。还有大量的书信，是我祖父母在二十世纪三十年代与四十年代初寄给在美国的家人和他们的儿子的，有几十封之多。大多数给洛塔尔与我父亲的信都寄自泰雷津，也就是泰雷辛施塔特①，我知道那是捷克斯洛伐克的一个集中营。所有信都是手写的，整张纸上都是密密麻麻的蝇头小字。这些文字似乎没有被审查过，但我祖父母的心境还是经由他们书写时的谨慎或迅捷进一步显现出来。虽然不懂捷克语，我还是认出了一些名字，其余很多语句则构成了挑战。最终，我去求助一名从事捷克大屠杀相关研究的专家，对方花了近一年时间耐心破译，才解读了这些通信。我又花了几年的时间，才能够读上好几行而不让自己几近被悲伤吞没，巨大的悲伤使我读不进任何细节。起

---

① 这座城镇的捷克文名称是"Terezín"（泰雷津），德文名称是"Theresienstadt"（泰雷辛施塔特）。

初，这些书信，以及我认为其中所描述的荒凉与绝望，使我感到恐惧。我想理解我父亲，解开谜团，但遍览这些书信的念头令人生畏。当时我正在抚养幼儿，由于害怕面对黑暗而不敢读这些书信。我刚建立起自己的家庭，展开人生中最乐观的冒险。我必须向前看，积极、坚强。这些书信发出了人们真实的声音，而在那之前，他们仍在灰色的照片中默不作声、一动不动。他们的话语唤来了我失落的祖父母，以及那些承受过苦难与不公的人。我只是无法在面对他们后，轻易转过身去讲述欢乐的《好饿的毛毛虫》。

但年复一年，我依然满怀兴趣。通常每次仅看几分钟，但水滴石穿，我啃完了译者用电子邮箱发给我的一页又一页文本。我的孩子们在成长，随之，我越来越轻松，让自己去感受，并向他们展现出更多样的情感。在他们变得更独立后，我觉得不必再向他们或我自己屏蔽生活中的黑暗时刻——这些书信体现了这种黑暗。我允许自己这里读一点，那里读一点。我每次在这上面花的时间都会更多一些，尤其是我意识到，如果仔细读就会发现，恐怖的黑暗之中闪烁着的，那星星点点的爱与美。他们的黑暗之中点缀着一束束耀眼的光辉。正是这种认知，第一次赋予了我去应对这些书信的能力。

此外，我的孩子们的一些性格特征，无法从我丈夫、他们的祖父母或我自己身上分辨出来，探寻它们来源的想法激起了我的兴趣。而且我们在养育孩子时，更多本质问题浮现出来：有关于传承与传统的身份认同，关于身为父母需要向下一代传递些什么。渐渐地,我意识到,揭开那些一直隐匿的事,对我与我的孩子们来说很重要,就像对我父亲来说也很重要一样。找出祖辈同现在与将来的关系,正如它同过去的关系一样,事关重大。我一直都渴望着理解我的父亲。尽管一开始犹豫不决,但蓬勃发展的小家庭为我提供了进一步的动力。不过,我还是怕。

最终,我刚从纽约联合国维持和平部退休的姨母无比慷慨地提出,如果需要的话,她愿意花大量时间陪在我身边读这些书信。她钟爱历史,在委内瑞拉和我父亲认识并且关系很好,所以她也很好奇。有人相伴着一起读,一起分担知晓书信细节所带来的情感负荷,使得解读变得更容易,过程也让人更可承受。正是她提供的支持给予了我勇气,我终于潜入我家庭失落的话语与世界中,寻回他们未曾讲述的故事。

因此,在首次收到家庭信件译文的四年之后,我开始完全投入了往事。大部分书信写于二十世纪四十年代,描述了布拉格西北数英里① 外的集中营泰雷津的日常生活。泰雷津是纳粹在 1941 年建立的,用于收押身为囚犯的犹太人,然后将他们送往灭绝营。这里关押过逾 14 万中欧居民。这里没有毒气室,但有数万人死在里面。

这些书信我读了一遍又一遍,直到将姓名、日期及地点谙熟于心。我熟悉了作者的写作习惯。我的祖父母有时会略微改动名字的写法,来表达亲昵、幽默或者沮丧,有时候是出于对

---

① 1 英里约合 1.61 千米。

报复的忧思或恐惧。我祖父奥托（Otto）有时是"奥塔"，甚至是"暴脾气"。我祖母埃拉（Ella）会是"埃尔卡""妈妈"或"杜林卡"。他们的儿子们是"亲爱的""挚爱的"或"金贵的人"。洛塔尔会是"洛蒂克"。汉斯常常是"汉达"。后来，从1943年中开始，他很少再被提及，变成隐晦的"H"。

一旦能够驾驭这种悲苦，并熟练掌握了这些书信的写作方式，至今不可见的、遗失在时间中的家系就显现出来了。我记下信中的每一个人名，并确定他们是谁。经常有一些线索可以帮助我推断新出现的人的大致年龄，有细节暗示了他们以前的职业或他们来自哪里。有了这些准备，我与一名来自布拉格的研究员玛格达（Magda）一起，搜索了集中营的名单，这位聪慧坚韧的研究员试图和我一同找到每一个被提及的人的准确记录，并尽可能地确定其命运，找到其家人。我就这样追溯了半个多世纪之前闻所未闻的亲人与他们的朋友。在多数情况下，我确实找到了我祖父母的朋友的孩子们，而现在他们也老了。我接触的所有这些人的率真让我惊异，当时如此，现在仍是如此。他们热情地欢迎我走进他们的历史，回想他们童年与成年生活中的逸事与经历。他们的故事同我未曾谋面的家人联结在一起。我的问题有时会引出答案，但经常引出进一步的困惑，引出更多存放在盒子里、收纳在柜子与阁楼里的文件、照片和物品。

第一章 盒子

我祖父奥托的一封日期为 1942 年 12 月的书信

就这样，别的盒子开始出现，它们装满了过去的线索，常常突如其来，总是像变魔术一样。玛格达搜索了公共记录，在她的帮助下，我发现我伯公维克托（Victor）1919年离开布拉格去了美国。未知的原因使他在那里稍微变更了他的姓，去掉了最后一个 n。① 我追查到他的孙辈在加利福尼亚。通过翻阅在线电话本并在几十台答录机上留言，我在圣地亚哥找到了他的孙子，也叫维克托，他是一众失散多年的亲戚中的第一个。

维克托·纽曼是名美国工程师，对自己的犹太血统一无所知。初次视频通话后，我惊讶地发现，我们聊了一个多小时，不知为什么谈话进行得很轻松。但其实我们之间有许多明显的差异。维克托年长我几十岁，在加利福尼亚长大。他在剑桥大学获工程硕士学位，是卫理公会教义践行者，而我在委内瑞拉长大，学习人文学科，完全没有正式的宗教倾向。我们之前从未说过话，然而我们笑点一致，出乎意料地亲切。在我们通话时，维克托提到，他与另一名加利福尼亚的亲戚格雷格（Greg）失去了联系，格雷格从事房地产业，可能有更多关于家族的信息。但是维克托没有进一步的细节，无法帮我找到格雷格。我尝试了各种拼写，在网上搜索名叫格雷格·诺伊曼的美国西海岸的房地产经纪人，甚至在社交软件上悄悄追踪了一名叫格雷各·纽曼（Gregg Neuman）的房地产经纪人。那个格雷各最终非常礼貌，也许还略带警觉地通过电子邮件回复了我发出的

---

① 诺伊曼的拼写为"Neumann"，维克托移民美国后改姓"Neuman"（纽曼）。

大量留言与电话。他澄清说,最初以为我可能是骗子,虽然他很乐意帮我,但是他家来到美国已有数代,而且他的祖籍不是捷克,而是匈牙利。最终,加利福尼亚白页提供了一些可能的电话号码。我在答录机上留言,那位真正的格雷格回了封欢快的电子邮件。我又找到一名亲戚。再一次在视频通话中我试着解释了我们庞大的家谱,告诉他如何联系到他的堂兄维克托(结果维克托和他住得很近),并说明了我父亲的那盒文件。

让我惊讶的是,格雷格告诉我,他的父亲也留下了一个盒子。他相信它还在阁楼里,里面装着一些用德语与捷克语写的老明信片。小时候在加利福尼亚,他父亲哈里·纽曼(Harry Neuman)热衷于集邮,因为信封上的邮票有收藏价值,就一直保存着那些书信。几天后,格雷格客气地把他父亲的这盒信件寄给了我。格雷格用层层纸板仔细包裹,并用黏合力强劲的棕色胶带缠满加固,里面塞满了明信片、装有书信的信封、照片,都是我祖父母与欧洲的家人在二十世纪三四十年代寄给他们的美国亲戚的。

我打开盒子,一下子就明白了人们说的命中注定是什么意思。格雷格之前不知道这些卡片是从哪来的。他从未见过我们的家谱。我把他寄来的一大堆东西最上面的明信片翻过来,上面贴着一张1936年发行的法国邮票。我马上就认出了我祖父,他身穿泳装,漫不经心地坐在沙滩上微笑着。这一刹那产生了不可思议的共鸣,这是推动我继续调查的动力之一,比起第二次世界大战期间欧洲的黑暗,它更多地呼应了拉丁美洲的明媚与魔幻现实主义。

格雷格盒子里的物品，包括一张 1936 年奥托在戛纳沙滩上的明信片照片

用类似的方式，我追踪了其他十多个人，并和他们通了话。我找到了在美国加利福尼亚、法国巴黎、英国利兹、瑞士伯尔尼、捷克布拉格以及特普利采的亲戚，找到了在美国佛罗里达及纽约、澳大利亚、印度尼西亚和捷克村庄斯塔雷梅斯托的挚友。我从所能找到的每一处可靠来源搜集记忆与证据。每个人都毫不犹豫地分享收藏的家庭文件、照片、纸质版回忆录、保存下来的笔记本以及童年故事，用来帮助我将父亲的家族以及

战争期间他们的经历之谜拼接起来。

我现在已经从那些在二十世纪三四十年代与我家人相识的人那里听闻了那么多故事，读了足够多他们写下的文字，因此对于那些逝者，我能够感受到他们的个性，听见他们的声音，瞥见他们曾经的样子。我去了曾经属于我家的涂料厂，去了曾经属于他们的房子与公寓。我漫步在同样的房间与走廊，攀爬同样的楼梯，穿越同样的街道，绊倒在同样的布拉格碎石路人行道上，行走在弥漫着同样的木兰与天竺葵香味的伏尔塔瓦河畔小径上，敲响同一扇门，转动同一个把手，进入同一间房。透过他们的窗户，我眺望他们的世界。无数次，我想象着他们，仿佛我对祖父母，对他们是谁，对他们是怎样的人，拥有自己的记忆。

或许所有的追思都是一个汇编与创造的过程。我们每天吸收周围的事物，汇总特定时间的观察结果：声音、气味、质地、文字、图像与感觉。当然，在行进的过程中，我们排序、编辑，根据我们自己的生活赋予见闻以主观性，提供的回忆往往偏颇而残缺。法庭上即使最诚实可靠的目击者也会将同一件事描述得不同，我猜这就是原因。不过我听说，即便细节可能千差万别，他们也往往会就本质达成一致。如果许多目击者的陈述各不相同，通常会浮现出一幅独特的画面——即使它是印象的拼接，而不是一系列同样图像的互相叠加。

现在我意识到，我也创造了一幅回忆集合体的拼图。这是一种纪念，因为留给他人的言语、感受、影响意味着那些塑造了他们的人仍在，作为一种精神感知而留存。我搜集了这些捕捉到我祖父母本质的回忆，并将其以照片与上百份文件加以巩固。如今，我的家庭不再是逝去了的一片褪色阴影。我能召唤他们。

我看见他们，栩栩如生。

汉斯同他叔父里哈德、奥托以及埃拉·诺伊曼在布拉格，1934 年前后

第二章
盘子上的手表

我第一次见到父亲童年的照片时，他已去世逾十五年了。我调查到一半时，伯父洛塔尔的女儿，也就是我堂姐马达拉带给我她父亲家里的一本相册。她小时候曾经看过其中的内容，但是早已忘了它的存在。这本相册覆有黑色塑料膜，看起来有些年头了，但保存得很完美。一张黑色黏性标签上刻有白色浮雕文字"洛塔尔一家"①。里面的硬板纸页面上贴满了黑白照片，其中一些因脱胶而卷角了。我小心地翻页，试图辨认我的家人，这时，一个男孩的小照片跃然眼前。我大为讶异，因为这张脸我再熟悉不过了。我并没有立即想起父亲，只是觉得这个小男孩看起来像我儿子。我家老大握手的方式和他一模一样。他们鼻子不像，发色不同，但眼睛却出奇地一致。半咧嘴笑，眼睛向上凝视，这种表情我已见过无数次。照片中的一家人在布拉格郊外利布其采的乡村屋附近。我祖父母奥托与埃拉以及奥托的幺弟里哈德（Richard）对着

---

① 原文为法文"Famille Lotar"。

相机摆姿势，而前景中两个微笑着的男孩坐在野餐毯上。这两个男孩是我的伯父洛塔尔与父亲汉斯。它一定摄于 1928 年或 1929 年。洛塔尔看上去十岁左右，汉斯肯定不超过七八岁。男孩们身着细条纹夹克与短裤，发型剪成了布丁碗式。尽管岁月模糊了画面，我还是认出了我父亲的笑容。

洛塔尔与汉斯同他们的父母与叔父里哈德在一起，1928 年前后

我阅读、调查、询问，再询问，那么多问题，那么多了解他们的人，我仿佛能听见他们呼吸、欢笑、哭泣。

我可以想象 1936 年的这家人，他们如何为生活奔波。如果足够安静，我能听见他们的声音。

他们身处宽敞通风的起居室，屋里有带横梁的挑高天花板，一端通着烟囱。透过窗，你可以看到风在花园松树的针叶上掀起波浪。这是 9 月下旬的一个周末，冬夜的寒意已经浸染了空气。噼啪作响的炉火旁,奥托靠着扶手椅的椅背,沉迷于一本讲圣雄甘地的书。他当时只有四十六岁,但白发与下垂的嘴角让他显得很老。埃拉快四十岁了,但哼着旋律在房间里四处游走的她看起来更像三十岁。他们有两个十几岁的儿子,洛塔尔十八岁,汉斯十五岁。那晚,洛塔尔在家,同父母在一起。他刚从外面的补给处拿来许多柴火。他们再度身处利布其采的乡村屋,在布拉格以北约 25 公里处,位于伏尔塔瓦河畔。

虽然奥托反对拥有第二栋房子,他认为那样太过奢侈,埃拉还是用她从父母那里收到的礼金,买了利布其采的这栋农舍。在市区,他们在一栋十九世纪的楼里有一套舒适的公寓,是仔细考虑其地段后挑选的:步行到家族涂料厂的主楼只要两分钟。埃拉抱怨距离太近意味着家庭与工作搅在一起,奥托会反复说:"住在附近最实际。""最好还是稍微远一点,"她抗议,"这样可以有一段路让你把家庭和工作隔开、断开。"她会说:"你必须有个不同的休息场所,那里仅供家庭使用,让你有空间想其他事。在布拉格,住在工厂附近就意味着,只要工作上有问题,总会有人随时来敲门。"但奥托不听。虽然他从未承认,但埃拉知道,她丈夫同样珍视他们离开市区的周末。

在一栋杂乱的房子里,埃拉度过了她的童年,房子位于波希米亚东北部的一座中世纪城镇,名叫齐德利纳河畔赫卢梅茨①。她

---

① 齐德利纳河畔赫卢梅茨(Chlumec nad Cidlinou),捷克城镇,位于波希米亚东北部齐德利纳与比斯特日采河的交汇处,属赫拉德茨-克拉洛韦州。最早提及该城镇的文献是 1235 年瓦茨拉夫一世的一份契约。

在那里遇见奥托,那时他在当地一家炼糖厂任会计。他决意追求埃拉,坚决而尊重。埃拉的父亲是一名成功的股票经纪人,他立即认可了自己这名诚恳的准女婿。埃拉觉得奥托举止庄重,为人直率,惹人喜爱。她与她的三名兄姐童年时代衣食无忧,从小到大都轻松从容。因此,她的家庭让严肃的奥托感到困惑,他认为他们太过专注于琐事。他们没有像他那样花时间去学习政治与哲学,似乎将大部分精力都放在了聚会与音乐上。

埃拉家的每个家庭成员不是弹钢琴就是拉小提琴,而埃拉从很小的时候起,就喜欢唱歌。她想过让汉斯与洛塔尔学样乐器,但奥托不准。不是因为奥托不喜欢音乐,而是他认为玩乐器不是件正经事。他的确享受聆听十九世纪波希米亚作曲家的音乐,像斯梅塔纳与德沃夏克,但奥托坚称这更多是出于民族自豪感。相比之下,埃拉更喜欢现代作曲家马丁努,并把对爵士、摇摆乐以及政治歌舞的喜好传给了儿子们。她怀念童年时代不间断的音乐与混乱的快乐。埃拉的姐姐玛尔塔(Martha)同鲁道夫·波拉克(Rudolf Pollark)结婚并生了三个孩子,于1923年死于肺炎。家里其他人与玛尔塔的孩子们定期在罗乌德尼采团聚,埃拉的一个哥哥与父母仍然住在那里。那里时时刻刻都充满了讨论、音乐与欢笑的喧闹声。

刚同奥托一起搬到布拉格时,首都的繁华让埃拉兴奋不已。然而,时光流转,她变得只能从中获得零星的乐趣。她渴望离开那里,去节奏更慢的地方生活。这就是她喜欢沉寂之镇利布其采这栋房子的原因。多数周末与学校假期,他们都在那里度过。奥托只有在工厂的情况允许时，才会加入他们。在小径上骑车，在伏尔塔瓦河上划船，汉斯与洛塔尔就这样长大了。他们捉蝴蝶，在树林里搭小屋，在河道水流平缓处游泳——在利布其采，他们找到了孩子的空间与自由。埃拉尤其享受河边熙攘的人群与自然生活。每天早餐后，她都会走到河岸上，看着不断上升的光芒投射出的色彩与阴影，看它们随季节流转。

二十世纪三十年代早期的埃拉肖像

奥托是八个孩子中的第六个。他在波希米亚南部捷克布杰约维采地区长大。家有七个男孩，奥托的父母通过强制推行严格的规则，勉力维持一定的秩序。奥托的父亲在奥托十二岁那年去世，他在规训与秩序中找到慰藉。他接过家中理智审慎者的角色，并以所有人都依赖他的建议而自豪。诺伊曼家所有孩子都认真刻苦。他们轮流照顾母亲，直到她 1910 年去世。如果兄弟中有谁遇到困难，其他人会团结起来帮忙。奥托学商，因为他喜欢数字的可预测性。他和所有兄弟都保持着密切关系，尤其是和幺弟里哈德，两人一起在 1921 年创办了蒙塔纳涂料厂。书信显示，他还常同哥哥鲁道夫（Rudolf）与奥斯卡（Oskar）共度时光，后者只年长他两岁，经营着其中一间分厂。另一个哥哥维克托是名工程师，帮助奥匈帝国军队修建桥梁，第一次世界大战后移民去了美国，到那里碰运气。虽然距离遥远，他们却一直保持联系。

二十世纪二十年代的奥托肖像

奥托与埃拉花了很多年打理这栋房子，给它做现代化改造，装饰它，捯饬花园。他们定期来这已经三年了，它开始充分发挥作用，适合这个家庭的形态。到这时房间已变得舒适亲切，墙上挂满版画，每个角落都仔细考虑过，并被爱惜着。房子四周的乔木与灌木已深深扎根，长得满满当当，开出花朵。通往河岸的小径已除草并重新铺设，在春夏时节还开满野花。到了秋冬，湿漉漉的落叶铺满石头。

那天刚入夜，当父亲在书桌前工作时，洛塔尔坐在扶手椅上，凝视着窗外，壁炉里火焰跳跃舞动，温暖着他。他端坐着，靠着刺绣枕头，读了一半的书面朝下放在膝上。埃拉正在厨房忙里忙外，反复查看炉上的炖菜。她喋喋不休地缠着洛塔尔，想套取更多他心上人的信息。洛塔尔努力集中心神，不去理会母亲的絮叨，专注于他的书本。

那年 8 月，其他家人在戛纳度假时，汉斯去了布拉格东南部小镇萨扎瓦附近的一个基督教青年会夏令营。奥托与埃拉去戛纳接洛塔尔，洛塔尔在戛纳一所语言学校度过了他学习法语的第二个夏天。前一年的夏天，他在那里遇到了一名来自布拉格的捷克同胞兹登卡·耶德利奇科娃（Zdenka Jedličková）。美丽的兹登卡拥有爽朗的自信笑声与梦幻般的蓝眼睛，她彻底改变了他的生活。他们甚至还没有说过话，洛塔尔就已经坠入爱河了。她在一群年轻人当中，其中一人为她点烟，她挡住风，这时她瞄了一眼街对面的洛塔尔，莞尔一笑。他用了整整一天才鼓起勇气和她说话。傍晚两人第一次沿着河滨大道散步后，夏天余下的每一秒他们都是一起度过的。当时是洛塔尔第一次在法国度过夏天,而兹登卡差不多已会说流利的法语了,因此她帮助他学习这门语言。在布拉格见面会很难。在法国,无论是这个夏天还是第一个夏天,一切都很轻松愉快。他们甚至一起登台演出。当地报纸《先锋报》1935年8月24日刊登了一篇评论他们这所国际学校艺术之夜的文章,提到了他们二人的名字。洛塔尔将其当作书签保存着,很多年后把它收进了他的盒子里。

洛塔尔(站立者)与兹登卡(左二)
在戛纳,1936年

兹登卡极其独立。她外祖父从事房地产业,在布拉格新城地区建造了很多建筑物。她外祖父母不信任他们的女婿，也就是兹登卡的父亲，于是把他们拥有的财产放在了外孙女的名下。他们给了兹登卡一栋位于特罗亚诺瓦街的住宅楼的所有权，经济收入与随之而来的责任帮助她成长得自信而成熟。她在查理大学法律专业念大一，已经可以肆无忌惮地开着自己的车在市里四处飞驰。她比洛塔尔大三岁，这件事他还没有告诉奥托与埃拉。兹登卡的父母知道他们的年龄差距，一点都不为此欣喜。然而，他们得知他出身犹太家庭后，更加不高兴了。"但我们不是宗教家庭，"他们离开法国后不久的一天夜里，谈及这个话题时，洛塔尔向兹登卡的母亲解释，"甘地的哲学比什么都更能打动我父亲。因为甘地，我们全都被迫吃了一年斋！"

"他们也庆祝我们的节日，甚至包括圣诞节！"兹登卡强调，"他们像我们一样，也能说流利的捷克语与德语。真的，他们是和你我一样的捷克人。"

埃拉很喜欢兹登卡。她看得出，洛塔尔完全被这个女孩迷住了。他一贯凝重的情绪明显轻盈起来，自从他回来后，脚步似乎更轻快了。他更爱笑了，而且他的笑常常完全无缘无故。但奥托却不以为然，心事重重。洛塔尔必须关注学业，没时间可以浪费。他已经完成了文法学校最后两年的学习，参加了期末毕业考试，被布拉格捷克理工学院录取，将学习化学工程。洛塔尔曾想过要当演员，但是在奥托的一些压力之下，他很快意识到戏剧不是一份"合适的"事业。

汉斯旷过课，但没有被学校开除，而且成绩已足以开始化学工业学校四年制的课程。但奥托知道，这只是侥幸。他的小儿子一下子痴迷这个，一下子痴迷那个：昨天是诗歌，今天是雕塑，明天是搜集石头。汉斯的个性反复无常；任何人都能一眼就看出来，他更像埃拉与她那边的家人。里哈德叔叔说要移民去美国，如果他真这么做了，那么就会留下奥托一个人掌管生意。奥托恳求洛塔尔专注于学业与工作。奥托需要他的大儿子学习、工作、维持公司运转。汉斯是靠不住的。

在十字大道的咖啡馆里，洛塔尔初次将兹登卡介绍给父母时，埃拉健谈而热情。相反，奥托却是冷淡到近乎失礼，他甚至都不怎么看兹登卡。那夜晚些时候，洛塔尔送兹登卡回到她那栋位于安静小巷的大楼时，他觉得需要道歉。"我为我父亲感到抱歉——他非常严肃，不知道如何让别人高兴。但他内心深处是善良的，而且我知道他很喜欢你。"他低声说。

那年夏末，奥托气坏了，他发现洛塔尔在夏纳每晚都去见兹登卡。他还因为儿子又去参加舞台试演而大发雷霆。"他必须记住轻重缓急，他去那里是为了学法语，不能为了一段永远不会开花结果的关系偏离原定路线。"大吵一架后，奥托几天没和洛塔尔说话。另一边，埃拉因为他过得很开心而感到欣慰。"让这孩子有点生命力吧。"她笑着说。正如她敏锐地指出的，任何古怪的举动对洛塔尔来说都是完全不同寻常的，他从不掉以轻心。事实上他活得太过认真，6月布拉格文法学校期末考试期间，他不得不因为胃溃疡和虚脱而接受治疗。

在这个利布其采的秋夜里，炉火旁年迈的猎狐犬杰瑞依偎着他，洛塔尔的胃痛似乎成了遥远的回忆。他那个身形瘦长、杂乱无章的弟弟汉斯活在思想与诗歌的梦幻世界里，可想而知，汉斯又迟到了。

尽管受到了各种责备与鼓励，汉斯还是学不会准时。这天他同学校里的新朋友兹德涅克·图马（Zdeněk Tůma）在一起。两人第一天相识就成为朋友了。课上老师问了个有关化学反应的问题，只有汉斯与兹德涅克知道答案。他们离开教室时，兹德涅克走向汉斯说："我想我们这些白痴团结起来非常重要。"汉斯很快意识到，兹德涅克总是开玩笑。

汉斯马上就喜欢上他了。兹德涅克可不是白痴，他是这年唯一获得入学奖学金的学生。

不像汉斯，兹德涅克的童年满是坎坷。他母亲玛丽来自贝纳特基，这是一座靠近斯洛伐克边境的农业城镇，她家人在那里务农。最初几年她独自抚养他，因为他那个已婚且富裕的农民父亲拒绝承担任何责任。在严格的天主教农业社区，单身母亲的生活难以为继。玛丽需要找到一份工作，为母子二人创造更好的生活，因此他们搬到了布拉格。在首都，她在著名的乌·弗雷库[①]餐厅兼啤酒厂找到了份清洁工的工作，还让儿子去学校上学。兹德涅克八岁时，玛丽同附近大楼的门童安东宁·图马结婚了。安东宁非常喜欢小兹德涅克，在1929年收养了他。

[①] 乌·弗雷库创始于1499年，是布拉格最古老、最著名的餐厅兼啤酒厂之一，其建筑从前是修道院。乌·弗雷库至今仍在持续营业中，享有盛名。

他们三人在城里生活俭朴但快乐。向来健谈而早熟的兹德涅克在布拉格茁壮成长,很快开始带各种写满荣誉的成绩单回家。化学工业学校离乌·弗雷库只有几码①远,学校的教员定期去乌·弗雷库吃喝。玛丽野心勃勃、目标明确——确保他们能遇见她快乐、阳光、年轻的儿子。老师们非常喜欢这个男孩,他们审阅了他的报告,并安排他在学校免费修读化学学位课程。

但你不会知道兹德涅克与汉斯有多"学霸"。学期初,他们决定加入布拉格一家叫恶搞俱乐部②的恶作剧爱好者社团。1936年6月,这家俱乐部出版了第一本《年鉴》③,阐明了恶搞俱乐部会员的宗旨:"凡事皆玩笑。我们必须搞笑,因为没什么事值得认真对待。自大狂与万事通统治着世界,因此我们必须用唯一经得起时间考验的武器去对抗他们,那就是幽默。"汉斯与兹德涅克通过俱乐部入会测试的方式是,在正午躺在新城主干道中央的车流中。如果有路人担心他们,问他们是否不舒服,他们回答:"哦不,只是有点累了。"然后跑开。这个玩笑逗笑了足够多的会员同伴,他们就成了俱乐部的正式会员。

1936年9月的那个周六,兹德涅克从布拉格来到利布其采找汉斯一起玩。埃拉为他们包了些三明治放在篮子里,然后他们就去了河滩边的大道。他们一下午都坐在草地上,想出了

---

① 1码约合0.91米。
② 原文为捷克文"Klub Recesistů"。
③ 原文为法文"Almanach Recesse"。

一些下次要在恶搞俱乐部讨论的恶作剧方案。他们还聊了小说与诗歌,汉斯与兹德涅克都喜欢诗歌,喜欢写诗。他们一面在伏尔塔瓦河边打水漂,一面轮流背诵里尔克抒情诗的诗句。

他们照例忘了时间。汉斯骑上自行车,载他朋友去邻近的车站赶火车。兹德涅克成功爬上了火车,但因为绕路汉斯还是回家迟了。

无论在利布其采还是在布拉格,家中的晚餐时间总在晚上七点半。汉斯沿着回家的小路狂飙,没看到残阳阴影中的一块石头。他失去了控制,跌倒在地。他爬起来后吹掉眼镜上的土,重新上好链条。他的手脚都擦伤了,伤口里有发红的泥土。毫无疑问,第二天瘀伤会很明显,但这不要紧。汉斯身上好像永远青一块紫一块。他身体不协调,不断被东西绊倒,不断跌倒,不断丢帽子、围巾,不断落下课本。他经常从自行车上摔下来。安顿他的身体、他的物品或他的时间不是他的强项,或者正如他喜欢澄清的那样,这些不是他的优先事项。由于他容易发生意外,父母怀着既怜悯又慈爱的心情,给他起了个绰号"倒霉小囡"。

那晚七点三十四分,带着一身擦伤与脏污,那个倒霉小囡把自行车扔在边门那里,直冲进厨房。埃拉、奥托与洛塔尔已经在餐厅坐好了。餐边柜上的炖肉和馒头片[①]已经盛好。杰瑞

[①] 库内多里基(捷克文"knedlíky")是一种捷克传统美食,由加入牛奶与水的粗面粉揉成圆筒状蒸制而成。吃的时候切成片,蘸以肉酱或其他酱汁。当地华人称之为馒头片。

在桌子下摇着尾巴等面包屑。汉斯迅速坐下,一双不服输的绿眼睛盯着他父亲,因尴尬而泛红的脸使他的眼睛看起来越发呈现出橄榄绿。"汉达……"在他为迟到而道歉时,埃拉无奈地叹了口气。汉斯低下头,在桌子下面搓着全是泥的手。他可以看见面前精致的青花藤蔓与花朵图案纵贯白色盘子蜿蜒开去——除了中间的部分。

父亲把自己的纯金怀表而不是晚饭放在那里,以示斥责。

第三章
雷声四起

二十世纪七十年代末,在加拉加斯,我那时还是个孩子。父母起床的时间不同。母亲喜欢睡久一点,然后赖床。父亲则说过他需要"延展时间",无论工作日还是周末,他最晚早上六点半起床,然后离开卧室,去往与他们卧室相连的书房。他享受从那里观赏渐亮的天色。

我不能在早上去打扰他们,但只要父母任何一人起床并读起报纸来,我就能进入他们房间了。我家没多少规矩,但我父母对这一点很严格。由于是家里唯一的孩子,我渴望讨他们欢心,因此严格遵守了规矩。父母会用内线电话叫早饭。我自己的卧室在房子的另一侧,因此我不可能听到电话铃声或厨房里忙碌的准备声。只有通过报纸,我才能知道父母醒了。

所以我会耐心等待信号。这个惯例很少改变。夜班警卫在下半夜收到扎成一捆的报纸,拿早饭时在厨房交给管家。管家会剪断捆扎的绳子,把报纸放在父母房间关着的白色房门外铺着乳白色地毯的地上。她仔细将它们摆放成半开的扇形,这样每份报纸的名称与标题可以一目了然。只要大厅尽头的报纸消失,我就知道我可以进去了。

首先,父亲会从地上拿走报纸,接着回到书房吃早饭。这就是我去找他的时机。我经常带上早饭托盘,这样我们就能共进早餐。沙发床旁边的桌子只够一个人使用,我就盘腿坐在地上,这时他会帮我把我的托盘放在扶手椅上,再递给我连环画、谜题纸与一支铅笔。他会温柔地询问我的近况,但除了讨论填字游戏的线索,零星的对话惯常围绕着他读到的新闻。

他读完报纸后,会为我母亲重新在门厅地毯上把它们仔细摆好。接着他就会走开,去开会,在书桌边打电话,或者遁入他修表的房间里,留下我独自完成谜题。

我就回自己房间,等待报纸再次消失,这意味着母亲起床了。她一般在上午九点或十点醒,在床上吃早饭,那时的她即便穿着睡衣也很优雅。母亲对谜题不感兴趣,所以我也把那些抛在脑后。我获准带三只大狗进房间,我们都围着她窝在床上,听音乐或者谈论她或我的朋友。她从事艺术工作,会讲些有关指挥家、音乐家与芭蕾舞者怪癖的奇妙故事。有时,她穿戴整齐,我们假装在舞台上,满房间跳舞。我们时不时放声高歌,我母亲的歌声悠扬婉转,但我永远都五音不全。

1979 年,我八岁,还没有发现盒子里的假身份证,一天清晨，我父亲比平时早醒了很多。

天尚未破晓。我怕黑，所以走廊的灯一直开着。透过窗户的栏杆，花园里的树叶在黑影中摇曳。但父亲书房里的灯开了。吃早饭为时尚早，我没有托盘可以带进去。我蹑手蹑脚穿过长廊，轻轻推开半闭着的门，向里窥视。父亲坐着，身穿装饰着白色海鸥的藏青色棉质睡袍，茫然地望着窗外。外面的花园里缀着微弱的黎明之光。报纸在沙发床上堆在一起没打开。我坐到地上的老位置。他的头发在阴影中看上去格外白。他那标志性的镇静不见了，看起来有些慌乱不安。他没有递给我漫画或谜题纸。相反，他极其严肃地转向我，讲述了晚上他在餐厅吃晚饭前发生的一件怪事。他当时正同朋友们聊天，左腿突然感到一阵刺痛。

"我们回家后，我看了裤子下面，就看到了这些。"

他略微掀起长袍的边缘，露出部分小腿。他指着两个红色的小伤口，一个在另一个的正上方，在他白皙的皮肤上清晰可见。"你有没有看见我腿上的这些洞？"

我看见了。

"你觉得它们是什么？"他缓缓问道，看上去精疲力尽，仿佛彻夜未眠。

"蚊子包，爸爸？"

"但愿你是对的。我一点都不确定。它们非常圆，位置也非比寻常。我想它们是别的什么。"

我想起了他几周前讲过的一则新闻报道，是有关保加利亚一名持不同政见者在伦敦的事。间谍用伞射出微型子弹，在他等巴士时把他毒死了。子弹射在他腿上，留下一个蝇头小伤。父亲的意思让我感到意外。"就像伦敦那人腿上的那个？"我大胆猜测。

他点点头。"就是这样。你没用了以后，他们会直接打死你。如果他们不喜欢你，如果他们认为你是叛徒，就像那样，不经过程序或审判，他们会直接杀了你。最糟的是，没人知道。"

他的话吓到我了。我再次检查他的腿。完美的圆点，周围有细细的红抓痕，我看着绝对像昆虫叮咬。

"但是爸爸，没人要杀您。它们不痒吗？您确定它们不是蚊子包？"

他显而易见的恐惧让我不安。我想让它消失，我渴望消除它。我弯过手肘朝向他，指着我自己的一处刚抓过的痂。

"看，爸爸！看，和您的一模一样。"

"你说得没错。"他说，目光仍然游移不定。

接着，他顿了一顿，再次看向我，深情地低声说出一个他从法语的"淘气"派生出来的词，他把这个词同时用在我与我母亲身上。

"小捣蛋。大概是这么回事。"

他移开视线，安抚性地笑了笑，他的笑声本意是让我放心，听起来却怪怪的。我看得出，他仍然很紧张。当时他不认为自己是被昆虫咬了，尽管对我来说显而易见——只是蚊虫叮咬的痕迹。他仿佛已经忘了我是他年幼的女儿，只想让我当他腿上这些奇怪伤口的见证人。他递给我漫画,然后展开一份报纸,藏身其后。

这不合理。父亲不会胆怯,他坚定而强大。他是安全与成功的化身。但他似乎心怀恐惧。为什么他会认为有人要杀他?但我没再说什么,他也是。

那天早上我去母亲房间时,对她讲了父亲的蚊子包的事。我母亲一再主张,大人不能欺骗小孩子。这点让我觉得很安心。这意味着,她对自己的看法与观点非常坦率。

"可能因为他担心疟疾……这里以前有很多病例。但现在情况好转了。"

我反驳说,完全不是这样的,他不怕蚊子,也不怕疟疾。他以为有人想要杀他,就像他们对那个保加利亚人做的那样。

"不用放在心上,他有时候会这样,"她随口回答,"通常不会,但有时候他也会有一些害怕。"

然后她给我讲了他们上次滑雪旅行中发生的类似事件。在这些旅行中,我父母通常从加拉加斯直飞苏黎世,而我则留在家里,去上学。他们定期旅行,我尤其喜欢他们去瑞士,因为他们回家时会带给我超大盒的巧克力。

母亲说,快降落的时候,飞行员宣布,由于天气恶劣,航班可能不得不改降维也纳或斯图加特。父亲的反应令人震惊。他紧握金属扶手,开始颤抖、出汗,他出了很多汗,在额头上拍几下,他的手帕就完全浸湿了。

"是气流不稳定吗?有雷暴吗?"

"哦，不，他不是因为天气才害怕的。"她说。她希望能安抚我，继续说："有时候就是这样，他会害怕。很多年以前他离开中欧之后，就再也没有回去过。我就告诉他要保持镇定，提醒他，他是委内瑞拉人，什么都不用担心。最后风暴平息了，我们最终还是在苏黎世降落。没有理由去焦虑了。"

"所以同欧洲的一些国家扯上关系会让他紧张？"

"不是经常，但有时会，"她说，"现在他离欧洲非常远。而你，我的小老鼠，当然不必花时间去担心这件事。"我完全不能理解，但没再继续这个话题。

为什么一个欧洲公交车站的杀人事件会让我父亲在加拉加斯的家中感到不安？瑞士和奥地利或德国哪里不一样？为什么身为委内瑞拉人就有所不同？为什么我父亲会无缘无故被吓到？那些可以直接杀死你的人，"他们"是谁？而且所有这一切同你小腿上的红点有什么关系？蚊子、国籍、毒药、间谍与不稳定气流可以怎样关联起来？我毫无头绪。我不理解，为什么这些事情中的任何一件都能让我那令人钦佩的父亲害怕。

虽然没有直接的答案，但如果母亲认为父亲不时紧张没有关系，这就意味着我必须照做。她显然一点都不担心有人试图毒杀他。我要尽量不再去想这个问题，就像她那样。

任何在那时观察我们的人都不会注意到有任何异常。我们的生活照常进行，平时的日常活动照旧。父亲的蚊子包痊愈了，再没人提到毒药。过了一段时间，我也忘了。父亲继续在委内瑞拉过日子，满心都是工作、慈善、爱好、朋友与家庭。他看起来似乎没有什么真正的忧虑。

二十世纪三十年代末的捷克斯洛伐克，我的家人能想象到接下来会发生什么吗？看一下那段时期的书信与照片，一切都显示，他们在二十世纪三十年代中期的生活保持正常。不过，在照片中的笑容背后，在书信中强调积极与世俗的话语之中，无疑隐藏着恐惧的暗示。

当奥托在蒙塔纳工厂阅读文件、监督生产时，当汉斯与洛塔尔继续他们的学习、恶作剧、诗歌与孩子气的浪漫时，它一定就在那里。悄无声息，始终存在，但只是在视线之外。

也许汉斯当时还有些不成熟，但洛塔尔已经开始深思熟虑。奥托更是如此，他绝不是什么幻想家；他一定忐忑不安，甚至也许已经预料到了。他一定同他的兄弟们讨论过这个。二十世纪三十年代中期，家中的一个兄弟维克托已经要家人到美国去找他，而幺弟里哈德已经在安排移民了。毫无疑问，即使埃拉常年性情乐观，但她的每一项本能都会促使她保护孩子。也许在她沿着伏尔塔瓦河散步期间，当日常生活的喧闹安静下来，她放任自己的思绪徘徊时，她已经预感到了些什么，她已经对不断逼近的威胁感到丝丝焦躁。

内陆国家捷克斯洛伐克被罗马尼亚、匈牙利、波兰、奥地利与德国包围。没有出海口，只有一条430公里长的河，从西部发端，沿着波希米亚林山边缘地带，积聚着力量往东南方向奔流而去，最后转而向北，穿过波希米亚的心脏区域直达布拉格市中心。它的捷克语名称伏尔塔瓦河与德语名称莫尔道河都来自古日耳曼词语"狂野水流"。

我有一张洛塔尔与兹登卡的照片，摄于 1937 年春季或夏季，他们身着印有当地基督教青年会会徽的同款运动服，并肩而站。看上去他们刚讲完一个笑话，正在笑着。他们在利布其采的花园里，或许刚从伏尔塔瓦河上划完独木舟回来。洛塔尔自豪地拥着兹登卡，她扬眉大笑。他们似乎对这个世界毫不在意。

兹登卡与洛塔尔在利布其采的花园里，1937 年

然而，每周都会出现针对欧洲犹太人的新法律、新限制。1933年至1939年期间，邻国德国通过了一千四百项反犹法律。1933年，犹太人被禁止在政府、法律、农业、出版、新闻与艺术领域的国家部门工作。1933年4月11日，任何人只要父母或祖父母中有一人是犹太人，就会被德国法令正式定义为非雅利安人。1935年，《纽伦堡法案》通过。1935年，波兰仿照德国的犹太人法案，制定了自己的法律。二十世纪三十年代中后期，数以千计的犹太人与政治难民来到布拉格，逃避德国、奥地利与更远的东方的公开仇恨。正当反犹主义在全欧陆扩散之际，捷克斯洛伐克仍保持着相对的政治稳定与进步。大量杰出的犹太人在坚决反对纳粹意识形态的社会民主党政府中任职。捷克斯洛伐克比荷兰更能接纳移民，而且不像在法国，捷克斯洛伐克人能听懂德语。

我找到了二十世纪三十年代后期我父亲的第一代表亲的照片。在其中一张照片里，两名年轻女性自信地走在一名戴着软呢帽的中年男性两侧。她们是埃拉的外甥女齐塔（Zita）与哈娜（Hana），是她爱戴的姐姐玛尔塔的女儿。这名男子是里哈德叔叔。这张照片捕捉到了他们在阔步、交谈、欢笑的瞬间。从中能看到的，只有幸福。里哈德与奥托共同拥有涂料厂，里哈德已经提出要离开并出售他的公司股份。他在申请签证，要去美国找他哥哥维克托。

里哈德·诺伊曼同埃拉的外甥女哈娜与齐塔在布拉格，1938 年

在加利福尼亚的堂兄格雷格寄给我的那个盒子里，有一封信，是 1936 年 7 月写给在美国的维克托的，来自他的兄长之一鲁道夫·诺伊曼。鲁道夫和燕妮（Jenny）结婚后，两人一起住在布拉格东南方通往奥地利边境的城镇特热比奇。照片里的燕妮看起来身材高大，威风凛凛。他们在镇上的主广场共同经营着一间双向门面的时装店。我找到了他们住在巴黎的孙女，根据她的回忆，燕妮和蔼可亲，笑起来爽朗而富有感染力。

鲁道夫与燕妮的两个儿子埃里克（Erich）和奥塔（Ota）比他们的堂弟洛塔尔和汉斯年长十岁。在两人中，弟弟奥塔更安静一些，他仍同他父母一起住在特热比奇。埃里克更活泼，更爱冒险,刚搬到布拉格,入职蒙塔纳工厂从事销售工作。我有一张二十世纪三十年代末拍摄的埃里克的照片。他满是期待地将圆脸转向摄影师。他的黑发向后梳得整整齐齐,虽然只有二十多岁,他的发际线却已后移。他在衬衫外穿了件领口略紧的条纹西装,系了条圆点领带。虽然这是张护照照片,他的眼睛却散发出某种梦幻的光芒。我有一张奥塔战前的单幅照片。家庭相册或盒子里再没有他的其他照片。这是张护照照片。像他哥哥一样,他也穿着条纹西装,系着羊毛格子领带。他的颧骨很高,嘴角下垂。他的眉毛紧挨在一起,仿佛要皱眉。他的浅色眼睛向下看,似乎很悲伤。

在1936年夏的信件中,鲁道夫解释说,生意不如以往了,但店铺还在营业,而且他的家人们都身体健康。他描述了在温泉之城马林巴德一个月的假期,期待着他妻子的到来,以及一同前往奥地利巴德加施泰因的旅行。结尾处,他表达了尽快再次见到弟弟维克托的愿望。

二十世纪三十年代欧洲的总体经济形势解释了鲁道夫对生意的悲观情绪。除此之外,他的信看起来很积极,几乎无忧无虑。在鲁道夫的文字之下,是奥塔写给他的美国叔叔与堂弟们的慎重留言。奥塔的语气要阴郁得多。时年二十五岁的奥塔写道:

我亲爱的家人们:

我时常记起我们共度的美妙时光。我甚至无法相信已经过去了那么久。我正在修读英语课程!我们的生活总体上相当不错，但未来的前景并不光明。我们周围雷声四起，对我们年轻人来说处境尤为困难，因为我们遭受了未来不确定性的打击。不过捷克斯洛伐克的情况比其他任何地方都好，但就算是这里，尤其是在摩拉维亚，反犹主义也在滋长。想想报纸如何报道我们那些邻居的行动，我想这不足为奇。哈里将随函收到我在特热比奇购得的一套新的捷克斯洛伐克邮票。我真希望他会喜欢它们。

来自你们侄子与堂兄的热切问候与亲吻
奥塔

奥塔忧心未来。他知道。

第二年夏天，1937 年 8 月，在捷克斯洛伐克胡门内镇，犹太人被正式指控为渎神。到那时，在布拉格公开歧视甚至暴力对待犹太人似乎已成为一种常态。不过诺伊曼家的生活仍在继续。从照片中可以看到，他们专注于积极的一面：他们工作、学习，在利布其采过周末、旅行以及欢笑。如果以前还没有体会到的话，到这时他们一定已经有所感受了。奥托、埃拉、洛塔尔与汉斯一定已经知道了，网正在收紧。

1938 年 3 月，纳粹进军维也纳，希特勒以德奥合并的联盟之名吞并了奥地利。奥地利的犹太人失去了他们的投票权；他们被剥夺了合法权利，并受到系统性的公开羞辱——例如，被迫用牙刷去刷街道，或被迫像食草动物那样吃素。像之前的波兰一样，匈牙利也通过了类似于德国的反犹法律。到汉斯十七岁时，与捷克斯洛伐克接壤的国家中，有四个公开正式反犹。

1938年10月，希特勒占领了捷克苏台德区。

为此，奥托的哥哥维克托再次从美国来信，敦促在捷克斯洛伐克的家人马上走。这一请求之后，发生了被称为"水晶之夜"的事件——奥地利与德国的纳粹准军事人员与民众打碎了数百家犹太人的商店橱窗。那个11月的夜晚，九十一名犹太人被杀害，三万人被送进集中营，犹太人的财产与犹太会堂被肆意破坏。1938年，德国与奥地利规定，所有被归类为犹太人的人都必须携带特殊的身份证，护照要盖上"J"印章，并在姓名中加入以色列或撒拉。全欧洲拥有犹太血统的人能逃则逃。

几乎每一张在利布其采的家庭照里，人们都在微笑。在洛塔尔的相册里，有婴儿埃拉的照片，有少女埃拉弗拉门戈舞裙扮相的照片，有埃拉微笑着同她姐姐在一起的照片。照片里奥托与埃拉这对小夫妻常与家人度假，每次他们同儿子们照相都是在海滩或在滑雪。相册里满满的照片中，多数是在二十世纪三十年代的利布其采拍摄的。相册的黑色卡页上几乎每一寸都覆盖着照片，有些巨大无比，有些小到我需要用放大镜才能看清面部细节。夏日热浪中，男孩们赤膊玩耍。有些照片里，他们穿着短裤或拿着球。在一张照片中，一家人饶有兴致地挤进一个伯伯的摩托车边车里。另一张照片中，他们正在打网球，身着白衣，一尘不染，面带微笑。在一张照片里，埃拉站在花园里，满脸期待地咬着嘴唇，等待击打排球。一家人拥抱、嬉戏、梦想未来。另一些照片中，他们同狗狗一起嬉戏，有时抱着它，有时让它跳跃。还有一张满是纯粹快乐的微型照片。一个酷暑天里，埃拉站在花园的木栅栏旁，用一个大喷壶淋了自己一身。

从她扬起脸、闭上眼、欢快地张开嘴的方式，从她的姿态，你可以看到顽皮与快乐的完美结合。在远处，奥托与他的大舅子胡戈（Hugo）坐在条纹躺椅上。他们刚停下进行了一半的谈话，抬起视线，即将会心一笑。

二十世纪三十年代末埃拉在利布其采的花园里

我仅有的几张奥托微笑的照片都是在利布其采的花园里拍摄的。其中一张，他在阳光下看报纸时咧着嘴笑；另一张，他平日里光可鉴人的头发在大笑时有点违和。我惊讶于他的快乐与轻松自在。这与我所认为的他的性格不一致。诚然，人们保留欢乐时刻的照片，多数家庭相册不会塞满看起来忧心忡忡或愁眉苦脸的人像照。但这些照片并不是摆拍的——它们捕捉到了自然的欢乐时刻。看来，即使是在二十世纪三十年代末，在伏尔塔瓦河畔的那座沉睡之城，一家人仍能逃脱，忘却烦恼，安然度日。

当我拼合起一家人的生活，我对奥托与埃拉在利布其采的小小绿洲产生了兴趣。房子还在吗？我应该从布拉格驱车四十分钟，沿着伏尔塔瓦街一直走，然后敲开一个陌生人的门吗？如果我找到它，或许拥有者能告诉我一些它的历史。我知道，在埃拉心中，在整个家庭心中，它如此珍贵。一些初步调查显示，虽然共产主义时期曾有许多家庭住在里面，但自从战后诺伊曼家出售这栋房子以来，它尚未合法转手。从谷歌地图上看，这栋房子现在更像是属于某个建筑群。建筑群中间有一片空地，也许是个仓库或轻工业园区。布拉格的捷克研究员玛格达多年来一直在追查像我这样的家庭，她证实了这点。去那栋房子似乎没什么意义，它变得面目全非，其记忆已经被修改与篡夺。

但我仍然很好奇。我想看看它现在长什么样，看看它过去长什么样。我决定在网上碰碰运气。通过搜索 1948 年捷克房地产登记处留下的地址与姓名，我在网上找到了现任拥有者。更多的搜索信息告诉我，米哈尔·佩日纳（Michal Peřina）是一名著名的家具设计师。他的社交账号展现了一名在帆船上微笑的男子，棒球帽下是灰色的短发，眼神温和亲切。我希望我找对了人，地址与姓都是一样的。我写了封电子邮件，解释了我是谁。米哈尔秒回，证实了他祖父母从我家购买了这栋房子。

在描述了我的调查后，我问他是否碰巧有任何关于这栋房子的旧文件或老照片可以分享。他回复说，如果我能等上几个星期，他可以寄一些东西给我；首先他必须先找人修复它。他附上了一张照片，拍的是桌面上铺着的一叠文件。找到米哈尔让我欣喜若狂，起初只是因为他在电子邮件里说，他就像我祖父母那样爱着利布其采的这栋房子。激动之余，我忘了问他到底打算修复什么。我期待着他寄给我一些老照片，也许是一些建筑平面图，或者，幸运的话，也可能是1948年的出售单据。

感谢米哈尔，几星期后，继从我父亲、洛塔尔以及加利福尼亚堂兄格雷格那里收到的盒子之后，第四个盒子来到了我身边。里面有一张米哈尔手写的便条。他告诉我，幼时，他对放在他祖父母家闲置房间的一个神秘保险箱里的东西很好奇。他试过用找到的每一把钥匙去开锁，都打不开。一开始他年纪太小，无法真正地满足自己的好奇心，到了共产主义时期，打开这个保险箱的代价变得过高。然而，在他继承了这栋房子并于2002年洪水过后翻新它时，他抓住这次机会，找到方法弄穿了这块破旧的、曾经点燃过他稚嫩的秘密宝藏梦的钢板。

古老的保险箱里没有任何珍宝，只有潮湿破碎的纸张，我能想象出那时他有多失望。里面提到的姓名对他毫无意义。不过，出于对童年想象的眷恋，也因为它们是一段重要历史时期的一部分，他留下了它们。也许，这些仔细写就的通信竟然幸免于难，这一事实赋予了它一种价值感，一种它一定对某处某人很重要的感觉。这就是为什么我的电子邮件从天而降时，米哈尔怀着巨大的满足感发给了我这些他已经保管了这么久的烂纸片的照片，并坚持要先做专业修复才能给我。这项工作结束后，它们来到我伦敦的家中，被小心翼翼地用无酸薄纸与更外层的牛皮纸袋保护着。

米哈尔的盒子里放的不是照片，也不是平面图，而是属于我祖父母的文件。奥托与埃拉把它们留在了利布其采的家里。在一栋同我家不再有任何瓜葛的房子里，这些文件在保险箱里幸存了八十年。它们一直被锁着，历经第二次世界大战、四十多年的共产主义，甚至包括淹没了这栋房子与捷克共和国大部分区域长达数周的可怕洪水。次年 5 月，我前往利布其采，来到这栋米哈尔精心修好的房子，以便当面向他表示感谢。他带我穿行于这栋房子，穿行于放保险箱的房间、外屋、其他区域和层层叠叠的花园。我们坐在花朵盛开的老树下，坐在奥托与埃拉那时就已经在那里的同一件铸铁的花园家具上。米哈尔的谜团解开了，文件的旅程也完成了。

这些是我祖父母的文件，大量文件，他们认为这些文件重要到足以要用保险箱来守护。虽然历经波折，但它们现在在我手上。有些已经碎了，有些墨水或书写痕迹已经褪尽。他们的生活速写，跨越空间与时间的距离弹射而来。许多文件勾勒出日常生活冗长的书面轨迹，银行对账单、股票凭证、剪报。但在熟悉的行政事务中，也落有阴影。

精心修复的文件之间，放着他们美国移民签证的申请书，用挺括的白色包装材料保护着。那个冬天他们不仅仅计划着节日，不仅仅在利布其采欢笑着。1938年12月23日，时年十七岁的汉斯向美国驻布拉格领事馆递交了文件。两周后的1939年1月7日，奥托、埃拉、洛塔尔与兹登卡递交了他们的申请。整个过程都完好地保存在米哈尔的保险箱里。信封寄给美国驻布拉格领事约翰·H. 布鲁因斯阁下，信件来自华盛顿特区与密歇根州底特律的美国银行与雇主，经过签名与公证，证明维克托有房子，有工作，在底特律银行有足够的资金来支持他来自欧洲的家人。文件盖有美利坚合众国印章，日期为1936年与1938年，规定了适用于学生签证、旅游签证、移民签证与难民签证的申请规则。

每份抬头含有"美国国务院"字样的文件都已褪色，带有水渍，可以看到清晰的红笔手写的圈或下划线，一遍又一遍，围绕着一个术语——"非配额移民"。到1939年6月底为止，已经有约30.9万名德国、奥地利与捷克的犹太人以这种方式申请签证并等待答复。美国在二十世纪二十年代设定了配额，用来限制不受欢迎的移民。很多像诺伊曼家那样的人，都面对着这道执着于计算的闸门。美国每年只签发2.5万份配额内签证。"非配额移民"这五个字是简易门闩，将我祖父母阻挡在通往安全的最后一道门前。

现在我确切无疑地知道了。哪怕是 2002 年镇上泛滥的狂野水流，也没有摧毁奥托与埃拉一直锁在地下室保险箱中的证据。他们在利布其采的欢笑是真实的，但他们的恐惧一定也是。诚然，他们不知道这会走多远，但他们知道得够多了。他们对它恐惧到足以想抛下他们已经建立起的生活。他们四人都试图离开。但他们不能。有配额。美国有严格的移民限制，尤其是来自迫害犹太人的那些国家。有极小的概率他们可能进入配额之内，获得移民许可，但这一可能性也在递减。因此，虽然他们害怕可能会到来的事，虽然他们被允许迁居美国的希望渺茫，但他们还是继续专注于自己的日常生活。

第一份证据来自 1939 年 1 月，显示这家人试图找到漏洞，用某种方法逃避欧洲沸沸扬扬的反犹主义的迫害。洛塔尔与埃拉由约瑟夫·菲亚拉（Josef Fiala）施行了洗礼，菲亚拉是位于布拉格老城中心的圣雅各伯圣殿的神父。神父是洛塔尔与兹登卡的朋友，渴望帮助这家人。现在我知道，菲亚拉在战争时期救助了很多人，甚至冒着生命危险为一名犹太人提供了避难所。继埃拉与洛塔尔之后，汉斯跟着在 1939 年 3 月 24 日受洗，当时他刚满十八岁不久。但奥托没有，他拒绝了。"我宁愿听甘地的话，也不听任何拉比或神父的建议。"他声称。他从未在任何官方文件中表明过宗教归属。我在档案里找到的每张表格上，那一行都是空着的。我永远都不会知道，这是出于某些意识形态信念，还是出于害怕歧视。我从故事与文件中了解到的是，奥托相信，宗教机构与宗教热忱过于频繁地引出人们最坏的一面。

无论如何，洗礼是徒劳的，因为对纳粹而言，犹太性不是一种选择，而是由祖父母所决定的"种族"。信仰或实践无关痛痒，重要的是基因构成。《纽伦堡法案》提供了一种定义，使迫害成为可能。任何至少有两名犹太祖父母或外祖父母的人，只要属于犹太社区，或同犹太人结婚，即属此列。没有在社区中注册或没有通婚的人，则需要三名犹太祖父母。诺伊曼家有四名犹太祖父母，所有人都显然符合这个定义。

然后到了1939年3月15日，雷声终于变成了暴风雨。那天早上五点，破晓时分，布拉格电台播放了捷克斯洛伐克总统的一段讯息：

> 今天早上六点，德国步兵与飞机将开始占领共和国领土。绝不能阻挡他们推进。稍有抵抗就会造成不可预见的后果，并导致干涉变得残酷不堪。布拉格将于六点半被占领。

第四章

新的现实

1939年3月16日,有人拍到了这样一张照片,耀武扬威的阿道夫·希特勒在位于布拉格之巅的城堡凹窗前挥手;三十年前,城堡曾让卡夫卡充满恐惧之情。元首宣称,捷克斯洛伐克已不存在。其领土被划分为斯洛伐克共和国以及波希米亚和摩拉维亚保护国。布拉格是德国管理的保护国的首都,而这都是纳粹势力范围第三帝国的一部分。

那时,洛塔尔早已放弃了任何对于戏剧学校的梦想。1936年秋,如其父所愿,他开始在捷克理工学院学习化学工程。1939年3月底的一天早上,他走进教室,发现一个给犹太人[①]洛塔尔·诺伊曼的信封。里面是一封信,通知他必须离开学校。这不是一份官方通知——禁止犹太人入读大中小学的法令还要再过几个月才出台——但它足以让洛塔尔感受到威胁。学位修

[①] 原文为德文"Der Jude"。

读到一半,他就不再去上课了,开始在家里的涂料厂工作,这样相对安全一点。那年早些时候,弟弟里哈德获签并移居美国,留下奥托独自执掌蒙塔纳。洛塔尔来到工厂,为奥托提供了另一双急需且可靠的手。这也意味着洛塔尔有了收入,这增强了他向兹登卡求婚的动力。

几个月后,兹登卡才向她的家人提起订婚的事。她的家人一次又一次告诉她,和一个犹太人约会真是疯了。她有貌,有才,有钱。全欧洲的人可以随她挑。

"这怎么回事?"兹登卡的亲戚说起过,她父亲曾绝望地大喊,"那么多男孩子喜欢她,为什么她就选了个犹太人?"

这不是说兹登卡家反犹。他们见过诺伊曼一家人,甚至也喜欢这家人。她母亲很喜欢洛塔尔,洛塔尔每星期都去拜访她,总是给她带一束紫罗兰,给她看自己的照片,并逗她笑。虽然他极具魅力,但这是她的长女,而且在这个时代每个人都已经够难了。兹登卡的母亲试着同她讲道理:"他需要朋友,兹登卡,而不是爱情。你们两个都要动动脑子,尤其是现在,发生了那么多事。如果你真的想帮助他和他的家人,以朋友的身份你可以做得更多。"根据家庭传闻,即便是兹登卡那位频频支持其独立精神的外祖母,这次也很严厉:"在这个糟糕的时代,随心所欲是愚蠢的。"

兹登卡毫不怀疑她的家人会反对这桩婚事,她的直觉一如既往地正确。因此她与洛塔尔暗中安排了一切。事关在一起,他们从未想过要把事情闹大。他们见了圣雅各伯圣殿友好的神父,后者再次答应帮忙。听到这个消息,奥托不屑一顾,而埃拉则喜极而泣——她一直在期待着这个。虽然洛塔尔反对,兹登卡还是认为,最好根本就不要通知她的父亲婚礼的事。她一直等到最后一刻才告诉她的母亲——婚礼当天的星期六早上,她的父亲前脚刚出发前往他们在热夫尼采的乡间宅邸。她既害怕又兴奋地哼着歌,带着这个消息冲进母亲的房间。她母亲差点就吓晕了。她说,兹登卡没给她足够的时间,她可能无法参加仪式。兹登卡告诉她那一直支持她并爱她的外祖母时,外祖母的反应也与此相似。她说,如果兹登卡的父母不参加,她也不能参加仪式。但当外孙女同她一起哭泣时,她屈服了,提出当晚在她位于波德斯卡尔斯卡街20号的房子里主办一场盛大的庆祝晚宴。她立即差遣女佣鲁热娜与阿内日卡去准备,然后冲到楼下的糕点师沙法日克那里,把店里陈列着的甜点与蛋糕买走了一半。

就这样,1939年5月12日星期六,那天下午,在沦陷的布拉格市中心的圣雅各伯圣殿,洛塔尔与兹登卡结为夫妻。诺伊曼家以及兹登卡的妹妹玛丽和他们在一起。数月前为洛塔尔、埃拉与汉斯施洗的约瑟夫·菲亚拉为他们证婚。当晚,双方的朋友与部分家人参加了这场优雅的派对。兹登卡的母亲与妹妹还是加入了晚宴。除了兹登卡的父亲,所有和这对夫妻关系密切的人都在那里,前者从电话里听说了发生的事后,拒绝从乡下回来。

洛塔尔与兹登卡在其婚礼后的晚宴上，1939年5月12日

当日的每一份记载都表明，这对新婚夫妻散发出的幸福感，感染了他们周围的每一个人。对于所有在场的人来说，兹登卡与洛塔尔的爱情那么明显，当晚再也没有人觉得这桩婚事疯狂。如果你看到他们对视的样子，就知道他们显然属于彼此。

然而，接连不断的各种限制破坏了他们未来的计划。他们本想买一栋房子在里面开始共同生活，但是面对普遍的不确定性、影响犹太人的各种禁令与移居美国的尝试，洛塔尔与兹登卡决定住在工厂旁边的布拉格公寓里。家里的住家女佣已经搬到利布其采的房子那边去帮助埃拉，所以他们可以扩大洛塔尔的房间。他们把它重新粉刷成更鲜艳的颜色，用来映照晨光。洛塔尔专门制作了木书架，这样兹登卡就可以把她的藏书同他自己的放在一起。

家人把他们留在布拉格独处一星期。这一把偷来的日子就是他们全部的蜜月，但他们喜欢这样的日子。他们是自己城市的游客。他们在布拉格的鹅卵石街道上游走，仿佛从不认识它一般。他们发现了可以藏身其中并拥抱的新角落。他们在河岸边喂天鹅，穿过俯瞰城市的陡峭花园，徒步登及斯特拉霍夫修道院，然后进入城堡庭院。

重新探索这座城市时，他们用洛塔尔的柯达 8 毫米胶片相机互相拍照，洛塔尔拍了几十张兹登卡的肖像照。兹登卡总是优雅而笑意盈盈，洛塔尔则如此快乐又自豪。他们去卡尔洛娃街的影院观影。他们啜着饮料，看着人群游荡，任时光流逝。在这套宁静的公寓里，他们度过了美妙的时光，读诗、舞蹈、歌唱、欢笑，总是欢笑。洛塔尔一直梦想着去印度。他想去参观那些他与兹登卡一起读到过的宫殿并拍照，但那段旅程得晚一点，得等到事情平息下来，更确定才行。

兹登卡，洛塔尔摄，1939 年

虽然他们很幸福，但如果你是捷克人，尤其是犹太人，1939年5月显然不是浪漫旅行的时候。彼时，犹太律师与医师都已被吊销执照，而且在3月通过了一项法律，禁止出售或转让犹太人的财产。

生活似乎也在以其他方式压迫他们。婚礼后没多久，兹登卡的外祖母因剧痛被送进医院，诊断出癌症晚期。兹登卡深深地敬爱着她。她生命中最初的五年是由外祖父母来抚养的，那时她的父亲是驻扎在布达佩斯附近的奥匈帝国士兵，她的母亲搬去与丈夫同住。因为父亲在家庭生活中缺席，兹登卡同他的关系并不好，而且，虽然她爱母亲，但最牢固的家庭纽带无疑在她的外祖母身上。是外祖母，教兹登卡唱歌，小小年纪就赋予她独立理财的权利，给予她自由的责任，后来又鼓励她学习法律。当然，外祖母也是为他们举办结婚派对的那个人。兹登卡想留在她身边，尤其是现在她正在受苦。于是这对新人留在了布拉格，一边照顾她，一边工作，同时期待着他们移民美国的文件能通过，这些都合情合理。

埃拉已经决定在利布其采的房子里生活。她一直觉得布拉格让她不知所措，但现在，随着德国人的到来，那里的每一天都变成了煎熬。汉斯继续在理工学院学习，参加恶搞俱乐部的会议，在利布其采的房子里过周末，同他心爱的杰瑞以及新养的猎狐幼犬金玩耍，以这些方式来缓解内心的阴郁。家书显示，汉斯除了写诗，还决定尝试雕塑。他想当一名艺术家，上学只是用来安抚他父亲的。他在市里的大部分空闲时间都同兹德涅克以及小几岁的兹登卡的妹妹玛丽在一起。他们一起形成了一个小团体：他们自己制作电影，讨论艺术与图书，到处骑车，以及搞恶作剧。兹德涅克与汉斯运用他们的化学知识，制造了硫黄炸弹与鞭炮，在拥挤的主路上惊动了德国士兵。

与此同时，纳粹接管的威胁逐步逼近，奥托与洛塔尔忙于维持蒙塔纳的生存。奥托、汉斯、洛塔尔与兹登卡组成了一个意料之外的四人组，工作日在工厂旁的公寓里度过了无数个夜晚。

奥托的一个弟弟奥斯卡被解雇了，他不得不搬离出租屋，奥托与埃拉建议他同妻子与年幼的儿子搬进他们在利布其采的房子。奥斯卡每天通勤到布拉格，去工厂帮忙。每过去一星期，都会传来家人或朋友遇到困难的消息。到1940年7月，波希米亚和摩拉维亚保护国有过半的犹太男子没有收入。就这样，埃拉在利布其采打理着一整栋房子，而兹登卡在布拉格也打理着一栋。

后来兹登卡记录下了她同这家人在布拉格公寓的第一个早晨。早饭总是很早，早到甚至连守时的管家都是在他们吃完早饭后才到的。虽然兹登卡一向独立而机智，但她从未掌管过一个家庭，当然她也不会去迎合三个习惯被照顾的男人的需要。一直是她母亲与外祖母在管这些事，还有工作人员帮忙，因此兹登卡从来就不需要考虑这类事务的细节。所以，第一天早上七点整奥托走进餐厅时，早餐桌还没摆好。他无动于衷。奥托讨厌变化，他的晨间惯例到那时都还不可侵犯。他崇尚准时，那天早上他期待着兹登卡早起去做准备，所以他傲慢地走去起居室听广播，留下她准备早饭。几分钟后兹登卡摆好桌子，烧好水，切了些面包。当奥托回到桌前向兹登卡要他的茶时，她欢快地递给他一杯纯红茶。奥托拿着他的茶，要往里加柠檬，他扫视早餐桌，想找到一小碟柠檬片，埃拉总是会确保早餐桌上有柠檬片。奥托喜欢精心挑选柠檬片，用调羹挤一点点柠檬汁，然后让柠檬浮在杯子里。那天早上，没有柠檬碟子。更糟的是，他很快发现，厨房里也没有柠檬。

"埃拉一定告诉过你吧，我早上喝茶要放柠檬？"

"她一定说过，肯定是我忘了，"兹登卡仍旧欢快地回答，"您要不要来点牛奶和糖代替？"她的魅力总是能让她摆脱困境。她对着她那位严厉的公公微笑，同时建议说，也许他真正需要的是一点甜味。但在这里她的魅力没用，奥托板着脸走了，去上班路上的斯维特咖啡店吃早饭。洛塔尔惊讶地来到厨房，和她一起狂笑奥托的坏脾气，把汉斯都吵醒了。兹登卡并没有退缩，她将同奥托的关系视为一种挑战。

第二天早上，奥托出现时，一个惊喜在等着他：兹登卡已经在抛光木桌上摆好了一席盛宴。她用冷肉、奶酪与奥托最喜欢的肝酱做了一个拼盘，旁边放了一篮热面包卷。在奥托的老位置，她摆了一碟柠檬片，有的片成薄片，有的一切为四。奥托走进房间时，她正式宣布："亲爱的先生，这是您的早餐。当然，还有您的柠檬。"她微微鞠躬。

奥托不禁回以微笑。"哦，我知道你在做什么。你是想养肥后以便宰掉我。"他不动声色地回敬。

兹登卡趁机调侃他先前的爆发,通常没人同奥托开玩笑,没人敢这样做。在那天之前,家里只有他的妻子埃拉与他的弟弟里哈德有足够的勇气这么做。随后的几个月,直到一家人被迫搬到利布其采的房子里,奥托才开始珍视早餐时同兹登卡聊天的时光。一定是在那些清晨的早餐期间,在他啜着柠檬茶时,他们建立起了纽带。就是在那时,奥托变得像洛塔尔、汉斯与埃拉那样,开始喜爱兹登卡。

我有一封分两部分写成的书信,由奥托与他的弟弟奥斯卡在1939年8月写给他们在美国的长兄[①]。它描述了家庭的新情况。

亲爱的维克托与孩子们:

虽然没有成功,但我非常感谢你们一直以来为了我们所做的一切努力。关键是向任何一个海外国家申请签证。只有得到了签证,才能向盖世太保申请离境许可,按照要求办理某些手续——回国当然是想都不要想。想走的人最好手上就有车票,或者能从国外的朋友那里收到票,因为这里不准买。这边的流程几乎不可逾越。

虽然有一些限制,但我能继续在家族企业工作,因此我们的收入有保证。生存真的只需要神经强大。我不知道

---

① 根据家谱,维克托其实是三哥,大哥是鲁道夫。

你们会在什么情况下收到我的信。毕竟,在我们所生活的欧洲的癫狂之中,一切皆有可能。

这里也非常热。我们每天下午都去利布其采,在那里我们能很快恢复精神,但第二天还得面对所有这些施加在我们身上的不愉快与攻击。到目前为止还能忍受,你们不必担心。不过,有趣的是不同的人如何以截然不同的方式应对各自的命运。无忧无虑的那类人似乎过得最好,但不幸的是,诺伊曼家不是那种性格。

你们的

奥托

亲爱的维克托与男孩们:

你们无法想象,在过去的几天里,我们有多盼望你们的来信。我之前就想写信了,但一直没这个心情——请不要认为这是出于懒惰。

今天你们的信终于到了,我们立即回信了。首先,感谢你们的努力。我希望有一天能有机会报答。也谢谢你们的假日明信片,它的效果你们无法想象:我们羡慕死你们的自由了!例如,一个人能够自由地去海边旅行,而不必考虑祖父母的宗教信仰,这看上去简直不可思议!

看来要打仗了。在目前的情况下,除非形势有所变化,否则犹太人不可能留在这里。到目前为止,我们还有谋生的手段……因此,我们很幸运,可以等。

下周一我将同全家人一起搬进一套一室户公寓，我们将在那里等待各种事情来临。我不确定我们的儿子们是否能上学，但过几天答案就揭晓了。我以为你们不熟悉"雅利安"的定义，但从你们的书信中能看出，即使是你们也已经知道这个词了。这简直了，不是吗？这就是我们生活于其中的世界。

可悲的是，战事悬而未决的情况下，一切都无关紧要了。我们不得不拭目以待，看看未来会发生什么。我只能说，我不能只想着等哪个国家轮到我移民；我需要赚些钱。对年轻人来说不一样，但我有一个家要养。一个人对家人的爱无所不包……如果我喂不饱自己的儿子，我会作何感想？我的儿子是个漂亮的六岁男孩，为了维持他的安全与温饱，我什么都愿意做，至少到他长大一点或者能自食其力。我仍然保持乐观，希望一切都会好起来。

你们说得对，到目前为止，我们已经以某种方式对付过去了，因此我们将继续这么做。到目前为止，我们尚未丧失勇气，我希望将来也是如此。我们一直生活平静，一直很幸运。我希望这份运气能继续下去。

我想让你们知道，新婚的洛蒂克与他年轻的新娘兹登卡非常幸福，他们在一起的生活真是美好。她非常和善、可爱、聪明、美丽。看他们在一起真是让人开心！就像我们所有人一样，他们只是渴望着一点点和平。我不知道什么时候能再次给你们写信，也不知道是否还有这个可能。要知道，我们不会轻易放弃的，希望我们所有人能在新世界愉快再见。

维克托，保持健康，同你的儿子们好好相处。

该说再见了
奥斯卡

由于移民美国确实明显更加困难了，里哈德和维克托在1939年、1940年无数次前往古巴，试图为家人安排经由加勒比逃离欧洲的签证，但只是徒劳。他们的努力今天仍清晰可见。一份保存在捷克外交部的文件显示，捷克斯洛伐克流亡政府驻美国与古巴的领事馆都要求布拉格提供诺伊曼兄弟的资料。

每过一星期，都会公布更多针对犹太人的法律。现在我读到它们时，其中的卑劣专横仍让我感到震惊。随着一道道明显荒谬的命令逐渐颁布，分隔与非人化的过程浮现出来了。随着这些规则的施行，它们在其荒诞与恐怖中变得具有毁灭性。

1939年5月，犹太人被禁止拥有持枪执照。6月，犹太学生被赶出德国学校。7月，有法律规定，犹太人被禁止进入司法机关，被禁止从事律师、教师或记者工作。同月，通过了一项法令，非雅利安人必须登记其财产：他们的房屋、他们的汽车、他们的银行账户、他们的黄金、他们的珠宝与他们的艺术品。7月，将犹太人限制在单独的犹太区餐厅的法律通过了。几星期后，他们被禁止进入游泳池。他们也不许进入公园、影院或剧院。他们没有许可不准出行。他们必须交出他们的驾照——最终，必须交出他们的汽车与自行车、他们的收音机、他们的照相机、他们搜集的邮票、他们的缝纫机、他们的伞、他们的宠物。

法律限制了职业与后勤，一家人深受其害。这些法律的效果远远超出了其所禁止的大量特定日常活动。它们还煽动了那些怀有种族主义意图的人，现在他们组成了像捷克法西斯主义协会弗拉伊卡那样的团体。现在个人也有权表达他们的仇恨，并根据其偏见采取行动而不受惩处。种族主义与暴力在正常化。1939 年 5 月至 6 月，每天都能看到捷克保护国的一座犹太会堂遭焚烧。这些法律还有另一重更微妙的效果。它们产生了海量的文书并助长了官僚作风，数以千计受其影响的人们日渐倦怠，种族孤立与区别对待与日俱增。

犹太人上学受限，诺伊曼家两边家族中年幼的亲戚都受到了影响。1939 年埃拉的侄女薇拉·哈索娃（Věra Haasová）八岁。薇拉是埃拉的哥哥胡戈与其妻子玛尔塔·施塔德勒（Marta Stadler）的女儿。薇拉与她的父母住在罗乌德尼采——玛尔塔父亲的店铺楼上。他们组织哈斯家的聚会，通常在夏天到访利布其采，同诺伊曼家共度时光。

作为独生女，薇拉上的是德国学校，而现在，像镇上其他犹太孩子一样，她被禁止进入教室。捷克学校不接收犹太孩子，因此玛尔塔的父母在他们店铺后面一些闲置的房间里放了些木桌椅，创造了一个秘密场所供孩子们学习。玛尔塔已退休的父亲教数学、科学与德语,其他志愿者教地理、诗歌与人文学科。

一开始,孩子们还可以被带到室外做运动、玩耍、骑自行车及野餐,但到 1941 年,法律迫使他们留在室内。即便如此,这所学校似乎仍成了孩子们的避难所。七十五年后,我发现了一张 1941 年夏拍摄的照片,对着照相机时,里面所有的女孩子都手牵手。薇拉最高,戴着一串粗大的项链。薇拉的外祖父施塔德勒先生一脸严肃地站在后面的门口。这所小型学校可能为这些孩子保存了一丝内心的平静,为他们提供了一个避风港,直到 1942 年罗乌德尼采的犹太人遭到驱逐。

罗乌德尼采施塔德勒商店后面地下学校的孩子们,1941 年

第四章　新的现实　　93

　　我们今天知道这一切，是因为这所地下学校的其中一名学生后来提供了一份记录，这份记录可以在布拉格犹太博物馆的档案中找到。她捐赠了同学们的笔记本与其他照片。在其中一张照片里，孩子们围绕着一张铺满书和笔的桌子。另一张照片里，男孩女孩正伸展四肢躺在草地里的野餐垫上。画面一侧，自行车靠在树上，一把吉他躺在毯子上。大家看上去都很放松。没什么会让观看者认为，这些照片拍摄于战争期间、迫害期间。

　　这名提供记录并捐赠所有文件的女士名叫阿莱纳·博尔斯卡（Alena Borská）。和我表姑薇拉一样，她也是1931年出生。阿莱纳现年八十八岁，仍然住在罗乌德尼采。她不用手机，也不上网。阿莱纳也在照片里。她身着白裙，笑容灿烂，站在薇拉右侧。

　　她只会说捷克语，可惜我不会，所以我在捷克研究员朋友的帮助下通过书信和她联系。我问她是否对薇拉还有印象。她是这样回答的："七十年了，我一直期待着有人来问我薇拉的事。她是我最好的朋友。我们都曾是小女孩，经常一起嬉笑玩闹。"

　　她又附上了另一张照片，这张照片皱巴巴的，还有划痕，摄于1938年秋天，她一直随身保存着。这张照片显示了战争爆发前的薇拉与阿莱纳。两个还带有婴儿肥的孩童身着同款大衣，站在光秃秃的树丛中。摄影者捕捉到了阿莱纳灿烂的笑脸，而薇拉则似乎心情阴郁。

薇拉与阿莱纳，两人都是七岁，1938 年

汉斯可以继续他的学业，因为技术学校的犹太人尚未受到禁令的影响。这场入侵唤醒了他，我能找到的唯一证据是，他在 1939 年期间成绩有所提高。我得知他当时还能继续同兹德涅克以及学校里的朋友们在一起。放学后，他们穿过马路到乌·弗雷库，兹德涅克的母亲会用大大的拥抱欢迎他们，招待他们到厨房边上角落里的桌子吃饭，悄悄给他们几盘当天的菜。尽管 1939 年 8 月就已经开始执行禁止犹太人进餐馆的禁令，她还是尽可能久地做了这些。到 1939 年 9 月，犹太人在晚上八点以后需要执行宵禁，汉斯被迫缩短了晚上同朋友们在一起的时间。

到 1939 年 10 月，奥托与汉斯不得不搬出工厂边的那套公寓。

德国入侵以来，埃拉选择留在利布其采的乡村屋，很少回到首都。她坚持认为那里的生活更轻松，而且既然已经宣战，这种感受就更真实了。那里有更多空间，而且似乎威胁也更少。政府宣布犹太家庭不允许拥有超过一处住宅后，诺伊曼家将利布其采申报为他们的家。最初奥托与汉斯必须获得进入布拉格的行车许可。而在被迫交出驾照后，他们又需要搭火车或有轨电车出行的许可。

作为"异族通婚"夫妻，洛塔尔与兹登卡起初登记住在布拉格，在工厂旁边的那套公寓里。仍旧在蒙塔纳工作的家人尽可能经常见面，一起吃午饭。兹登卡的阿姨有一大片农场，农场的物产加上她在黑市上新近结交的朋友的帮助，意味着那里总是有大量食物。

到 1939 年 11 月，有那么多禁令生效，以至于为了确保这些禁令的施行，每周都要出版一本新规目录。那时，德国人已经关闭了所有的捷克大学，因此即使是兹登卡也不得不停止学习法学。由于犹太人被禁止从事大多数职业，许多人现在被招收进了体力劳动者的再培训项目。到 1940 年 2 月，犹太人被迫交出所有的股票、债券、珠宝与贵金属，官方只允许他们保留结婚戒指与金牙。

1940 年 3 月，布拉格犹太人长老理事会①成立了。它是欧洲各处纳粹强加给犹太人的众多版本的"首脑机构"之一。自中世纪以来，遍布欧洲的犹太人社区已经运营起自治的市政机

---

① 原文为德文"Judenrat"。

构，经常同特定的犹太会堂与隔都（ghetto）相关联，那里保留着犹太人的出生、婚姻与死亡记录，负责执行各类行政与慈善工作。现在，纳粹种族法不再根据是否践行犹太律法来定义犹太人，它强迫所有犹太人加入这些理事会，并缴纳会费。每个理事会都收集并储存其区域内所有犹太人的信息。布拉格理事会是作为一个综合机构设立的，用来管理保护国各地较小的区域理事会。其负责人被迫监督并执行所有影响犹太人的法令的履行情况。所有这些沦陷领土内的机构都由具有影响力的犹太人担任领导与工作人员，通常是拉比或其社区内的领袖，并在纳粹的直接指挥下运作。这些领袖被称为长老，他们本身没有权力。

最初，这一机构是为协调来自保护国和其他沦陷区的犹太移民所设机构的一部分。诺伊曼家有一位挚友在布拉格理事会工作。斯捷潘·恩格尔（Štěpán Engel），昵称皮什塔，他是奥托与埃拉的朋友的儿子。他比洛塔尔与汉斯年长几岁，但他们在小时候就已经认识他了。他也是洛塔尔与兹登卡朋友圈中的一员。1940年，皮什塔被任命为长老们的秘书长。皮什塔在决策方面的影响力微乎其微，但是他扮演了某种意义上的把关者的角色，在信息公布之前，他就有获知渠道。他向诺伊曼家传递了此类信息，这使得他们有多一点的时间去准备。时间变得至关重要，而提前知晓的这些信息将最终被证明为价值连城。

在进入1940年之际，谣言满天飞，说同犹太人通婚者所拥有的财产将被没收。这意味着，兹登卡会失去她所有的房子以及来自租客的收益。洛塔尔与兹登卡身边所有的人都奉劝他们离婚。他们激烈抗议，但甚至连皮什塔也证实了他们的恐惧。起初，他们是拒绝的。但兹登卡的外祖母去世了，留给她更多财产，此时，这种预防措施变得更为急需。双方家庭都恳求洛塔尔与他心爱的妻子签署离婚文件。诺伊曼家预计蒙塔纳随时会被接管。它不过是一张纸罢了；它会保住这些财产的所有权，它也是保证一份养活他们所有人的收入的唯一方式。

因此，1940年2月，在他们结婚之后仅仅九个月，洛塔尔与兹登卡不情不愿地签署了离婚申请，但他们仍然承诺将继续信守誓言。所有记录都表明，他们对此感到悲痛欲绝。不过他们也很实际，明白他们放弃的是一个象征，而不是他们的爱情。已故的外祖母的建议在兹登卡心中引起了更多共鸣：这不是随心所欲的时代，关键的是一个人的头脑。离婚马上就被批准了，洛塔尔被勒令住回利布其采。不过，几个月里他们在蒙塔纳成功私会过几次，其后，他们决定违抗禁令，冒着被处罚的危险，一起住进兹登卡家拥有的其中一栋楼里。为了防范邻居，他们冒称姐弟。只有从小就认识兹登卡的看门人知道真相，并帮她准备了这套公寓。她看着兹登卡长大，忠于雇用她的这个家庭。她帮他们保守秘密。

1940年，正如诺伊曼家所预料的那样，蒙塔纳被帝国任命的受托人[①]接管了，对方掌握了公司的合法所有权。这人叫卡尔·贝克尔（Karl Becker），来自柏林。贝克尔掌管了这家十七年的家族企业，对洛塔尔与奥托施以暴政。一封贝克尔于

[①] 原文为德文"treuhänder"。

1941 年 7 月用公司信纸写的信里，责令洛塔尔前来上班，否则贝克尔会让盖世太保传唤他。奥托与洛塔尔别无选择，只有默默承受这一切。

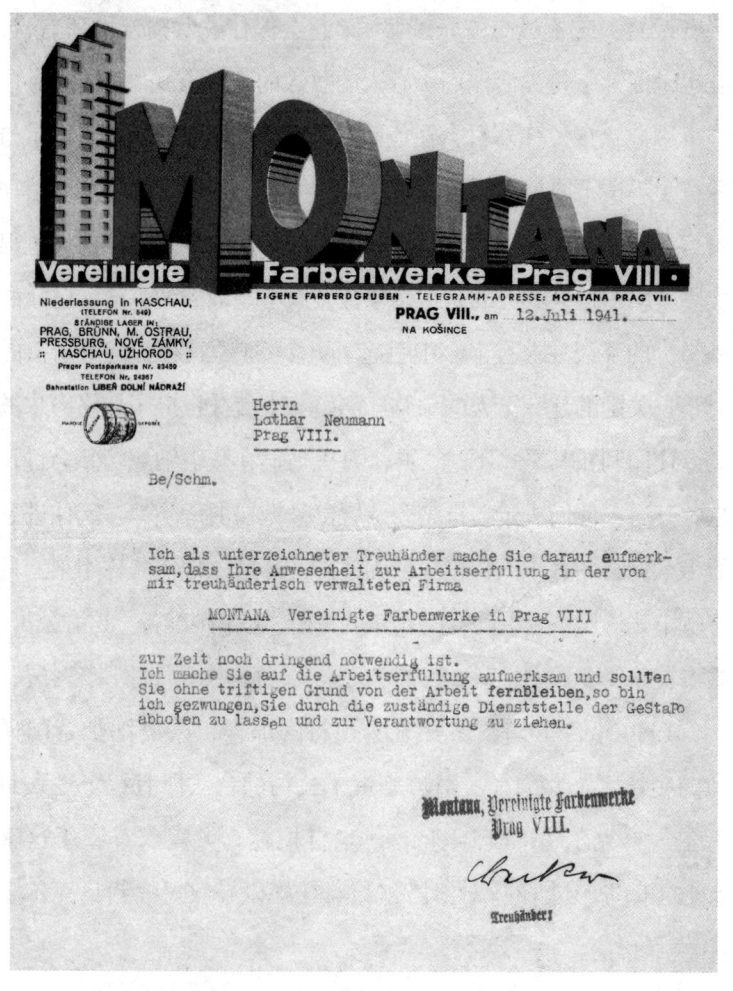

用家族企业笺头写给洛塔尔的信，威胁要向盖世太保告发他

在利布其采，埃拉努力在一个显然不再正常的世界里维持正常状态。她的家人、姻亲与朋友都失去了工作、财产与家园。他们因出行限制而四散、分隔。她最年幼的侄甥们去地下学校上学。她的长子被逼同他心爱的妻子离婚，冒着生命危险违抗各种禁令。在某种程度上，家里唯一看似生活相对无恙的成员是她的幺子汉斯。

1940年5月，埃拉致信已在美国开启新生活的里哈德。尽管发生了那么多坏事，她还是告诉他这个好消息："本周，汉达从化学技术学校毕业了。"她的信这样结尾："在利布其采这里，树上的花朵绽放得如此美丽，几乎使我们身边发生的那些事显得无足轻重。"

第五章
溺　光

　　洛塔尔的相册里精心铺陈着大小不一的照片。有些照片很清晰，是我的家人身着军装、考究的礼服或特定服饰，在影楼摆拍的人像照，影楼名镂印在厚实精美的纸张上。这些在影集中"雄踞一方"的正式照片，标志着出生、结婚或到达一定年龄等人生里程碑事件，但大多数照片又小又随意。它们更多是一群人的合照，只是在如实地捕捉日常生活。

　　其中一张大照片脱颖而出。它不是一张正式照片，但安放在白色边框中，同黑纸形成对比，独占一页。这是汉斯十八九岁时的肖像。他身着条纹衬衫与毛衣，戴着眼镜，头发整齐地分开并梳到两侧。他手持一架柯达8毫米胶片摄像机，这种摄像机许多都是在二十世纪三十年代为捷克市场生产的。这张照片一定是在1939年或1940年拍的；如果是这之前拍的，汉斯看上去过于成熟，而到1941年底，犹太人已经被迫上交了摄影器材。我不知道诺伊曼家是否遵守了这项法律，但以我对他们的了解，可以确定他们不会冒险制造不利于自己的证据。在这张人像照中，汉斯看上去正在拍摄，他正向下看，部分脸被设备挡住了。我认得出他的手、他修长的手指、他抓握的姿势。他拿东西的方式经常让人感到别扭。他是双关节①，因此这姿势对他来说极其自然。我知道这些，因为我也是双关节。我的三个孩子像汉斯与我一样，关节弯曲更明显。我们拿东西的姿势也很奇怪。像骑自行车、接球、握铅笔、在椅子上安顿身体或在叙述中表达思想，这些活动都构成了额外的挑战。要不是我的孩子的小学老师指出这一点，并建议进行一些提高他们肌肉运动功能的练习，我大概永远也不会注意到。所以我现在知道，汉斯拿东西的奇怪姿势，可能也包括他总是从自行车上摔下来的问题，源自一种同双关节有关的遗传病，这种遗传病叫运动障碍。我想汉斯从来都没有注意到，他拿东西的姿势有什么别扭之处。

我无法确定是谁拍了这张汉斯拿摄像机的照片，很可能是洛塔尔，但汉斯似乎没有注意到这个摄影者。

这张照片有种静谧感，能够安抚我。汉斯全神贯注于这项工作，他的右眼专注于镜头中的视野，左眼闭着。这将我带回了童年记忆的角落之中，在那里，他在那间长长的房间里修理

---

① 关节弯曲程度远超过一般人的症状，俗称双关节。

手持胶片摄像机的少年汉斯

手表。同样的专注力,让他在几十年以后连续几个小时坐在那里,盯着放大镜,校准手表里的微型机械装置。他没有意识到他的肌肉运动功能有问题,一心想用自己的手指拉动细微的枢轴与链条以确保走时精准。那时他也没有注意到,我正从门缝里偷看,狐疑地盯着我们家后面那间没有窗的房间。这个极其沉静而自律的汉斯正是我监视的人。我的调查中浮现出的这个汉斯,这个倒霉小囡、迟到大王、无忧无虑、乱七八糟、异想天开,一点都不像我所知的那个父亲。

来自堂姐家的盒子里不只有书信与相册。这些文件中,有德国占领头几年里我的父亲与洛塔尔写的诗。洛塔尔的诗更贴合时代,充满了黑暗与恐惧。其中一首描绘了一家人围坐桌边,等着谁走进门的场景。它的标题是不祥的《死亡之歌》。

父亲的诗，更多是探讨失恋、女人与心痛。它们的标题都是诸如《卖花姑娘》《夜之阕》《空洞的拥抱》《春的十四行诗》等。我读的是译文，即便如此，即便我偏心，我也不能说它们写得有多好。有些诗句听着就是陈词滥调，显然出自一名青春期男孩之手。"自从你离开我，我不再，我什么都不再是，当你不在我身边……"我读着这些诗，有点尴尬，但还是不禁觉得它们粗糙得惹人喜爱。即使身边发生了那么多事，汉斯仍然找得出时间写烂诗，同兹德涅克一起策划恶作剧。

搜寻多年后，我找到了兹德涅克的儿子，他也叫兹德涅克——兹德涅克·图马。他写信给我，讲述了他的父亲告诉他的一些年轻时的逸事。有一次在利布其采，那是德国刚入侵时的一个夏日午后，埃拉派汉斯和兹德涅克去买只鸡用来做晚饭。汉斯和兹德涅克很晚才空着手回家，他们编了个故事，假装丢了钱。其实他们是把钱用来买酒了。我希望那个周末奥托不在家。他可不像埃拉，我毫不怀疑他会看穿他们的把戏，感到绝望。

但我也有证据表明，汉斯在有些事情上很认真。他的毕业报告指出，他于 1940 年 6 月拿到化学学位。那时的政权正强迫犹太人接受再培训，然后去工厂或农业部门从事低贱的工作。纳粹没收了利帕村附近一处两百公顷[①]的农场，这只是没收犹太人财产的部分行动。克劳斯家拥有它已经一百多年了，

---

① 1公顷合1万平方米。

他们是这一地区唯一的犹太家庭。尤利乌斯·克劳斯是镇上最大的雇主兼首富，为了方便货物运输与人员流动，他建了一条铁路线和车站。这条铁路曾惠及整个地区的商业与社会事业，正是由于它，纳粹挑了克劳斯农场来设立"再培训中心"。"再培训中心"于1940年7月投入运作，以"利帕"的简称为人所知，也就是我们今天所说的劳动营。纳粹声称这是为了向四百名年轻犹太人教授纪律与农艺。起初，保护国的犹太人委员会及其分支机构负责物色十八至四十五岁的健康未婚失业男子，并将他们送往利帕。几个月里，他们每天都要在田里长时间劳作，却没什么营养或报酬。营地由两名德国人与两名捷克宪兵把守。1941年中起，那里的大部分在押人员被无限期关押。一些失业与赤贫的年轻犹太男子自愿前往，他们受到工作前景及一些可能是名义上的薪酬与住所的引诱。但对大多数人来说，长时间的体力劳动，被迫与家人分离，这样的前景令人望而生畏。委员会拼命凑齐纳粹要求的人数，很快人员标准就放宽了，还包括有工作但没有受养人的男子。被理事会召集后，这些被选中的男子必须经由其家庭医生检查，以确保身体健康。接着他们由第二名医生检查，这些医生为政府工作，同这些被选中的男子毫无关系。

1940年8月26日，毕业不到两个月，汉斯在利布其采收到了一封来自犹太人委员会的挂号信。它含有以下指示："1940年8月28日星期三早上9点，我们要求你前往维克托·佐默先生位于克拉卢皮的公寓，进行医学检查。"

同其他四名来自该地区的男子一起，汉斯接受了曼德利克医生的检查，后者证明他的身体状况适合劳动营。

理事会必须完成利帕的配额。残存的记录显示，1940年8月30日，波希米亚中部克拉德诺镇犹太人委员会的一名代表紧急致电在利布其采掌权的斯拉尼市委员会。他们要求立即提供将在利帕劳动的五名男子的姓名。第二天，1940年9月1日星期日，这五名男子的姓名被报告到了利帕劳动营。遴选流程中的条件未变。

汉斯符合所有标准。他年龄正好，无业，没有受养人。斯拉尼地区居住的犹太男女老幼加在一起只有412人，适龄男子只有几十人。更棘手的是，利布其采只有六名犹太人，一对已婚夫妻和他们的小女儿，以及奥托、埃拉与汉斯。

汉斯是唯一符合条件的。斯拉尼当局与医生们显然有义务认为他适合这种工作并送他去利帕。不过在这次对地方极少数年轻男子的围捕中，汉斯似乎因医学检查获得了缓役。文件显示，他本应在1940年11月参加进一步的检查，但不知为什么，他没有出现在9月1日利帕的报到名单上。

也许是家人冒着巨大的风险贿赂了医生，或者汉斯假装有精神疾病，或者他的一些肢体缺陷曾经确实很明显，随年纪渐长之后有所改善。我有他青少年时期打排球与滑雪的照片，照片可以证明他的医学问题显然没有很严重。也许是他的双关节，这一那时还未被命名的运动障碍起了一定作用，帮他逃脱了强迫劳动。他的医学检查记录并没有留存下来，我们无从得知他如何规避去往利帕。

同时，1940 年 6 月初，斯拉尼委员会要求奥托作为受托人代表他们，负责管理利布其采镇的犹太人。受托人是委员会职级中最初阶的职位。受托人的职责是，在地方一级下达上级犹太人社区委员会的信息与命令，确保这些命令得到执行。虽然受托人没有实际的权力或权威去做决定，但他们参与维持秩序，并向中央犹太人委员会报告那些不遵守法令的人。

奥托拒绝了这一任命。

在布拉格犹太人社区的档案中，这些年来一封奥托写给委员会的信幸运地被保存下来。其中，奥托礼貌但坚定地拒绝承担这份职责：

> 尽管没有公开放弃这一任命，而且我也欣然承认被任命为受托人的效用，但对于我本人能否胜任预期职位，我还是想要表达一点不同意见。

他继续解释说，他太忙了，无法承担这个职责。他还指出，他在利布其采认识的人不多，因为多年来他一直在布拉格生活工作。这些不过是借口。一家人每年在利布其采度过夏天的大部分时间，并且认识这个三千人口的城镇中的多数家庭。我知道他们同镇上另一家犹太人关系很好，因为他在书信中提到过。

然而，奥托一直不喜欢社团，总是视自己为某种局外人，他不想成为体制的一部分。我不知道这在什么程度上是种道德立场，但他显然不想遵从。他可能已经彻底意识到了，投身这个新的权力层级，即使是扮演这种有限的角色，也无非是不情不愿地为不断加深的迫害当帮凶罢了。

理事会立即以便条给他回了信，简要驳回他提出的那些要点。就这样，奥托发现自己被任命为受托人，负责他自己家与利布其采的另外三名犹太人。从而，他只得负责确保每个人都执行上级要求的任务，遵守规定并及时正确填表。但是，哪怕有这份官方职责，奥托的名字还是同汉斯一起出现在了1940年7月的委员会文件上，上面列出了没有及时填写强制迁徙文件的人。这并不代表他们有任何留下的意愿。相反，这似乎是仔细思量过的战略的一部分，用以同官僚机构周旋拖延，最重要的是，尽可能少披露信息。在1940年中，迁徙地图与表格显然只不过是一种手段，用来诱导这些家庭申报其全部财产与经济收益。尽管如此，拖延依然是一种有风险的方式；不过，专家们向我保证，这为逃避体制的威力提供了最佳机会。诺伊曼家就因此拖了一段时间。

就在汉斯被征召到利帕的同时，斯拉尼委员会进一步来信，要求布拉格理事会"对这个不履行职责并激怒所有人的利布其采的奥托·诺伊曼采取行动"。

他们要求布拉格当局直接对付他，确保他顺从。奥托是个训练有素的人，他之所以采取这种姿态，无非是因为希望努力干预与抵制真正的问题。这个真正的问题就是，委员会指示他儿子去利帕报到。

汉斯的堂兄奥塔在1936年致信他的美国家人，表达了他对不断抬头的反犹主义的忧虑；他是名二十九岁的单身年轻男子，同样缺乏有效的工作或受养人。他住在特热比奇，一方面，同其他许多犹太人一样，数月前刚被解雇；而另一方面，他哥哥埃里克能够证明，布拉格的蒙塔纳工厂需要他。奥塔找不到拖延的理由——利帕正式传唤他于1940年12月14日去劳动。

有一封书信提到，奥托给他在利帕的侄子送食物包裹。奥塔的父母以他叔父的名字为他取名，而奥托也一直觉得同年轻体贴的奥塔亲近。1941年2月，奥托在笔记本上工整地列出他寄给奥塔的物品：意大利香肠、肉桂饼干与橙子。奥塔是否收到就不清楚了。

1940年，奥托写给他在美国的哥哥维克托与弟弟里哈德的书信中，详述了保护国越来越严格的限制。但信中也满是保证，虽然面临着各种困难，家人都好，都健康。1940年10月，奥托写道，感谢美国家人的来信与美好祝愿，并总结了大致状况：埃里克仍在蒙塔纳工作；埃拉那边，波拉克家与哈斯家都过得不错；大家都四散开且无法出行，这使生活变得困难了；幸运的是，兹登卡可以自由走动，她可以探望年迈的亲戚，向家中需要的人传递信息、金钱与物资；工厂所有的员工都在顺势而为，他们对诺伊曼家表现出的只有善意，但最年长的工人除外，他根据新法律拒绝向奥托打招呼。

奥托对缺乏"学习东西"的机会表达了沮丧感，但他的书信仍保持着一种乐观的语调。他请他的兄弟们不要过于担心家人:"男人们在工作,女人们在帮忙,孩子们仍在玩。"他说埃拉"干劲十足,在利布其采无可挑剔地照顾着所有人的肠胃、心灵和头脑"。

根据档案中的文件来判断,显然到了1940年,十九岁的汉斯变得越来越有责任感,越来越有条理。在他的哥哥与父亲的指导之下,他正试探着绕过这个体系。他报名参加了机械师的再培训课程。尽管他分别出现在利帕的四张征召名单上,但他成功留在了利布其采。他整合了必要的文书,在一家名叫弗兰蒂泽克·切尔马克(František Čermák)的工厂敲定了工作,这家工厂参与了战争行动,位于洛塔尔与奥托度日的蒙塔纳工厂周边的角落里,很方便。

但汉斯仍坚持想当诗人。1940年12月,堂兄奥塔开始在利帕强迫劳动的同时,汉斯自行出版了一本小册子,刊有六首他的诗。洛塔尔的盒子里有一份小册子的副本。汉斯要么是弄丢了他的副本,要么是他断定它不重要;他的文件里没有这本诗集。

奥塔在利帕被关了六个月,直到1941年6月13日,他才被允许回特热比奇的家稍作休息。其间,一个盛夏的下午,他决定充分享用阳光与自由,带他十岁的表弟阿道夫骑车和游泳。1941年7月8日那天,在奥塔与阿道夫漫步时,一个名叫佩利坎(Pelikán)的捷克宪兵尾随着他们。佩利坎后来向他的上级报告说,他看见犹太人奥塔随意骑车闲逛,还在禁止犹太人前往的河段沐浴。

九天后，奥塔从自己家中被带走，在摩拉维亚首府布尔诺的盖世太保警察局接受审讯。这次遭遇的每一处细节今天都可以在当地档案馆里查到。1946年，战后审判佩利坎叛国案时，这份详尽的目击者证词构成了证据。

奥塔在特热比奇很受欢迎。他是个和善、礼貌且相当害羞的年轻人。利帕漫长的几个月没有改变他。他一向小心翼翼、兢兢业业。审讯过程中，奥塔抗辩自己无罪。他声称，他一回特热比奇，就明确询问过地区办事处，根据新规则，身为犹太人的他可以在哪里沐浴。他们特地建议他到镇界外沐浴。他是严格遵照这些指示的，分毫不差。他甚至查了地图，奥塔争辩说，是当局自己提供了不正确的信息。

一开始奥塔被释放了，但这自由是短暂的。一星期后，盖世太保重新拘捕了他，并带去审讯。他犯的是轻微罪，大多数人都没有因此被举报。然而，法律鼓励并迫使人们向当局报告犹太人犯的所有过错，无论多么微不足道。因此，奥塔受制于这个捷克宪兵，后者急于升职，填表详细说明了奥塔在非犹太指定区游泳的罪行。

奥塔现在在体制内孤立无援，他被困在了盖世太保的机构中。审讯后，他们不许他回家。在他的档案中，盖世太保官员称为期三个月的监禁为"保护性羁押"。1941年11月21日，奥塔被直接遣送到奥斯威辛营地。当时的奥斯威辛还很小，只有一个功能区。更多区域，包括多数大规模毒杀的发生地比克瑙，还在建造中。到达后，奥塔被指定为第23155号，同所有被控犯罪的人一起安排在 11 号囚房。

奥斯威辛档案保存着奥塔堂伯另一张仅存的照片。

11 号囚房的死亡率非常高。这是个惩戒小组，在押人员受到了恐怖的折磨。即便在奥斯威辛发生的一连串暴行中，11 号囚房也脱颖而出。大屠杀历史学家就此类情形写了无数报告。虽然诺伊曼家知道奥塔从布尔诺的监狱被送往了奥斯威辛，但我想他们并不知道他在那个特殊的囚房。我不知道我的堂伯奥塔究竟遭受了哪些恐怖经历。

我知道的就这些。

1941 年 12 月 8 日，奥塔的编号 23155 被登记到奥斯威辛停尸房一尘不染的铜板上。他们杀了文静的奥塔堂伯，一个年轻又健康的人。他们杀害他，只用了十七天。

在我找到的奥托与埃拉的书信中，有一封非常短的信，只有两行，字写得很不均匀。由奥塔的父母鲁道夫与燕妮写下，上面写着："怀着难以言表的心痛，我们不得不通知你们，我们昨天通过电报收到了一则骇人的消息。我们的儿子奥塔已经死于奥斯威辛集中营。"

家人收到奥塔死讯之前的几天,奥塔的哥哥埃里克被迫离开他在蒙塔纳的职位,被安排上了通往泰雷津的第一批运输车。

在编写父亲在战争期间的生活以及他身边同时发生的事件的时间线时,我发现很难调和不断加深的阴影同他的恶作剧与诗歌之间的关系。在某种意义上,这首先表明,他是个对周遭世界不怎么敏感的人,与我童年时代所熟知的那个有板有眼、进退有度的人对不上号。我重读了他青少年时期写的诗。在他的失恋诗句中,我找到了一些第一次读时忽视了的句子,它们不祥而有预见性:

  当你得知可能会死,因为一个词在一个世纪之前发出的声音。

这使我更深入这节诗,它将我引向了另一首诗,那首诗是这样结尾的:

  它不是祈祷的钟声,
  它只是泪水鸣响警报。

嗓音结结巴巴，断断续续，哭泣着
及洋甘菊香味之夜。
再见。

随后的阅读中，我意识到译者翻译父亲的诗歌时没有翻译标题页。我写邮件问她这件事，回复的电子邮件几乎马上就到了。

我父亲的诗集标题是两个字。

溺光。

第六章

暴力的黄色

除了难以捉摸的春日阳光充分照耀着伦敦,这是一个一如既往的早晨。二十多年来,我大部分时间一直住在伦敦。那天,我因循了我的日常惯例:放出我们慵懒的巴吉度猎犬与精力充沛的獚犬,监督我的孩子们吃早饭,斗智斗勇确保他们刷牙、穿上校服,把作业打包进饰有独角兽的背包里。

我带着孩子们,沿着我们街区美国梧桐树与樱花树成行的小巷去上学。在校门口,我同其他家长聊了考试与比赛的日期,在地铁站附近的意大利咖啡店点了杯黑咖啡,然后,我们急切的狗狗们竭力追逐着松鼠,嗅探出动物们夜间活动的痕迹,拖着我进了公园。

回程中,我发现邮递员正在走近我们家。他向我打招呼,并递给我一小捆信。我享受收取老式纸质信件的感觉。收取物品这项仪式中包含着一种联结的时刻,一种物理关联,这是虚拟的电子邮件的即时性中所缺乏的。我喜欢拿着别人摸过的东西，拆开他们封好的信封，触摸信纸，阅读他们匆匆忙忙或字斟句酌形成的文字。阅读信件拥有一个仪式性的时刻，是一种期待与享受，是鉴赏写信人种种微小的决定，墨水的颜色、文具的选择，这些决定让文字以它们自己的方式抵达目的地。我总是先找出手写的信封，把沉闷的账单与通知留到最后。

那天在一捆日常的商业通信中，只有一个手写信封，我认出是堂姐马达拉的平滑圆润的笔迹。

那时，我调查我的家族史已有多年，以期整理出某种叙述。自然而然，我早期阶段的调查包括请求堂姐马达拉，询问她有没有相关的故事或文件，可以作为我从其他渠道汇集到的材料的补充。她已经将洛塔尔去世后由她母亲保管着的那个装有书信与相册的盒子寄给我了，但她似乎在各处，在未打开过的书桌抽屉与阁楼上被遗忘的盒子里，发现了更多遗失的碎片与片段；她已经在一封电子邮件里提到过，她要把这些寄给我。马达拉与她那已退休的免疫学家丈夫热衷于航海，她说过她要在他们登船出航前寄出它们。我原以为她的意思是寄更多照片或文件，但信封感觉大得不同寻常。

我带着它走上前门的台阶时捏了捏它，里面装的不是纸，软软的。我进门，坐在窗边的书桌前，移开电脑，腾出空间，小心打开信封，取出一张光盘与一张明信片。我知道光盘里有文件的扫描件，因为许多材料，尤其是老信件太脆弱，无法邮寄。明信片上的画面是一团团蓝色、黄褐色与绿色，这是爱德华·蒙克的海滨油画。我拿起明信片阅读时，一块布从信封里掉落到地上。

写到这里，我仍记得这种颜色的残暴带给我的震撼。我没有出声，也没有屏气，但我摸了这块布，然后，我觉得有必要离开椅子，跟着它坐到地上，而不是把它捡回桌面。我盘腿坐在那里，坐在从窗外倾泻进来的春色里。我展开这块皱巴巴的布，这样我能阅读上面的黑色文字，我知道它们在那儿。

犹太人。

犹太人。

犹太人。①

我数了数，上面一共印着十颗星。它们全部排成一排，每颗星星上都印有这个词，是跃动的黑色字体。布的两条边是直的，其他地方被裁剪成星星的形状，呈现出带有一定角度的锯齿状。

布的厚实织法与不协调的色彩都出乎我的意料。布料织得很厚，大概是为了更耐久。颜色是很深的黄色，接近橙色。这是能想象到的黄色调中最为尖锐、粗野的。它让我想到了纽约出租车的硫黄色，显眼、刺目。任何背景的映衬下都不可能看不见，任何光线的照射下都会注意到。信封里有两块这种颜色粗暴的布，每块都覆盖着许多星星，星星上带有鲜明的单词。这让我联想到我的女儿们的纸娃娃连衣裙模板，每颗星星的边框周围都有细线，标示出使用者剪裁的地方。有人费时费力设计了这块布，确保无论谁剪裁它们，都可以在边缘留下足够的布用来把它们缝上，方便指定的佩戴者为自己贴上标签，从而

---

① 原文为德文"Jude"。

可以辨识、排斥、驱逐他们，以及做其他糟糕得多的事。

在其不可否认性、丑陋性以及强烈度方面，这些星星的色调都令人悲痛。我拿着这些带有折痕的布，这些我的祖父母、伯父以及父亲曾经拿过的同一块布，意识到，我也要被迫沿着这些虚线剪裁，并佩戴星星。我的孩子们也要。我要被迫在他们每个人的校服针织衫红色独角兽的上方缝上这些星星。

1941年9月1日，法令强迫波希米亚和摩拉维亚保护国的所有犹太人都用这种星星标识出他们自己的身份。两星期后，第一批星星分发完毕，所有犹太人有三天时间完成要求。只要走出家门，他们就被要求随时随地佩戴星星。他们被警告说，不佩戴这个标志可能会面临罚款、殴打、监禁或枪杀。

身为受托人，奥托负责在利布其采分发星星。他还要收钱，因为每个星星收费一克朗。大多数犹太家庭不能参加工作，生活条件悲惨，但他们仍要支付星星的费用。

洛塔尔后来致信他在美国的叔父时提到了这些星星：

> 然后我们的生活又到了另一个转折点——黄色星星的耻辱标签。这是一种令人毛骨悚然的侮辱，很多人宁死也不愿加入以这种方式被区别对待与羞辱的人群之中。它给每一个无赖以机会，他们向你吐口水，扇你耳光，或踢你踹你。德国党卫军找到了一种新的活动，将犹太人从行驶中的有轨电车上扔出去。他们会边看边笑，等着瞧瞧这个可怜虫是会摔断一根肋骨，还是会摔断一只手或一条腿。

犹太人骨折得越惨,这些人的笑声越响。这只是前奏,一个月后,即1941年10月,遣送即将到来。

显然,这种公开的印记也进一步促进了保护国的反纳粹情绪。一些捷克人向佩戴徽章的犹太人脱帽致意,以表对犹太人的声援,并公开反抗德国侵略者。这些反叛的姿态令纳粹当机立断地通过了另一项法律——规定此后任何尊重犹太人的表示都视同犯罪。

一开始我感到奇怪,竟有人会选择保留这块布。然后我意识到,像这样的物品一直被放在柜子里,装在盒子里,幸存下来的人很少再打开它们。他们如何承受得住?七十多年以后,就连我这样居住在不同世界的人,也无法直面这些东西。

装有这些皱巴巴的星星的盒子里,还有一根烟斗和一个金属环。马达拉后来告诉我,她小时候父亲曾给她看过这些,但在她找到这些星星之前,她再没见过它们,找到它们没几天后她就把它们寄给我了。

我试了又试,但我仍然无法想象:奥托、汉斯、埃拉与洛塔尔——全员佩戴着黄色星星。我想象不出那种色彩,黑白的也无法想象。那段时期的照片我很少有,虽然他们可能不得不佩戴这些星星,但没有留下这样的照片。他们离开家门,工作、出行,都要被迫佩戴它们。埃拉每次离开她在利布其采的家,都必须佩戴。如果不戴,她就无法外出办事,也不能在河边散步。洛塔尔在布拉格四处走动,上下班,都不得不佩戴。

1940年开始,犹太人就被禁止离开居住地,但哈斯、洛

第六章 暴力的黄色 119

塔尔与奥托获得了许可，他们可以乘坐公共交通去蒙塔纳上班。有一份文件于 1941 年 1 月下发给贝克尔，他是由专制的纳粹政权任命的企业负责人。这是一份许可证，由纳粹驻保护国高级代表办公室即帝国保护者颁布，允许"利布其采的犹太人奥托·以色列·诺伊曼和洛塔尔·以色列·诺伊曼乘火车上班，但这些犹太人必须尽快由雅利安工人取代"。

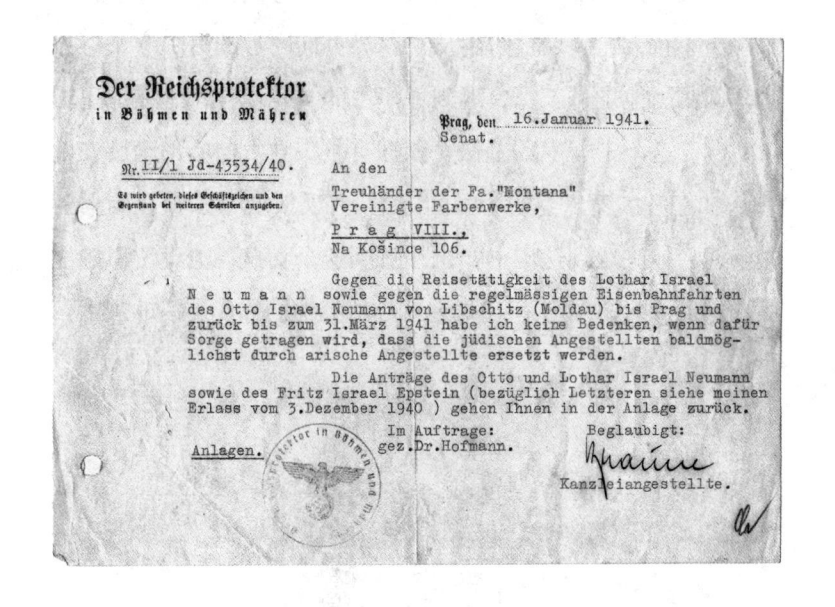

1941 年 9 月起，每天早上，奥托和他两个儿子都要乘火车与有轨电车，然后走进黑压压的通勤人潮，他们佩戴着拳头大小的扎眼的黄色星星，星星缝在外套上心脏上方的位置。

奥托与洛塔尔去蒙塔纳工厂。汉斯去弗兰蒂泽克·切尔马克炼钢厂上班。厂主同诺伊曼家关系很好，因为他们的工厂距离很近，他们已经一起工作了差不多有二十年。钢制品是战争经济至关重要的组成部分，这份宝贵的工作为汉斯带来了一些希望，他不会被送去利帕或者其他什么地方。根据文件与书信档案来判断，汉斯一直在努力，他对待事情更加认真，全情投入工作，在允许的情况下尽可能多加班。一封1941年4月写在切尔马克公司信笺上的官方信件称，他是员工中至关重要的一员，虽然只有二十岁，但很快升到了管理岗位。

那年秋天，汉斯被盼咐从切尔马克向附近的另一家工厂投递订购函。他走进工厂，遇到了厂主的女儿米拉，她在那里担任前台。这个十九岁的羞怯女孩拥有一头卷发与心形嘴唇，她桌上摊着一本里尔克的《时间之书》。汉斯把切尔马克的信封递给她，他注意到这本书，也注意到这个女孩，他设法引她注意，念出诗人的一句诗："附近就是那个他们称作生活的国度。"

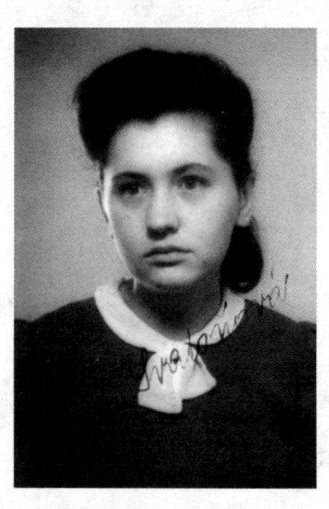

米拉在布拉格，1939年

米拉几十年后向她的儿子解释说,她就是在那一刻爱上了汉斯。

他走进米拉的办公室时佩戴着星星,下班后见她时也佩戴着。他们在工业区的街道上漫步——公园、影院与餐厅禁止犹太人入内。米拉喜欢骑车,但汉斯在10月已被勒令上交他的自行车。一名非犹太人女孩,一名夹克上有黄色星星的犹太青年,两人在公寓楼与工厂之间漫步时,浪漫气氛一定难以捉摸。不过汉斯不屈不挠,尽可能经常带些鲜花来。工作间隙,他与米拉共进午餐。他们小心翼翼地接近彼此,两人的关系逐渐萌发。很多年以后,汉斯对他的一个朋友说,他与米拉的关系开始于"这样一个时代——任何沉溺于感受激情之奢侈者,都已是死人"。

在这样的环境下,汉斯还抽时间同兹德涅克以及学校里的朋友们相处。然而,每天挣扎着在利布其采通勤,坐稳工厂里的关键位置,在黑市搜寻物资养家糊口,这些持续的压力始终是第一要务。他的生活中再没有空间去参加恶搞俱乐部会议或写诗。改变行为还不够,汉斯还被迫压抑情绪,甚至感受情绪也变得危机四伏。

虽然洛塔尔继续在蒙塔纳合法工作,他还是"制作"了一张假身份证,上面没有所有犹太人都必须盖的粗体"J"字章。在兹登卡、汉斯、兹德涅克以及他们的地下联络人的帮助下,他们弄到了一张"遗失"的身份证。这让他得以同兹登卡在布拉格一起生活,而不受禁令与反犹主义的束缚。在从沦陷后开始兴起的黑市内,人们能够获得所有人都稀缺或禁止犹太人购买的食物,能够获得可用来行贿的物品,或只是用来减压的东西：糖、咖啡、酒、烟、外币，甚至毒药或官方证件。办假证费钱费力，而且任何人只要被抓到携带假证都可能被当场击毙。

汉斯和兹德涅克以及他们在技术学校班里的一些同学弄到了必要的化学药品，用来擦除遗失卡片上的原始细节。他们在兹登卡的公寓里和洛塔尔碰头，花了几天时间测试溶剂，仔细修改证件。他们插入一张洛塔尔的照片，并盖上从和市政系统有联系的朋友处借来的公章。

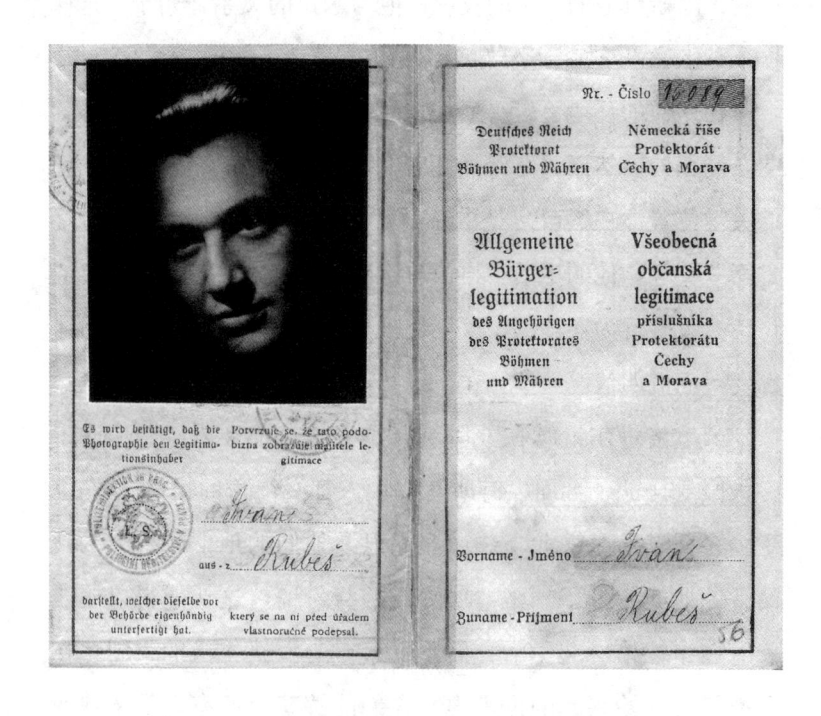

专家评论说，这件赝品完成得相当出色。如今七十多年过

去了，化学处理痕迹正渐渐褪去，原主人的细节似乎正在重新浮现。但是，在当时，在需要它的时候，它完美地完成了它的使命。洛塔尔在假身份证上用的名字是伊万·鲁贝什（Ivan Rubeš），这是他大学里一位非犹太朋友，后者勇敢地为这个计划给予祝福。洛塔尔和伊万非常熟。如果需要的话，他可以轻松记起他的生日、他的家乡，以及关于他的家庭的细节。他可以轻易冒充伊万。最重要的是，洛塔尔不能同伊万一起出现在街上，因为宪兵或德国人随时可能索取身份证件。

任何时候，只要邻居开始越问越多，兹登卡与洛塔尔就得从兹登卡楼里的一套公寓搬到另一套公寓。1940 年到 1942 年初之间，他们搬了至少六次家。

1942 年 3 月，为了补充帝国法典，政府颁布了第 85 号政府令。第二条禁止任何保护国公民同具有犹太血统的人通婚。第五条甚至将犹太人和非犹太或混血公民之间的性关系入罪。违反这些规定中的任意一条都被视为犯罪。

所幸，诺伊曼家提前几星期已经听闻了这些禁令的小道消息。年初，包括理事会的朋友皮什塔在内的许多人都建议洛塔尔，应该趁着还有时间，同兹登卡复婚。这段婚姻可能让他有机会避免或者至少是推迟被遣送。

会累及兹登卡财产的担忧持续存在着，尤其是，她的资产是整个家庭的救命稻草。最后期限逼近了。知情者向洛塔尔、兹登卡与奥托再三保证，异族通婚中非犹太人所拥有的财产的风险已降低。纳粹当局的关注点似乎已从没收财产转向了种族隔离与流放。结婚的好处看来超过了对他们财务的威胁。最重要的是，洛塔尔与兹登卡想要彼此厮守。

就这样，1942年2月25日，就在异族通婚完全被禁止的数星期之前，洛塔尔与兹登卡悄悄再婚了。现在他们再一次被允许合法地共同生活了。不过，虽然这种结合严格来说是合法的，但异族夫妻被分开的压力继续增长。这次没有婚礼庆祝了，也没有那一天的照片。公开的歧视与日常的敌对也导致生活困难。洛塔尔为了避免遭受虐待，减少禁令对其日常生活的影响，经常使用他的假证件。那时，已经颁布了那么多针对犹太人的法律，他们不得去裁缝店或理发店，不得开车或骑车，不得乘坐大多数有轨电车，不得进入瓦茨拉夫广场，不得访问图书馆，不得进入公园，不得坐在长椅上，不得去博物馆、剧院或市镇广场。只要同兹登卡在一起，他尽可能不佩戴星星。

洛塔尔没有离开市境的许可。不过，我从众人的回忆中得知，他与兹登卡有时会非法前往乡村屋去探望埃拉，她当然是被困在了利布其采。埃拉仍在盼望着家人能够获得美国签证，1941年11月11日，她致信家人：

> 我住在这里，完全与世隔绝，就像修女一样。现在我已有数月未曾迈出大门。我小心谨慎，无法以徽章为荣。但伤我最深的是分离。你知道的，我的生命完全属于奥托与我的儿子们。

第六章 暴力的黄色

洛塔尔不会佩戴着星星徽章去探望他的母亲，因为这会让人们注意到他的非法活动，他用名为伊万·鲁贝什的证件。他的安全甚至他的生命都取决于不被发现。法网不断收紧，违法被捕的风险不断增加，洛塔尔为此感到焦虑，在1941年，他从黑市上弄到了几小瓶氰化物，可以轻易用牙齿咬碎，一剂就能在几秒钟内杀人。洛塔尔开始每次外出都在外套口袋里带两小瓶，夫妻两人一人一瓶，这吓到了兹登卡。

利布其采这个地方小镇的人们都认识诺伊曼家。奥托与埃拉最初于二十世纪二十年代初来到利布其采，那时他们还是新婚夫妻，在那里工作了几年，随后他们去布拉格创立了蒙塔纳工厂，但几年后又回到利布其采，买下了他们心爱的乡村屋。镇上的人们看着洛塔尔与汉斯长大。就同保护国中的所有人一样，他们了解命令，也了解星星的意义。纳粹不断提醒公民们，离开指定居住地的犹太人将被处以死刑，任何帮助他们的人也是同罪，包括为他们提供避难所或食物，给他们钱或用任何种类的车辆搭载他们。举报正在犯罪的犹太人与帮助他们的非犹太人是保护国全体居民的责任。1941年2月28日，布拉格的德意志电台警告说，任何对犹太人友善者，都将被视为国家的敌人，并受到相应处罚。

不过三千名利布其采人没一个吱声的。没人打报告说，1941年9月到1942年5月间的多数周末，那个高个子的年轻犹太男子都会从布拉格过来，哪怕他没有佩戴星星。

我的包裹里之所以有那么多星星，是因为这些星星不仅是给我家的，也是给那座伏尔塔瓦河畔的沉睡之镇中的其他犹太人的。它们旨在甄别他们，给他们所有人贴上标签，无一例外。

他们，即他者。

我父亲从来不说他是犹太人。我不确定他战前有没有说过，但他后来肯定没说过。他不怎么相信宗派或社团。我无法确定，这是源于某种哲学信念、恐惧还是更深层的创伤。我猜这就像生活中的大多数信条一样，来自观念与经验的混合。在我的一生中，他反复说，选择他或她是谁，以及做什么，取决于每一个个体。只有一次，我听见他为自己贴标签，他说自己是委内瑞拉人。

我在委内瑞拉坚定的罗马天主教文化中长大，在乌尔苏拉①修女运营的学校上学，我总感到格格不入，但始终不理解个中原因。

我是二婚生的，我的父母离过婚，这样的孩子班上只有我一个。有个同学曾经郑重宣布，我是罪的产物。用同样郑重的语气，我告诉她，她是蠢货的产物。成长过程中，我本以为这就是极限。我与众不同，是因为我父母藐视委内瑞拉的宗教习

---

① 乌尔苏拉教派是天主教的一支，由奉行封闭宗教秩序（即不允许修女接触外部的世俗世界）的圣女组成。该教派深度参与教育事务，乌尔苏拉学校遍布全世界。

俗。我有不同寻常的父母,这既让我烦恼,也让我更加爱他们。

人们认为我父母是自由派,我的父亲是移民,我的母亲全职工作,这些事实都使问题更为复杂。而且,我的父母的房子里充满了巨型裸女雕塑与绘有身体碎块的惊人油画,这更是"雪上加霜"。

我的父亲不怎么喜欢组织化的宗教,尤其不喜欢有布道的弥撒。就像父亲一直解释的,我想这是因为他反对人们假装同上帝有直接联系。我的母亲来自一个传统的天主教家庭,而事实上拒绝带我去教堂的就是她。我突然意识到,这进一步将我和我那些忠实遵守天主教历的同龄人区隔开来。就像多数孩子那样,我最想要的是同别人一样。我清楚记得我在乌尔苏拉学校第一年的大斋首日①,那年我十岁。舅父舅母带着我去了教堂。额头上有了沾灰的拇指画出的灰色十字,这让我兴奋极了。我竭力想让它在第二天上学时完好无损。那晚洗澡,我特地不让脸沾水。我拿了卧室隔壁房间的垫子,把它们围放在床上,用来防止我睡着时翻身不小心擦掉额头上的灰。我要向她们展示,我属于她们。这是必要的证据,证明我就像学校里其他女孩子一样。

但这些灰无助于实现我的目标。第二天早上,没人顶着沾灰的额头去上学。问题在于其本质。我被孤立,是因为那些孩

---

① 复活节前的第四十天为大斋首日,教会用圣灰在教众额头上画十字,以示悔改。大斋首日必然是周三。

子与她们的父母确知，在某种意义上，我和她们不是一路人。星期一班上同学讨论星期天的布道时，我一言不发地坐在那里，一些女孩会窃笑，现在我知道了，那不是因为我的母亲不带我去教堂，而是因为她们怀疑我像我的父亲一样是犹太人。

近年来我从同学、家人与朋友那里得知了这一切，他们坦率地给我讲述这些回忆。小时候的我完全没有察觉到，我从来没有听到任何人在提到我、我的父亲或任何其他人时讲起"犹太人"这个词。我在委内瑞拉乌尔苏拉修女学校的时间没有持续多久。十三岁那年，我要求父母送我去寄宿学校，彼时他们的婚姻濒临破裂，父母认为送我出国留学是最好的。我在瑞士卢加诺一所世俗的美国学校就读，那里的男女生来自五十多个国家，宗教信仰各异。那种无归属感消失了。在那个文化熔炉中，完全没有人在意你的祷告对象是耶稣、犹太教上帝[①]、安拉还是别的谁，意识到这点让我感到安心。也没人拜访我家，并被我父亲独特的艺术品位吓到。

事实上，我第一次被完全不认识的人称为犹太人是在塔夫茨大学的一座礼堂里，那时我在念本科。

那是国际新生导览流程结束的时候。学校邀请我们提前几天到，见见班上的其他人，熟悉熟悉美国的校园生活。同其他几百人一样，我照办了。

我从其中一场演讲退场时，一名留着棕色短发、双眼锐利

[①] 犹太教徒为避免直呼上帝名字而使用"Hashem"作为上帝的代称。

的苗条年轻男子走向我。不像其他多数出席的学生，他的样子相当正式，穿着夹克，打着领带。他对我说西班牙语，介绍自己是来自瓜达拉哈拉的埃利奥特。

"听说我们应该见一见，"他的发音很亲切，"因为我们都是高颜值，都是拉美人，还都是犹太人。"

他眉开眼笑。我莫名其妙。

我向来不擅长回怼，但我乐于去应对："我很抱歉，你弄错了。你看，我不是犹太人，而且你的颜值也不高。"

"你该戴副眼镜，"埃利奥特欢快地回答，毫不迟疑，"但你是拉丁裔，而且你当然是犹太人。有个像诺伊曼这样的名字，你必须是。"

"错。我从小就信天主教。"

"你父亲是哪里人？"

"他是委内瑞拉人，但他生在布拉格。"我回答。

"你想怎么称呼自己随你高兴，但你一定是犹太人。战争前后很多犹太人离开了欧洲，你父亲一定是其中之一。"那到底是什么意思？

在那之前，我还真没想过这个。我家是犹太家庭吗？我父亲是犹太人吗？我是吗？一个人的身份是根据遗传命中注定的吗？还是说，你是你自己选择成为的那个人？

我的室友从家里带来了她心爱的电话机，把它插在了我们新生房间的插座上。电话机的形状是一只大笑的米老鼠。为了突出它的笑，一只戴着白手套的手被设计放在它的红短裤上方,好像它正捧着肚子大笑,它的另一只手拿着塑料黄色听筒。按钮被设置在它的黄色靴子上。我用米老鼠给父亲打电话,告诉他第一个星期一切都好。

"前几天发生了件有意思的事,"我补充说,"一个我从没见过的墨西哥男孩一身正装打扮,走过来和我说我是犹太人。"

父亲兴致盎然地问那是谁。我告诉他,并解释说,埃利奥特说诺伊曼是个犹太名字。

我父亲最初的笑声静了下来。

"他说我一定有犹太血统。"

对面顿住了。

他的声音随后传过来,粗重而震颤。他很沮丧。我很少听到父亲这么沮丧。"犹太血统。犹太血统?你知道你在说什么吗?你永远不要再用这种表述。听见没?永远不要。那是纳粹对我们的说法。"

他没有更多解释就挂了。我不记得我在他这么做之前还是之后就开始哭了。我盯着米老鼠脸上凝固的巨大笑容,它吐着舌头,我把明黄色的听筒放回它戴着白手套的手里。我打过去,不断按着黄色靴子上的按钮,但我听见的只有持续的嘟嘟的占线声。

第七章

布拉格春天的早晨

1990年5月，在用米老鼠电话谈论犹太血统的两年后，我与父亲去了布拉格。柏林墙已在1989年11月9日倒塌，捷克斯洛伐克继之以学生的和平抗议。同年12月，该国和平过渡到议会民主制，由剧作家瓦茨拉夫·哈维尔领导。冬日的动荡已被春天的和煦取代。城市的建筑与卵石路因长年的忽视与经济停滞而破败不堪。餐馆与商店几乎空无一物、品种单一，短缺的供给带有经济紧缩的印记。与之相比，布拉格人看上去充满了各种观念与可能性，静悄悄的革命的成功使他们变得越发大胆。5月的阳光预告着许多人有生以来的首次民主选举，选举的预定时间是那年夏天。几乎所有的人行道上，学生们高坐在旧木箱搭的架子上，分发着小册子，喧闹着使用他们的言论自由权。身为捷克人，这是一段激动人心的时光。

当年早些时候，捷克斯洛伐克驻加拉加斯大使拜访了我的父亲。他带着一封来自新政府的官方邀请函，新政府正试图聘请并吸引事业成功的移民返回祖国。最初父亲拒绝了返回布拉格的邀请，哪怕只是回去看一看。与之矛盾的是，当时他正同委内瑞拉政府合作，将欧洲的技术移民带到委内瑞拉。他一直计划着要去其他东欧城市，但他的行程避开了布拉格。

听说邀请之事后，我恳求他接受邀请，并带我一起去。父亲独自住在"怒犬"。那时他已经同我的母亲离婚多年，如果我们趁着暑假飞过去，我可以在不缺课的情况下当他的旅伴。我很好奇，想更多地了解父亲的家人，我认为去那里，尤其是如果事情有所变化，他内心尘封几十年的某些东西或许会打开。在那个阶段，我对他们战时的命运一无所知。更重要的是，我也不知道他们是谁，有多少家人。我想象着他会带我去看他住过的地方，给我讲他年轻时候的故事，最终向我敞开心扉介绍他的家人与过去。他不情愿地同意了这次旅行。

我们花了三天时间礼节性地被领着游览了一圈旅游景点，而不是我预想的情感之旅。瓦茨拉夫广场及其昏暗的博物馆、老城广场及其十五世纪的机械天文钟、山上宏伟的城堡、半被遗忘的巴洛克教堂、矗立在雾中的著名的查理大桥及其一众雕像、斯特拉霍夫修道院中镀金并饰满绘画的图书馆，这些都引人入胜，但看上去同我或父亲完全无关。一旦我们独处，比起他自己的过去，父亲对讨论卡夫卡的小说更感兴趣。

第七章 布拉格春天的早晨

我们的向导帕维尔是名浑圆、谢顶、略微紧张的政府官员,父亲坚持同他说英语。帕维尔的英语很烂,而父亲的英语则带有浓重的捷克口音,他们不说母语就更奇怪了。任何时候只要帕维尔无可厚非地开始说捷克语,我父亲就只是面无表情地盯着他,并朝我的方向挥手。在父亲看来,帕维尔身着皱巴巴的套装,带着又厚又圆的眼镜,活像直接从《审判》书页中走出来的角色。至于帕维尔,我无法想象他认为身穿时髦绒面革夹克、脚踩阿迪达斯网球鞋的我父亲是何方神圣。在帕维尔决意向我们展示他们共同的祖国历史上的每一处地标时,父亲坚持问他他们生活中的官僚主义,并向他讲述委内瑞拉的自然奇迹。帕维尔恪尽职守,坚持到底。

直到第二天下午我们独处时,我才意识到,父亲的行为不只是顽固。他完全记不起自己昔日生活的城市的街道了,这让我感到惊异。虽然他近来已年满七十岁,而且已经离开了四十多年,但布拉格毕竟是他度过整个青春岁月的城市。他的头脑运转完美,而且他依然敏锐而专注,因此我知道这无关年龄。这很奇怪,仿佛他从未到过这里。我们在酒店附近的市中心兜圈子散步,在那些本该熟悉的路线里迷失了方向。我领着他穿过小城、老城与新城时,他几乎一言不发。他只是紧紧握住我的手。我有一堆问题,但我很清楚,他答不上来。所以我改为让他教我捷克语单词。我只会一点点:nazdar(你好)、papa(再见)、dêkuji(谢谢),以及 hubička

（"吻"的一种老式说法）。我认真跟读每个单词，差劲的发音惹得他咯咯直笑。他大笑时，我知道父亲就在那里，同我一起。其他时候他都在很远的地方，迷失在他脑海中某个遥远的角落。在我们独行时，他表现出一种近来尤为明显的脆弱，透过他瘦骨嶙峋的手传递过来，这是我从未见过的。这吓到了我，让我意识到，他需要我。我们在街上漫步，我第一次感到我们的角色互换了。我非凡的父亲，强大的博学之士，并不是他领着我穿越布拉格的卵石路，而是我领着他，就像领着个孩子一样。

虽然我是路痴，但我在飞机上大致研究的那些攻略书，似乎让我对这座城市有了更多好感，不过这种感觉很有限。我们试图找圣雅各伯圣殿却迷了路，因此不得不停下来买地图。只有一些地名改了，但父亲显然把布拉格的街道网完全从他脑海中抹除了。

配合着他工业学校五十年同学会的时间，父亲安排了我们的这次旅行。我们在这座城市的最后一晚，一个朋友把他从酒店接走，带他去参加庆祝晚宴。我提出陪他一起去，但他说那没有意义，因为我不会捷克语，而我会的语言他们都不会。我独自在酒店静静地过了一夜。

第二天早上早饭时，父亲看上去格外疲惫。我问他同学会的事，他只是说很好，没有再多说什么。

"就是一些故人，有人有趣，有人无趣。"他说。

"接您的那人呢？"我问，"他是谁？"

"兹德涅克。一个朋友。一个好朋友。"他回答,"他救过我的命。"

"他救过您?怎么救的?救过您的命是什么意思?"在这之前我从未听过兹德涅克的名字。

"这事很复杂,"他轻声说,"有一天我会告诉你的,但不是现在。"

他用小调羹搅拌咖啡时手在抖,他说话时眼睛里那么悲伤,这让我无法再多问。我们点了早饭,然后讨论夏天的计划。

我一直在自私地寻找父亲无法给出的答案。那时我已怀疑他的很多家人在战争中死去,而且我有数不清的问题。我想知道细节,听些故事。但显然,不能再问下去。目睹这种新近显现出来的脆弱,看到他颤抖的手,我为要他带我来这座他认不出来的城市而感到内疚。

在布拉格最后一天的那个早上,我们走出早餐室时,他说他想坐一小段车,去一家人曾经住过的地方。我们的时间刚好够寻访结束后赶去机场。

他似乎因记起了那个地址而激动万分。于是,那天早上,我们搭出租车出发,去叫作利本的布拉格工业区。我们开到一组位于封闭开发项目中的建筑,似乎是大型商业建筑。我与父亲下车步行入内。父亲在一栋独立的房子前停下脚步,这栋房子同更多的工业建筑分开,高大的树木围绕着它,把它和道路隔开。这是一栋十九世纪的三层建筑,里面隔成一套套公寓。我们一同站在外面,面前是一扇宽大的前门。

"我们家住在这里。"他直截了当地说。他指向一楼。

我吃了一惊,提议去门口按门铃。父亲拒绝了。

"我们有家工厂叫蒙塔纳,就在附近。"

我以为他搞错了。"就像您在委内瑞拉的涂料厂蒙塔纳?"我问。

"这里的涂料厂也叫这个名字,这是我父亲创立的。"

我从没听说过,很惊讶。"您在这里跟着您父亲工作吗?"我试探着问。

"不,我从没跟他工作过。"

"您在这里住得开心吗?"我指着窗户。

"是的,"他想了想,然后说,"但我们在利布其采的乡村屋最开心。"

"为什么我们不去那里呢?"我被这一不同寻常的信息所鼓舞,提议道。

"利布其采很远,我们没时间了。"

"我们要不要试着找找工厂?"

"不,"他说,"没时间了。它不存在了。你问家人住哪里,现在你知道了。没时间做别的事了。我们必须回去,不能迟到。"他随后相当简明地补充说:"有时候你必须把过去留在它所在的地方——留在过去。"

我们返回酒店的路上,父亲透过车窗注意到了什么。他用捷克语迅速对停下车的出租车司机说了几句话。我只能听懂一大串捷克语中的谢谢和一个父亲提过几次的名字。巴布尼？巴布尼。我们在镇上的一个地方停下来，我只能说，这里空无一人，几乎废弃了。我们仍然不在布拉格市中心，离那些美丽的地标很远。"这是哪儿？"我问。

"这里有个很重要的地方，一座车站。"

他指向数百码外的一栋建筑。我只看见在路边凌乱的草丛对面，火车铁轨通往一组棕色与灰色的建筑群。我们不是在入口处，而是在车站的侧面。铁轨被铁丝网围了起来，不能再靠近了，就我的视线所及，铁丝网完全没有缝隙。

"这里重要吗？"我疑惑地问他。

父亲虽然站在我身边，但他似乎又一次陷入了记忆里。司机已经退回车边，靠在车上抽烟。我研究着地图，想要找到一条通往建筑的路，这时我注意到铁丝网在晃，它在抖动。父亲的手指穿过铁丝网的菱形洞眼，紧紧扣住，父亲在默默抽泣。他只能在呼吸的短促喘息间喃喃自语。他一遍一遍咕哝，这里是他告别的地方。我不知所措。我像平时一样叫他爸爸，但他听不见。我轻轻把他的一只手从铁丝网上松开，站在他与铁丝网中间。我抱住他，提醒他我在这里。他一下子把侧脸靠在我头上。我们僵立在这里，互相拥抱着，他因他的记忆而一动不动，我因我感受到的潜伏在这里的看不见的怪物而惊恐不安。

他很快就镇定下来，低语："谢谢你，小捣蛋。没事。我很好。"

我告诉他我爱他，同时试着目不转睛地凝视他。现在我知道了，有些悲痛是无法传达的，有些伤口你学会了与之共存却永远不会痊愈。那年我十九岁，以为文字与爱可以抚慰一切悲伤。我大着胆子告诉他，如果他想讲，我就在那里听。但他从来不讲。

前往泰雷津的运送车辆于 1941 年 11 月启程。最初，一些犹太人——异族通婚者，或他们未满十四岁的孩子，以及犹太人委员会雇员——被排除在遣送名单之外。犹太人移民中央办公室决定每次的遣送日期与人数，一般在 1 200 至 1 300 人之间。随后，清单被送到各地的犹太人委员会，由他们编制实际名单，然后逐个向被遣送者发送传票。

那些来自布拉格及其周边城镇的被遣送者从巴布尼车站出发，就在我父亲紧紧握住的那面铁丝网的另一侧。

传票在夜间递送。收到传票的人们也收到了时间安排、集合点、他们要带的文件与物品等细节。一家人通常一起被遣送。来自布拉格及其周边地区的人们被召集到捷克贸易博览会宫[①]旁的临时建筑，就在巴布尼车站附近。房舍由肮脏且通风不良的棚屋构成，根本没有暖气或卫生设施。外面有捷克斯洛伐克宪兵看守，里面有党卫军看守。被遣送者被分派

[①] 原文为捷克文 "Czech Veletržní Palác"。

给一片平地作为他们的"生活区域"。每个人都要花至少三天时间填写表格，并接受党卫军守卫有关其生活与财产各方面的质询。

多数被遣送者首先会被送去布拉格西北的营地泰雷津。泰雷津于十八世纪作为一个有城墙的要塞城镇而建立，到1940年捷克斯洛伐克军队解散时，那里的居民还不到四千人。1941年秋，当地居民全部被迁出，城镇被改造成一个犹太人拘留营。

1942年4月27日，布拉格犹太人移民中央办公室下发了一份流放通知到利布其采的我祖父母家。家庭成员应于5月4日早上八点到布拉格巴布尼火车站附近的贸易博览会宫报到。

我在一个盒子里找到了这份文件。

传票是一张双面的卡片，起首是一只黑鹰在纳粹标志顶上。上面整齐地列出了奥托、埃拉与汉斯的名字。奥托的名字上有一条删除线，那是诺伊曼家的友人皮什塔说服了委员会的某个人删去的，皮什塔说，奥托是涂料厂的负责人，对布拉格的战争力量非常重要。

诺伊曼家知道避免被遣送的重要性。入秋以来，家里每个月都有人被遣送。1941年11月，奥塔的哥哥、在一家工厂当销售的埃里克堂伯被送走了，据信他去了拉脱维亚。同年12月，哈娜·波拉科娃表姑被送走了。1942年1月，同埃拉的姐姐结婚的鲁道夫·波拉克被送去了泰雷津，同行的还有他的女儿齐塔、他的妻子以及他们十四岁的儿子伊日（Jiří）。胡戈·哈斯、他的妻子与他们上地下学校的小女儿薇拉于1942年2月被送走。

人们认为被遣送者多被送去了泰雷津，但来自营地的通信不稳定。从被遣送者中收到明确消息的人只有奥托的哥哥卡雷尔（Karel）。他在3月被送走。神奇的是，几星期后，家人收到他寄出的盖有波兰卢布林邮戳的信。他乞求家人寄食物，因为他正忍饥挨饿。通过一些黑市的关系与较为友善的宪兵，家人设法给他发了个包裹。

他们始终没有听闻它是否送到了卡雷尔那里，也没有再收到他进一步的消息。

委员会的共识是，唯一可行的策略是尽可能拖延启程时间，留在布拉格越久越好。现在，诺伊曼家面临着可怕的挑战：他们有五天时间把埃拉与汉斯移出名单。

汉斯恳求他在切尔马克工厂的老板帮他脱困。在那时，他已经证明了自己是个吃苦耐劳的职工，几个月后，他的老板决定任命他为副手。奥托行使起他聊胜于无的影响力，和他认识的任何可能提供帮助的人商谈、打电话、写信。洛塔尔也动用了他所有的关系。

他们的努力并非毫无成效。汉斯收到一封来自弗兰蒂泽克·切尔马克的信，信中说他的工作对工厂至关重要。运送日之前几天，汉斯被从名单上移除了。这个小小的胜利鼓舞着他们。他们给在布拉格理事会的家族友人皮什塔打去更多电话。接着他们向任何可能向他们倾斜的人提出请求。

但无论他们怎么争取，没人能把埃拉移出名单。

埃拉将独自被遣送。

兹登卡开车载着洛塔尔到利布其采，去帮她为5月那个星期一的遣送打包。

奥托、埃拉、洛塔尔、兹登卡与汉斯，他们五人共度了最后的周末。埃拉离开前的那个周日晚上，他们在利布其采的家中坐下来共进晚餐，正如过往的那么多次一样，但现在埃拉的包裹已经收拾好，整装待发。这几个小时是如何度过的，我能说出的只有我自己在想到这件事时的恐惧。没人在事后讲过或写下来。我只能想象，那一晚，利布其采的这栋房子里一定充满了无休无止不断加剧的不安。埃拉、奥托与儿子们的恐惧显而易见。兹登卡已经爱埃拉如母亲，她也一定悲痛欲绝。随着时间的流逝，埃拉将同家人分离，她不得不与这种绝望的恐惧搏斗。奥托的控制欲极度受挫，他会绝望。他与其结婚二十五年的挚爱的妻子，那个让他疯狂又让他清醒的人，他的孩子们的母亲，永远欢快的埃拉，伴着她的微笑与音乐、温暖与迷糊，正在直接从他们的生活中被移走、被切除、被带离，而他无法阻止。他无法保护她。汉斯与洛塔尔一定也感受到了同等的无力、内疚与担忧。

从4月27日的传唤到埃拉出发，其间只留下一件物品——我的祖父母在利布其采家中的照片。埃拉专注于编织。奥托身着夹克，目光向下，一手持香烟，一手执钢笔。他面前有一张纸；他可能正在写信，或正在填写保护国没完没了的官方表格——不清楚。桌上有一瓶酒、几个玻璃杯、一些火柴、一个烟灰缸与若干报纸。

他们周围的一切都是暗的。

乍一看，它也许只是一张夫妻晚饭后坐在家中的照片，平平无奇。它看上去不像记录了任何重要时刻。坐着的人似乎满怀心事，看着其他地方。除非这个场景含有一些其他意义，否则留着这张照片很奇怪。

这是一直摆放在我的父亲床头桌子上的那张褪色的照片，那张我幼时感到好奇的照片，那张我的祖父母围坐在桌边却看上去苍老又悲伤的照片。它正是在最后那周拍的。这张当年让我感到困惑的褪色照片是埃拉与奥托最后一次一起在利布其采家中拍下的照片，他们彼时还相对地拥有最后一点照相的自由。在相册里所有那些照片中，无论是随意轻松还是精心摆好姿势微笑的肖像照，父亲只保留了这一张。

埃拉不得不于5月4日星期一去报到，她哥哥尤利乌斯（Julius）及其妻子与他们两名年幼的孩子也在同一批遣送人群中。奥托的弟弟奥斯卡及其妻子与他们八岁的儿子也在其中。

那天早上日出前，兹登卡驾车载着奥托与埃拉进入布拉格。汉斯与洛塔尔在家里与埃拉告别，然后照常上班，大家一致认为这样是最好的。只有奥托与兹登卡陪着埃拉一路到贸易博览会宫。

党卫军在入口前拦住他们，命令他们离开埃拉，让她独自带着两个行李箱，同其他被遣送者一起进入等候区。由于不再被允许开车，多数犹太人不得不拖着五十公斤配额的行李，从家中步行前往集合点。埃拉已经被提前预警过行李箱常常到不了目的地，因此，把必需品放在手提包里随身携带很重要。我无法想象他们的感受是什么，但我推想，奥托仍然坚韧不拔，埃拉试图保持积极，就像在各种趣闻与书信中描绘的那样。我相信他们试着相信这只是暂时的，很快就能找到办法再次团聚，只有这样他们才能找到些许慰藉。

我的祖母在车站旁的那个转运中心过了三天，在以稻草填充的麻袋当床垫的一小片地上，她带着她的两个行李箱与她精心选择的挎包，在党卫军的监视下填表，上交随身物品，回答没完没了的问题。除了结婚戒指外，埃拉没戴任何其他值钱的物品，她一定见过她周围的人们被夺走了珠宝与贵重物品。我祈祷她被分配到的一小块地靠近她的哥哥尤利乌斯与她的小叔子两家。我希望孩子们能分散他们的注意力，逗他们笑。让我欣慰的是，至少在糟透了的等待期间，在被迫丢下丈夫与两个儿子的时候，埃拉同她认识并爱着的人们在一起。他们会照应她。她不会完全独自一人。

集合点漫长的日子之后，是前往博胡绍维采的火车之旅，那是离泰雷津最近的车站。5月7日，一千名男女老幼同埃拉一起被转移进无窗的车厢里，离开了巴布尼。

三个月的时间里，奥托、洛塔尔、兹登卡与汉斯收不到任何消息。

8月，在布拉格犹太人长老理事会工作的家族友人皮什塔捎来了消息。埃拉还活着,在泰雷津。她在火车里生病晕倒了,但她还活着。有四十多人因病在离泰雷津最近的车站被弄下车,埃拉是其中之一。这救了她的命。

另一些人被塞进已经人满为患的车厢时,尤利乌斯·哈斯、奥斯卡·诺伊曼以及他们年幼的眷属被勒令留在车上。他们一路前往沦陷的波兰境内的索比堡。家人再也没有听到他们的消息。

在那次特定运送的一千人中,无一幸存。这次运送有从泰雷津出发的记录,但没有他们抵达索比堡营地的记录。几乎所有人一到索比堡就马上遇害。不清楚的是,他们是一到达索比堡就被射杀,还是直接进了毒气室。一封1945年6月从布拉格寄给美国维克托与里哈德的书信说,他们没有遭受漫长的折磨,至少这还算一种慰藉。

现在,我同自己的家人坐在家中,思考祖母的命运,思绪不由自主飘到父亲那里,那个美丽的布拉格春日,那个应当充满希望的日子,他在巴布尼车站啜泣。整整四十八年前,他的母亲离开同一个车站,如此惊慌失措,如此恐惧不安,她吓得失去了意识。不过有书信表明,她仍然相信,她同家人再次团聚的时刻终将到来。

1942年5月,从巴布尼出发,同她的儿子们痛苦分离,独自一人徘徊在恐惧与悲伤之中,尽管如此,埃拉仍留有希望。

第八章

兹登卡

在洛塔尔家的家庭相册中，放着一张美丽动人的年轻女子的黑白肖像照，照片有点支离破碎而且皱巴巴的。我在其他许多照片里认出了她的脸。仅次于奥托、埃拉、洛塔尔与汉斯，她经常出现在相册里。有些照片里，她同奥托在一起；有些照片里，她独自一人，摆姿势、沉思或微笑；其他许多照片中，她同洛塔尔在一起，散步或欢笑。

这张特定的肖像照如今被收藏在相册里，但它的状况、它的皱痕与磨损的边角泄露出它长期散落在外，单独保存且不受相册或相框保护。在我看来，它显然经常被触摸、被观看、被喜爱。也许它被另行存放在钱包里、床头柜抽屉里或书页间。我问堂姐马达拉关于这张照片的事，那时她告诉我，她认为这是她的父亲给兹登卡拍的照片。

我浏览盒子里所有的文件与书信时，注意到每个人都写了兹登卡的事。美人兹登卡。聪明人兹登卡，智多星兹登卡。欢乐果兹登卡。勇者兹登卡。一有机会，她就会鼓起勇气帮助别人——但她完全可以选择独善其身，而身边的人们也鼓励她如此。不同于我家，她本可以轻易选择一条更简单更安全的道路。尽管如此，她还是决定同被迫害的犹太人洛塔尔结婚。如果是同另一名男子，一名不会带来那么多麻烦的男子，一起安顿下来，她的家庭会更放心，这当然可以理解。然而，她在1939年选择同洛塔尔结婚，1942年，就在犹太人以及他们身边的每一个人被遣送的时候，选择复婚。许多兹登卡身边的人都力劝她不要再同洛塔尔结婚，他们劝她避开危险。相反，她知道并蔑视个中危险，她径直走向它。

她本不必帮助她的丈夫与他的家人。她本不必冒生命危险。但这就是她所做的，这就是她选择去做的。一次又一次。

虽然如此，却从来没有人向我提起过兹登卡。

我只认识同薇拉结婚后的洛塔尔。他们住在一个瑞士小村庄里,远离加拉加斯,在幼时的我看来,那里就像是童话故事里的城堡一样,花园里有一棵高大古老的垂柳,树下是一口古井。伯父洛塔尔比我的父亲年长,也更高。他更和蔼,说话更轻柔,手非常大,笑起来略带羞怯但很友善。他的妻子薇拉也是捷克人,她举止优雅,眼睛炯炯有神。她与洛塔尔有两个女儿——我的堂姐苏珊娜,以及她的妹妹马达拉,她们比我年长二十多岁;马达拉将她的父亲的纪念品和相册给了我。据我所知,洛塔尔同薇拉结婚时还很年轻。没人提起他结过婚。在我调查期间,马达拉第一次与我讲到这个时,她解释说,她自己到十几岁才发现她的父亲早先结过婚。她也明言,即使到那个时候,也没有人会详谈这个话题。

我的父亲临终时设法分享的简短而稀少的故事片段中也没有提及兹登卡。我想这并不奇怪,因为他也从来不讲他在捷克斯洛伐克的家。然而,他可能会在其他时候说漏嘴,提及她的名字,例如1990年我们的布拉格之行,但这从来没有发生过。

我问母亲她是否听说过洛塔尔早先的婚姻。她承认隐约记得有个第一任妻子,但细节甚至连她的名字都记不清了。她确实记得我父亲说过。战前洛塔尔在布拉格有过初恋,但没有任何确切的语境。

"我记得你父亲说她又漂亮又聪明。但我也记得,关于她的事,有些地方让人不舒服,让人伤脑筋。她从战争中活下来了,但没人愿意谈论她。我不知道为什么,真的。"

我多次要母亲再试一下，回忆是什么导致提起此人让人苦恼，但她就是想不起更多了。这让人不安，是因为这段婚姻终结的方式让人不安吗？大家不提兹登卡，是因为这是很久以前的事，而每个人都继续新生活了吗，还是别的原因？

找不到答案让我沮丧，因此，我催促母亲去了解父亲总是保持缄默的过往。尽管我现在明白，父亲也许不想让他的孩子背负痛苦的记忆，他也深爱着我的母亲，因此我怀疑母亲能否更完整地探究他战前和战时的生活。

但并没有。经过这么长时间，伴随着我调查中的所有发现，如今我渐渐意识到，要求母亲给出答案极其不公平。我敦促她去搜寻一些一直未被说出口的事，重拾被父亲埋藏的记忆，这要求她重回她很久以前就已经离开的地方。这要求她踏上一段未知的旅途，轻则让她沮丧，重则让她后悔。但母亲试图尽她所能来帮助我。她解释说，她也曾好奇过，但一名治疗师曾告诉她，父亲的记忆太过痛苦且混乱，因此最好让它保持被抑制的状态，不要去探究。

因此同我一样，母亲在那个时候也不敢问父亲。在我纠结于这些想法时，仿佛不言而喻般，她补充说："你爸总说，生活是现在，是当下。他的确喜爱科幻小说，最喜欢的科幻电影是斯坦利·库布里克的《2001太空漫游》。他有时候可能会喜欢未来的可能性，但对他来说，这些永远是关于当下的。毫无疑问，不可能关于过去。"

也许就像他对我说过的那样，他也对她说过，过去应该留在过去。

从许多方面来说,这对他而言一定是正确的方法。对于父亲,过去是遗失的、不完美的、无法挽回的,不像他的手表,有那些机械装置,他总是可以用耐心、时间与正确的工具来维修。就这样,他熬过来,成了我所认识的父亲,强大、勤勉、高瞻远瞩,专注于当下。但他保存了他试图抛在身后的经历的纪念品,并把它们留给我。对他而言,生活从来就无关过去吗?有那么一些瞬间,或许仅仅偶尔几次,往事穿过思绪,让他痛苦万分。母亲也注意到了它们。那些噩梦,那些含糊的回答,那双颤抖的手。

"那您就不会盯着那些瞬间吗?"我问母亲。

"不,我不会。我想同他一起活在当下,专注于我们所拥有的。我想他开心,想带给他欢乐。"

随着我逐渐深入调查,我了解到,兹登卡也是个欢乐果。她是家族史的一个关键部分,是我正在拼凑的拼图中的一名核心人物。我不能理解,作为这个谜团的核心,为什么从来没有人谈论她。我决意进一步去了解这名勇敢的女子。

再一次,我向那名同我一起追溯我失落的捷克家族的研究员求助,她门路众多,我们查询了所有捷克共和国境内的近期登记记录,但结果都是空白。我们能够追查兹登卡到1968年,那时她还住在布拉格市中心。我们知道她的工作是记者兼撰稿人。她在1967年写的一篇文章讨论了性别歧视与女性的社会不平等,具有那个年代特有的直率。我们还发现,战前接受过律师训练的兹登卡曾担任业余地方法官。另一名撰稿人雅罗斯拉夫·普季克提到，1968 年，在后来被称为"布拉格之春"的运动期间，兹登卡参与了改革。她的独立、政治参与度与勇气显然延续到了战后。

但她与洛塔尔的爱情似乎没能延续到战后。我们从布拉格登记处得知，她同一名叫维克托·克纳普（Viktor Knapp）的男子在 1949 年生了个女儿，叫露西娅（Lucia）。有很长一段时间，关于她的个人生活，我们只知道这个单一的事实。由于她如今已近百岁，我知道我可能找不到兹登卡本人，但我想也许她的女儿或孙辈能帮我拼凑起她的故事。追查婚后改姓的女性异常困难。如果档案中的结婚证明缺失，那么线索就消失了。再加上其他无数社会原因，发掘女性失落的故事显然更具挑战性。执着的研究员帮忙搜寻了一份又一份档案，但无法追查到 1968 年后的兹登卡或露西娅。

不过，我的堂姐马达拉确实记得，她于二十世纪六十年代末或七十年代在瑞士同兹登卡有过一面之缘。当时兹登卡拜访洛塔尔，在他们家宅小住数日。马达拉记得，在某个时间节点上，兹登卡本人同她女儿一起住在瑞士，但她记不起更多了。每次和马达拉谈论家族的事，我都向她问起兹登卡，希望能搜寻出更多的记忆碎片。她偶尔想起更多细节，但它们从来没有重要到足以帮助我们追查到她。

"你必须理解，家里不提她的名字，她不是我的父母会谈论的人。只要提起她，我的母亲就会不舒服。我最后一次听到大家讨论兹登卡大概是在二十世纪七十年代，当时我还很小。"

然后，有一天，我们正坐着吃午饭，讨论马达拉即将举办的画展，这时她想起了一些新的事。我在午饭一开始的时候告诉她，每次试图寻找兹登卡的女儿露西娅都无果。马达拉表示同情，对话自然地继续进行着。然后，突然之间，就在我们啜着咖啡抱怨压力时，我们交流中的一些显然无关的提示敲下了一块记忆碎片。

记忆就像错误归档的文件，你总是在意料之外的地方找到它。对于兹登卡的事迹，我那些直接的问题没有带来有用的答案。在就我的家族史采访人们时，我得知，详细的问题往往对触发特定的记忆没什么用。人们沿着他们自己的蜿蜒小径，沿着似乎更多由情绪而非逻辑标绘的小径，以迂回的方式返回遥远的事实。

那个下午，我们坐在一起时，马达拉正在沉思，必须于截止日期前完成画作的压力正困扰着她。然后，在我先前一连串的问题都没有扰乱她的情况下，一段记忆突然涌上她的心头。即使是一直竭力帮我的马达拉，在想起来时似乎也吓了一跳："兹登卡的女儿有个叫伊日的男朋友，他在瑞士有家画廊。我想起来了！很久很久以前，我刚开始绘画时，他邀请我展出一些我的油画。"

这份邀请深深触动了马达拉，它在她的事业刚起步时就如期而至。然后她记起伊日的画廊叫作"9"。我们必须在瑞士的"9"画廊找到伊日。

于是那天下午，我找到了位于索洛图恩镇的"9"画廊的网站，并和一位名叫伊日·哈夫尔达（Jiří Havrda）的迷人男子通了电话。伊日还是一名撰稿人兼纪录片导演。一听到我的名字，得知我是洛塔尔·诺伊曼的侄女，他就称，他清楚地知道洛塔尔是谁。

只需告诉他我正试图了解更多关于兹登卡的事，别的就无须我向他解释了。伊日爱过兹登卡的女儿，他确切知道我的家人都是谁。我立即就喜欢上他了。他擅交际、热情、大方。或许我的电话提供了一种轻松感，有时在完全陌生的人之间会有这种感觉，它不受既定模式与期望的束缚，让我们可以尽情讨论个人感受。数分钟内，伊日分享了他同露西娅之间的冒险故事，他声称露西娅是他的第一个真爱。

伊日描述了1968年夏日的布拉格，描述了同他心爱的露西娅与她果敢而美丽的母亲兹登卡的生活。他们都积极参与政治，为了一个更自由的社会而集会、宣传。然后，8月下旬，苏联及其盟友到达，潜在的变革顷刻烟消云散了。

伊日乐于对我讲他的故事，但他不会告诉我他眼里的他人的事。他强调，他相信对我而言，找到露西娅并听她来讲兹登卡的事很重要。他解释说，这并不容易，因为遗憾的是他已经同露西娅没有联系了。上次他们通话是在几十年前，他知道她结婚了，有两个儿子。他依稀记得她丈夫的名字，但不会拼。他记下她当时的电话号码，但其后瑞士调整了电话号码的位数，我们手头的号码现在缺了一位数。更棘手的是，露西娅还搬家了。伊日认为她也许在伯尔尼附近的某处，但他不知道确切的地点。他也不确定兹登卡的近况。不过，伊日这位铠甲闪闪发光的稀世骑士承诺，他会帮我找到露西娅。

伊日信守承诺，几天后他打了我的电话，称他查遍了电话簿，给整个伯尔尼州所有名字同露西娅丈夫类似的人都打了电话。并不是所有人接起电话来态度都很友善。"作为一个礼仪之邦，瑞士人还能这么粗鲁，"他笑着说，"但我赢了！"

伊日找到了露西娅。

他们终于说上话时，他解释了我的请求，她同意和我讲她母亲的事。被伊日的热情所鼓舞，我当晚给露西娅发了电子邮件，并收到了一封坦率友好的长篇回复。在这次最初的交流中，露西娅讲了那么多我的祖母与家庭的事，比我之前所知的都详尽。

兹登卡确实已经在几年前去世了。尽管她本人已经走了，但她的过去完整无缺，因为她在战时用白纸黑字定格下了她生命中的这些经历。这些回忆录用兹登卡的母语捷克语写成，随后的几个星期，露西娅耐心地帮我把它们全部翻译成英语。随着一封又一封电子邮件送达，我的收件箱里渐渐装满了我的祖父母与洛塔尔、汉斯以及兹登卡的故事与照片。兹德涅克、皮什塔以及其他我在调查中遇到过的名字，在兹登卡的叙述中再次出现了。露西娅还记得，战后岁月中，她也见过一些我的家人及其友人。她母亲同他们保持着联系，哪怕她在1968年离开了捷克斯洛伐克。联系到露西娅，并且经由她的引导而直接从兹登卡的文字中听到了兹登卡自己的声音，让我非常高兴。突然之间，这名陌生人的好意使我对我的家人在战时的经历了解得更加清楚了，因为画面中缺失的碎片显露并归位了，最初显得不连贯、不一致的细节都开始讲得通了。

1942年，兹登卡与洛塔尔再婚后，又住到了一起，就在布拉格特罗亚诺瓦街16号四楼的兹登卡的公寓里。这套转角公寓是兹登卡的外祖母为他们改造的；整栋楼高大华丽，带有粉红色石制外墙，由她家于十九世纪在布拉格新城地区建造而成。彼时，整栋房产都属于兹登卡。它距伏尔塔瓦河畔的众多银行只有一条街，离雄伟的十八世纪圣西里尔与圣美多德教堂也差不多近。这栋楼位于一处安静的住宅区，今天也是如此。它西晒充足，大到足以让居住者一定程度地与世隔绝。兹登卡的外祖母特地在客厅隔壁为洛塔尔设置了一间暗室，供他追逐对摄影的热情。在纳粹刚入侵的那几年里，特罗亚诺瓦街16号为洛塔尔与兹登卡提供了一个舒适安心的避难所。墙壁内，他们得以相对平静地生活。

然而，战争最终还是找上了他们。1942年5月末，就在埃拉被遣送几星期之后，捷克敢死队暗杀了保护国最高级别的纳粹分子莱因哈德·海德里希。海德里希是帝国安全部部长及波希米亚和摩拉维亚保护国副总督，他有各种绰号，包括铁石心肠之人、刽子手、布拉格屠夫，由希特勒和希姆莱选拔出来，负责用恐惧控制捷克人。他有三个公开目标："德意志化"捷克人、剿灭一切抵抗力量，以及实施1941年12月确立的"最终解决方案"。

海德里希为践行其目标无所不用其极。1941年秋天，在他抵达后五天，他命令关闭保护国所有的犹太会堂。两星期后，他开始驱逐犹太人，亲自下达将五千名捷克犹太人"撤离"到位于罗兹①的一处营地的第一道命令。到1941年11月，他已命令犹太人理事会领导人开始遣送犹太人去泰雷津。海德里希政权标志着一场异常野蛮的运动的开端，这场运动不仅针对犹太人，也针对所有拒绝合作者。数以千计的持不同政见者被拘捕，被处死，被送进营地。

在捷克斯洛伐克，纳粹的行动旨在将犹太人非人化，将社会碎片化并粉碎抵抗运动，他们效率极高，比任何其他沦陷区都有效得多。不过，伦敦流亡抵抗力量率领的捷克斯洛伐克伞兵小队准备在一场代号为"类人猿"的行动中暗杀海德里希。他们试图在他的敞篷车从其郊区家中驶往位于布拉格城堡的办公室的途中伏击他，但因冲锋枪故障而没能成功。然而，凭借非凡的勇气，他们成功用手榴弹炸伤了海德里希。海德里希被送往医院，最终在1942年6月4日死于伤口感染。

纳粹的反应之恶毒令人发指。纳粹决意找到凶手，处罚所有帮助过他们的人，恐吓捷克人至其完全屈服。海德里希死后五天，利迪策村的居民被无故指控庇护这些伞兵，村庄被完全

---

① 罗兹犹太区（Lodz Ghetto）位于波兰。原文使用的是其捷克文拼写"Lody"。

摧毁。十五岁以上男子全部被枪杀，妇孺都被送进营地。为了强调这些行动的坚决性，村中的建筑都被夷为平地。

两星期后，纳粹在另一座村庄莱夏基发现了一台无线电发射器。村中成年人口全部被射杀，儿童全部被遣送，村庄被摧毁。根据官方数据，5月末至7月初，保护国有1 331人被处决。当时，接任海德里希职位的达吕格将军发布了一道命令，凡是被发现传播对帝国的敌意的人，哪怕没有被举报，都要面临死刑。以任何方式帮助犹太人，都视为应得犹太人同等待遇。布拉格到处贴满了宣传此事的海报。广播电台与大喇叭每天播放这些公告。提供逮捕刺杀者的情报，赏金是一千万克朗。伴随着这种利诱，还有种种威逼，不仅隐瞒此类信息者会被处决，他们的家人同样会被处决。

纳粹借这场暗杀大面积打击保护国境内一切有效的地下抵抗运动。捷克人将这段恐怖时期称为"海德里希屠杀"①。为了搜寻凶手与帮助他们的人，盖世太保与党卫军简直要把首都碾碎了。这是战争中最大规模的搜捕，有3.6万座房屋被突袭，逾1.3万名平民被捕。到6月中旬，纳粹的追捕集中到布拉格新城一带，因为他们怀疑那些伞兵躲在这附近。特罗亚诺瓦街16号位于搜索区域的中心地带。街上军队云集。搜查队冲进洛塔尔与兹登卡周围的数百幢房屋。令人窒息的氛围让已经坐立不安的洛塔尔陷入了充满恐惧的瘫痪状态。埃拉几星期前刚

---

① 原文为捷克文"Heydrichiáda"。

被遣送，他们还没有收到她的消息。尽管同兹登卡的婚姻为洛塔尔提供了理论上的法律保护，让他不会被送走，但就像汉斯一样，他生活在持续而有理由的恐惧之中。捷克人的不服从激怒了纳粹，他们不需要合法理由就可以射杀或监禁犹太人。洛塔尔还清醒地意识到，他仍在使用以他的朋友伊万·鲁贝什为名的假身份证，如果他们搜查他的公寓，发现他持有假证件，他一定会被射杀的。兹登卡回忆说，一天晚上，她与洛塔尔被街上盖世太保的吼叫声吵醒。走廊里的脚步声、摔门声与下命令的咆哮声似乎前所未有地近。警察进了他们楼。

洛塔尔吓坏了，他拖着兹登卡走进浴室，那里放着他的小皮箱，里面是装有氰化物的小玻璃瓶。他们坐在黑暗之中，试图保持绝对安静，但兹登卡知道，洛塔尔在哭。她默默安抚他，一遍又一遍低语，他们不能放弃。他们在四楼，声音是从楼下传上来的。不可能分得清具体是几楼，但听起来很近。

"我还没放弃。我不会咬这个的。如果你想咬就咬吧，但你自求多福。"她挑衅道。

兹登卡设法从洛塔尔手上弄走了箱子，她说服他再多等等，等到士兵来到他们自家门前。他们二人孤零零地挤在黑漆漆的浴室里，此时，呼喝声与撞击声回荡在他们周围，回荡在这栋老楼里。然后，这场骚动结束了，正如它突然袭来。盖世太保收到情报，凶手藏在几码之遥的圣西里尔与圣美多德教堂，并因此转移了兵力。

6月18日，七百人的武装党卫军部队袭击了躲在教堂里的少量伞兵。纳粹放水淹了他们最后作为立足之处的地下室，想要逃跑已经不可能了。弹药越来越少，周围的水位越来越高，伞兵们却决心绝不投降。他们有人开枪自杀了，有人咬碎了装有氰化物的小玻璃瓶。这场悲剧结束了，洛塔尔再一次被兹登卡的坚毅所救，他小心地收起了自己的毒药。

由于日常生活日益艰难，洛塔尔、汉斯与奥托继续尽可能努力保持低调，不过少年们依旧会有一些蓄意的冒险。虽然让奥托大为光火，但汉斯还是多次违背承诺，继续违反宵禁，晚间同米拉与兹德涅克一起做些傻事。洛塔尔比汉斯谨慎得多，但他也喜欢进行无谓的冒险。他接受了戏剧界朋友埃里克·科拉尔的邀请，在一所地下学校帮忙教课。他不想让父亲担心，只对兹登卡透露了这一行踪。学校在斯帕莱娜街一栋房子的二楼，从他们的住所走过去只要几分钟。

埃里克与洛塔尔向少数还没有被遣送的犹太儿童讲授戏剧与诗歌。他们奋力为孩子们提供一种正常生活的假象，提供片刻间隙以躲避小小的临时教室墙外日益严酷的现实。他们甚至上演了卡雷尔·亚罗米尔·埃尔本的童话故事《智慧老人的三根金发》，并配有服装，这种沉默的反叛行为一定让他们得以暂时放松。

8月，终于有了一些好消息。埃拉设法从泰雷津捎出一封信。这封信"活"着到家了。信中语气乐观，充满细节。她成功长胖了点，并很好地适应了新生活。她正在试着找份工作，这可以保护她不被运到"东面"的营地，那里比泰雷津糟糕得多。她要家里给她寄二十个"老朋友"[①]（暗指德国马克），以及更多衣服和他们能搜罗到的任何食物。她保证说，她一切安好，最重要的是，不必担心她。这封信看起来是一位母亲在安慰家人，但它以一条无比明确的指示为基础：奥托、洛塔尔与汉斯必须尽一切努力避免被送到泰雷津。

随着海德里希之死而来的恐怖使家人们几近绝望，但埃拉雪中送炭的书信鼓舞了他们的士气。他们一起构想了一套方案，用来同埃拉秘密通信。虽然很难找到适当的人选，但营地里一些捷克宪兵被成功说动或贿赂，他们愿意帮助在押人员，或至少对暗地里发生的事睁一只眼闭一只眼。

家里开始动用一切可用的资源，把他们能找到的任何东西都送进泰雷津，给埃拉补充食物，给她保暖，给她提供获取善待与易货所需的现金。构建物流链需要时间，链上的每一个环节都必须万无一失。联络人一定要有进入营地的必要途径，并且愿意冒险。家里花了几星期来安排一切。

但兹登卡等不及了，她可是兹登卡。没人能阻止她行动。一听说埃拉在泰雷津，她就决定进入营地找到她。这很难，但对兹登卡来说，似乎没什么不可能。那时，她经常驾车来往于各亲朋好友的家，递送书信、药物与现金。她已经帮洛塔尔做了假身份证。但这个想法更具挑衅，极度危险，她的抵抗升级了。这可以轻易让她一命呜呼。

[①] 原文为德文"bekannte"。

一天下午兹登卡在捷克斯洛伐克散步，
二十世纪三十年代末

她向朋友请教，向抵抗分子寻求建议。非犹太人很难进入营地，这种事也极其危险，但并非不可能。兹登卡换下时髦漂亮的短裙套装，用头巾遮住头发，找来一双舒适的步行鞋，穿上她能弄到的最朴素的衣服。她把黄星星缝在她最旧的外套上。她被告知有两个选项。她要么应该看上去像少数出入泰雷津的当地人，受雇于党卫军，为他们洗衣做饭；要么像在押人员。她选择了后者。

最简单的方法是在临近中午的时候，与在泰雷津周围田地里劳动的一组在押人员会合。然后她应当在他们返回营地喝午汤时和他们一起走。镇上有两个主大门，由捷克宪兵与德国党卫军士兵轮流把守。不过泰雷津是自我管理的，负责在田里或营房里清点在押人员的是犹太人。田间劳动人员由更高等级的在囚人员领导并监督，通常在党卫军午休时回去。他们从靠近宪兵指挥部的那个大门进去，据说在那里巡逻的是较友好的捷克看守。负责这组田间劳动人员的犹太在押人员估计不会告发她，机会就在这里，因此兹登卡只需要混进去，同时避免同党卫军有任何接触。

她的万事通朋友给她看了一张泰雷津地图，上面标记了各种入口与营房。根据皮什塔的报告，她设法确定了包括埃拉的宿舍与工作场地在内的那组建筑的位置。兹登卡知道怎么做，她知道去哪里。

她挑了个忙碌的工作日，用一个旧布包装了埃拉要求的物品：一件黑毛衣、一条羊毛连衣裙与一小罐柑橘酱。她驾车到博胡绍维采镇。她从一名联络人那里借来自行车，骑了最后两公里路到要塞城镇泰雷津。当她发现该区域内的劳动者时，她把自行车藏在事先被告知过的附近的棚子里。她穿上带有星星的外套，同他们一起劳动，直到午饭时间。

同一大群推着手推车、拖着工具与一袋袋土豆的在押人员一起，她走进泰雷津。走过一名拿着刺刀的宪兵身边时，她厚着脸皮笑了下，仿佛她每天都进入营地一般。我不知道他们为什么没有拦住她。一走过壁垒阵，她就找到了通往车间所在建筑群的道路，并最终到了埃拉那里。时间有限，兹登卡必须同下午班次的农业劳工一起返回田间。不然，当天就不可能离开营地了。兹登卡写的回忆录将她的英勇冒险描绘为一项简单的任务。但事实是,几乎没有任何人非法进入泰雷津的历史记录。

很多年以后,老年兹登卡如此回忆她在营地里同埃拉的相遇:"重聚,我们怀着不可思议的心情,一遍又一遍触摸彼此的手与脸,我们拉着彼此,交谈、流泪。我们因欢喜与悲伤而哭泣。"

这次探望之后几天,埃拉给奥托与儿子们寄了一封信:

> 这次同我挚爱的兹登卡见面,带给我这么多美好的回忆与快乐,让我不再把自己冰封起来。今天我回去劳动,再次满怀希望。我极度思念你们所有人。我为你们而活着,祈祷这一切很快能过去,并且不会白费。我从来没有想过,我还有这么勇敢的一面。我同所有人关系都不错,但也不同任何人深交……我从未在任何其他地方见过这么多恶,恐怕有生之年我都无法忘记……你们最好永远都不要看到这种人间苦难……但如果那一天真的来了,记住把尽量多的食物、猪油、肥皂、药物、保暖衣物等放进行李。

热忱而机智的兹登卡冒生命危险时想都不多想一下,幸得她,诺伊曼家再一次有了欢乐的理由,尽管只是暂时的。

第九章

召　回[1]

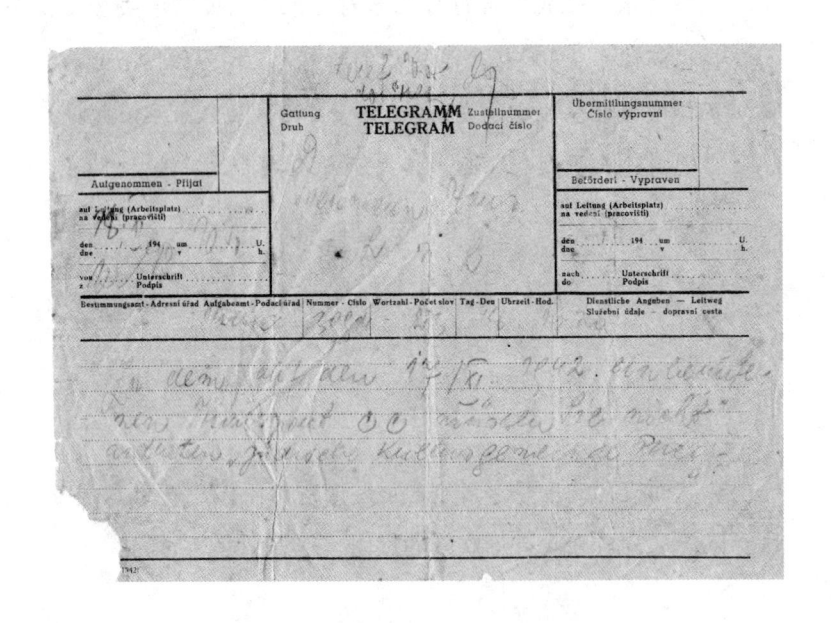

在父亲留给我的盒子里，有一张精美的纸，标题是干净利

---

[1] 原文为捷克文"vyreklamován"。

落的印刷体"电报"字样。岁月把这张纸染成了褐色，它还缺了一个角。左面的日期是1942年11月18日。收报人是汉斯·诺伊曼。褪色的德文笔迹难以识读，但仍能从电文正文中辨认出"CC次列车"字样与1942年11月17日的日期，是电报拍发的前一天。

1942年11月12日前后，第二份遣送通知被投递到了利布其采的家中，要求奥托与汉斯于11月17日在巴布尼的遣送中心现身。再次，他们有不到一星期的时间搜集证据，证明他们在布拉格不可或缺。

这一次，奥托、汉斯与洛塔尔知道方法了。他们疯狂寄信，绝望地打电话，对任何有权力回应这些焦急恳求的人狂轰滥炸。再一次，汉斯与奥托哀求他们的雇主写信支持。汉斯成功从他弗兰蒂泽克·切尔马克炼钢厂的老板那里得到了一封信。在蒙塔纳，最初由纳粹任命的管理人员卡尔·贝克尔已经因加入德军参战而离开。接替他的是更具同情心的捷克人阿洛伊斯·弗兰采克（Alois Francek）。弗兰采克渴望帮助这家人，他用打字机给当局写了一封信，强调奥托工作的重要性。洛塔尔亲自把信直接送到犹太人委员会办公室，交给他们的朋友皮什塔，以把握住这一机会。

然而，这次他们的努力似乎白费了，委员会没有传出任何消息。他们预定启程前的那个周末，洛塔尔与兹登卡开车到利布其采制订计划。汉斯的女朋友米拉与朋友兹德涅克也搭火车去乡村屋看他。他们用诗歌、玩笑与一些兹德涅克母亲弄来的李子白兰地为他打气。这些朋友离开利布其采时，他们提醒汉斯，还有时间从名单上除名，他们还承诺，无论他最后去了哪里，他们都会去看他，好像他即将参军一样。

星期一过去了，但还是没有当局的消息。诺伊曼家听说，年轻力壮的人才能留在纳粹体制里，弱者会被抛弃。重要的是要看起来强壮，能做苦工。最后那晚，蒙塔纳的经理之一诺瓦克先生（Mr Novák）安排了他当美发师的亲戚到利布其采。后者来是为了把奥托一头浓密的银发染成深棕色，希望让他显得比实际的五十二岁更年轻。奥托与汉斯牢记着埃拉第一封泰雷津来信中的指示。他们往包里塞满保暖衣物，把最有用的物品放进手提行李，例如，奥托的行李中有一小瓶美发师给他的染发剂。

1942年11月17日星期二一早，奥托与汉斯前往集合点。他们带着行李，沿着他们家与利布其采车站之间空旷的道路前行。他们出示了纳粹核准的工作出行许可，登上了开往布拉格的早班火车。兹登卡与洛塔尔在城里同他们会面，然后肃穆的四人来到巴布尼贸易博览会宫旁的附楼，数月之前，埃拉在那里与他们告别。

奥托甚至不让洛塔尔与兹登卡靠近入口。他们听过门口党卫军守卫的传言，说这些人会将护送被遣送者的人绑到营地。我能想象，我的伯父洛塔尔远远观望，虽然有兹登卡的支持，但在他的弟弟与父亲的身影开始隐没在人群中时，他还是会陷入极度的悲痛与内疚，弟弟与父亲那不自然的变化击中了洛塔尔。汉斯典型的悠闲漫步现在变得小心谨慎，像受惊了似的。奥托的头发虽然是黑的，但他往日威严的姿态在行李与惊恐的重压之下已然佝偻。

洛塔尔伤心欲绝，但第二天，他们在理事会的朋友皮什塔带来了好消息。他奇迹般成功地将汉斯的名字从名单上移除了。汉斯可以从遣送中被召回了。皮什塔解释说，布拉格的长老们也不能为奥托做什么。他太老了，对战争无用。奥托将不得不走上他们所有人都极力避免的那条路，但皮什塔会亲自从巴布尼接回汉斯。

我找到的这份电报是犹太人理事会于 1942 年 11 月 18 日寄往利布其采的，是奥托与汉斯在贸易博览会宫附近的集合区登记后的第二天。它存放在父亲的盒子里，摆放在一起的还有布拉格帝国军备部的另一份官方文件，声称犹太人汉斯·诺伊曼在切尔马克的工作被认为对战争力量至关重要。

皮什塔拿着这份召回汉斯的官方文件与一份给奥托的手写便条，进入了巴布尼站附近的集合区。皮什塔在便条里鼓励奥托，让他试着在同埃拉的重聚中找到力量。他向奥托保证自己的友谊，并祝福他前路顺畅。他总结道，最重要的是，奥托必须对自己保持信心。他落款"皮什捷克"，奥托一直用这个充满感情的绰号称呼他。七十多年以后，当我在其中一个盒子里发现这张便条时，也能明显看出，哪怕已经时过境迁，书写者也为自己的无能为力而饱受绝望的折磨。

拼凑出巴布尼发生的事后，我就把这些告诉了我同母异父的哥哥伊格纳西奥，他是母亲第一段婚姻时所生的孩子。这让他想起了一段童年记忆。伊格纳西奥清楚地记得，在他十岁出头的时候，有一天我的父亲带他去书房，给他看一把手枪。那时候的委内瑞拉绑架成风，我记得除了在房子四周配置更多警卫，父亲还会携带一把小型枪支，放在踝套里。汉斯解释说，这把枪不仅是为了抵御罪犯，伊格纳西奥吓了一跳。汉斯注视着他的继子，平静地解释说，他不会告诉其他人，这把枪里有一颗子弹，这颗子弹是留给在布拉格站将他同他的父亲分开的那个警卫的。不仅仅是那把枪，更重要的是那句话，它们同我冷静慎重的父亲，同那个从不提高嗓门的男人完全不搭调。当时的伊格纳西奥不明白汉斯的意思，他害怕那把枪与那个奇怪的秘密，觉得最好还是不要深究。他听从继父的话，一直保守着这个秘密，几十年后，他已经或多或少忘记了。我向母亲讲起这件事，她记得父亲也对她说过一些在车站获救的事。她怕这是他的创伤，她怕加重他的罪恶感，从没有深究。

汉斯与奥托被勒令于11月17日上午八点到达集合点。那天早上，他们在巴布尼当局登记，在办公桌前排队，填写遣送所需的一大堆表格。和奥托及同批流放的其他上千人一起，汉斯在大厅的恶劣环境下度过了一天一夜。第二天，在犹太人委员会发出电报后的某个时刻，皮什塔带着帝国军备部的官方"召回"通知和给奥托的手写留言，来到了巴布尼。皮什塔不能进入奥托与汉斯和行李所在的地方，因此一名党卫军守卫传达了消息。守卫没给他们什么时间拥抱或告别，他催促汉斯收拾行李，并押送他出去。汉斯别无选择，只有顺从，捆好他的物品，流着泪离开他将要独自被遣送的父亲。

汉斯获救了，留下奥托继续待在车站。那晚，汉斯、皮什塔、洛塔尔与兹登卡四人坐下来讨论实际情况，但并没有从中得到多少慰藉。同兹登卡的婚姻目前还在保护洛塔尔，但不清楚这种豁免能持续多久。他可以继续在蒙塔纳工作。他们认为，如果异族通婚的犹太人也要被遣送，那么友好的"受托人"弗兰采克将出面证明洛塔尔的角色在工厂里至关重要，因为他又年轻又专业。汉斯一定要确保尽可能最长时间地工作，以保住他在切尔马克的职位，他同样要让自己不可或缺。他们都要互相照应，要保持低调，并在日常事务中八面玲珑。他们要依靠自己的智慧，只能信任少数精挑细选的关系亲近者。他们要同兹登卡一起，安排包裹送进泰雷津，并动用一切关系防止埃拉或奥托被往东送。

现在，家里双线作战，一边要保证汉斯与洛塔尔留在布拉格，同时确保奥托与埃拉在泰雷津的安全和温饱。洛塔尔提醒汉斯，奥托几星期前警告过，稍越雷池一步都可能要了他们所有人的命。考虑到汉斯的冒失轻率，让他尤其理解这一点非常重要。奥托一直是那个严厉对待他的小儿子的人，但现在轮到洛塔尔来规劝汉斯了。汉斯相当幸运，他还能留在布拉格。虽然迄今为止切尔马克都给出了正面评价，但是他不能再同他的朋友兹德涅克四处鬼混，这才是重中之重。他必须抵御诱惑，不再做无谓的冒险。

在皮什塔写给他的便条反面，奥托以某种方式设法匆忙写下了给他的儿子们的留言，并于11月19日将这张便条弄出了巴布尼：

目前为止一切都好。我们现在已经把行李装上了火车，明天出发。我已经设法在泰雷津找到了能提供帮助的人。这又将是一个不眠之夜，这里简直没法睡觉。但愿在泰雷津会好一些。请完全不要为我担心，我会适应一切。全心全意吻你们。

第二天早上，奥托被从巴布尼运送去了泰雷津。

第九章 召 回

在我的调查走向尾声时，我下定决心，必须去泰雷津。一开始我觉得我应当一个人去，但当我的丈夫与孩子们坚持要陪我去时，我心存感激。我住在纽约州的母亲声称，为了她的外孙与外孙女，她也要加入。她的姐姐，曾同我一起阅读家书、对奥托与埃拉的事了如指掌的阿姨，无疑也要加入。在调查中帮过我的华威大学教授、泰雷津专家安娜·哈伊科娃博士（Dr Anna Hájková）主动给予我们指导，以便我们找到我的祖父母曾经住过的地方。她的伴侣是名建筑师，从未去过泰雷津，也加入进来。

2018年10月，一个雾蒙蒙的周日清早，来自法国、委内瑞拉、美国、英国与捷克，年龄从十二岁到七十六岁不等，这群各不相同的旅人在布拉格集合。我们从布拉格驱车前往泰雷津，大家都有点困，但都出于各自的原因而忐忑不安。

在高速公路上行驶不到一小时后，我们沿着通往泰雷津的乡间小路前行。我们驶过古老护城河上的一条行车通道，穿过红砖垒墙上的其中一个入口。清晨的薄雾已经散去，不属于这个季节的阳光倾泻在这些十八世纪建筑的褐色石材上。我们停好车，由哈伊科娃博士带队，沿着一条寂静的街道开始步行前进。

一开始，泰雷津似乎同遍布中欧的无数历史城镇一样，中间有一个正式的广场，广场四周是相当宏伟的建筑群，环绕着教堂、钟塔与市政厅，草坪在漫长的夏季之后略显干燥，但打理得很好。适应了这幅景象后，我们发现这里几乎只有我们。

街上空无一人，窗里一片黑。除了偶尔有人路过，以及唯一开着的供应炖菜或炸奶酪的小咖啡馆里的少量顾客，镇上多少有些荒凉。

在泰雷津还是拘留营的时候，教堂铁将军把门，钟鸦雀无声，但镇上一点也不安静。这里人山人海，每间房、每处阁楼都塞满了失去自由的人。整个广场被铁丝网围住，中间搭了帆布帐篷，为在押人员提供了一处有"瓦"遮头的工作场所，他们在里面锤、锯、刷、缝。这些笔直的寂静街道变得人头攒动，每一扇黑漆漆的窗上的金属栅栏后都藏着一张张脸庞，他们引颈探视着令人窒息的房间之外的生活景象。

寂静之中，我们边走边听哈伊科娃博士讲解，我的孩子们轮流牵住我的手。拥挤、疾病、饥饿与穷困是最常见的死因。泰雷津原先是一座为安置四千人而建的驻军城镇，到1942年9月，那里容纳了近六万人。整个战争期间，逾十四万犹太人被送到泰雷津。他们中有过半来自波希米亚和摩拉维亚保护国，其余人来自德国、奥地利或中欧、北欧的其他地方。只有十分之一活到了战后。

如果绕着城镇向外围探索，去往奶白色与灰色的火化房，或有"小堡垒"之称的盖世太保监狱，那里有纪念遇难者的雕塑，还有一座犹太教的石灯台，有一片围绕着六芒星建造的墓地，肃穆地提醒着人们有许多人在那里死去，也有许多人经由那里去往更东面的死亡营。

这些建筑中有两幢现在用作博物馆，游客可以在这里参观复建的营房，粗糙的铺位像原先那样紧挨在一起。玻璃柜里陈列着泰雷津在押人员制作的精巧艺术品的照片与实物。每张炭画素描都再现了在那里发生过的事，正是这些往事使得战后这几十年来的街道一直荒芜着。这些作品描绘的景象总是充满了巨大的绝望。不过，不协调的慰藉之声也不时将这一切打断，音乐家们仍在演奏甚至作曲，诗人们在某种程度上仍在寻找灵感，画家们仍把这一切画成画。讽刺的是，泰雷津的恐怖经由艺术得以永久保存。在一个为了麻木、沉默与非人化而设计的地方，人类精神持续战斗，并继续产出深刻的作品。捷克戏剧导演诺贝特·弗里德于1943年8月被遣送到泰雷津并在战争中得以幸存，他写道：

> 如果泰雷津不是奥斯威辛那样的地狱，那也是通往地狱的前厅。但文化仍是可能的，而且对许多人来说，如此狂热地执着于这一几乎过度生长的文化，是最后的保障。无论如何，我们是人类，我们仍是人类！

毫不奇怪，很多战前以泰雷津为家的当地家庭去了别处，没有其他人搬进来。官方数据显示，泰雷津今天仍留有上千居民，但在我们到访时感觉更空。建筑中除了少数例外，其他都无人居住，已被废弃。这里让人觉得没有灵魂，已然油尽灯枯。然而，当我走在我的祖父母居住过的建筑之间的碎石路上时，我几乎能听见信件中他们说出的话。他们并不是在绝望地低语。得以幸存并引起我共鸣的是他们的梦想，是他们所描述的欢乐的片刻或平凡的挫折，散落于其中的逸事足以让我管窥他们是谁，他们如何生活，无论如何，他们仍在希冀，在爱。

那天在泰雷津，当我仰望那些坚固的石头建筑，我仿佛见到了，从栅栏后方，从窗户深处，他们的回眸。我满怀思念之情，凝视片刻后才提醒自己，这是光线在玩把戏，这是光穿过玻璃上积聚多年的尘埃之时制造出的阴影。

泰雷津是个集中营，是纳粹精心构建的战略的一环。第一环是将犹太人排除在社会之外，第二环是把他们作为被隔离的临时劳动力集中在泰雷津这样的地方，而最终是把他们遣送到更东面的灭绝营。泰雷津本身并不是像奥斯威辛或达豪那样的死亡营。有时它也被称为"隔都"，但这个词无法表达这里所犯下的滔天罪行。在它人满为患的辖区之内，有3.4万人死于疾病与饥饿，但它没有毒气室。泰雷津被称为"模范"营，因为纳粹用它来做宣传。一方面，它设有一家银行与一家邮局，还有一家能运转的医院。但在押人员依旧营养不良，身体虚弱。这点再加上人满为患与卫生条件不合格，就意味着疾病横行。这家医院能正常运转，其工作人员都是来自全欧洲的杰出医生，他们自己也被遣送到了这里。另一方面，银行与邮局更多是在装模作样。在押人员名义上有银行账户，他们的劳动也有报酬，但印有摩西像的泰雷津纸币，除了用来购买由在押人员演出的音乐会或戏剧门票外，几乎没有任何价值。邮局可以用来接收一些经过检查的书信与小包裹，但只有明信片可以寄出，而且要由党卫军阅读并审查。只有通过非法手段偷运出营地的书信讲述了这里的真实情况。

理所当然地，纳粹保留了最终控制权，但他们在泰雷津建立了长老理事会用来让犹太人进行自我管理。就像在布拉格那样，理事会由受人尊敬的犹太人组成，他们必须组织劳动，提供一定程度的市政服务，确保纳粹准则得到遵守，并最终起草遣送名单。该团体由在押人员构成，其运作方式与遍布欧洲沦陷区的地方犹太人理事会基本相同。尽管参与其中或许能为其成员与家人提供一定保护，但这只是暂时的。这种组织结构是一种巧妙的策略，因为它有助于创造一种幻觉，让犹太人认为他们仍能控制自己的命运，哪怕他们要互相内斗。人们别无选择，只能加入这一伪治理机构。1942年，随着保护国多数犹太人被遣送到营地，权力中心从布拉格犹太人理事会转移到了营地内的长老理事会。

我的祖父母于1942年抵达时，雅各布·埃德尔施泰因是泰雷津委员会的领导人。根据当时的记述，他相信，至少一开始相信，如果泰雷津的犹太人努力工作，使纳粹明确认识到他们的价值，他们会被允许活下去。十六至六十五岁之间的所有人都必须工作。男性在某个工厂、建筑工地、附近的田地或矿井找工作。女性倾向于做农业、食品准备、服装仓储方面的工作，或当护士和清洁工。这些岗位有等级，一些人更重要，尤其是那些能够从党卫军持续不断的监视中获得些许自由的人，他们有一点点隐私，能得到食物，或得到保护，不被列入进一步遣送的名单。

我的祖父母希望，在布拉格的皮什塔能够对泰雷津的长老们说些好话。像他们一样，数以千计的其他在押人员都希望能从长老们那里获得优待，这样他们或许能得到某些形式的保护。

1942年，随着奥托与埃拉都被拘留在泰雷津，家里建立了往营地偷运衣物、食品与其他实用物品的关系。他们设法得到了一名捷克宪兵与一名当地女性的帮助。每当有一个包裹进去，就有一两封信被偷运出营地。

不像那些用于宣传目的的从邮局寄出的"官方"信函，奥托与埃拉的书信不限长度，不受审查。但他们的书信不能保证只被收件人阅读，因此奥托与埃拉会加以防范并进行加密，常常用昵称或缩写来指称人或违禁品。表示老朋友的德语词"bekannte"显然指代德国马克。不断被提及的价格浮动的"罗伯特"或"罗贝蒂"，很可能是一种外币，也许是瑞士法郎。这些书信一次又一次带回珍贵的包裹，让他们能够吃饱饭，使他们能够在营地里帮助他人，还提供给他们以物易物的手段。信中常常提及的"亲切的绅士"很可能是一名友善的捷克宪兵，而"罗莎夫人"极有可能是一名能够自由进入泰雷津并四处走动的洗衣女工。为了保护这些信使，他们的真实姓名从未被披露。

这些书信与兹登卡的记述都表明，家里通常的补给方式是把包裹送到泰雷津两公里外的博胡绍维采站。从那里，一名可靠的中间人会将包裹妥善隐藏起来，用手推车带进营地。这给所有参与者都招来了巨大的风险。如果"罗莎夫人"或"亲切的绅士"被抓到用这种方式协助在押人员，他们将面临严厉的惩罚。奥托与埃拉将面临严重得多的后果。

第九章 召回

1942年1月，九名男子在泰雷津被公开处以绞刑。他们的罪行是偷运出书信给家人。党卫军公开这些处刑，为的是杀鸡儆猴，显示他们的统治权。运送任何物品进出营地对所有相关人员来说都是一种风险，但这对家里来说也是一条重要的情感与物质生命线。井井有条、一丝不苟的洛塔尔保留了一份记录，记下了寄给我在泰雷津的祖父母的每一个包裹里的物品。在马达拉给我的那个洛塔尔保存了几十年的盒子里，存放着共计八十个包裹的清单：熏肉、糖、阿华田、黄油、肥皂、手电筒电池、鞋油与巧克力糖，这些都定期出现。洛塔尔的盒子里还有我的祖父母写给他们儿子的大量书信，它们被交换和偷运出来。这些书信满含着他们的思想、情感与在泰雷津实际生活的细节，以及索要食品、衣物与现金的口信，还有其他在押人员给他们在外面的家人的口信。作为时代的记录，它们提供了有关营地内环境的翔实的一手资料。对我而言，它们也让我详尽地窥见我从未谋面的祖父母的个性。

在10月写给她的儿子们、她"金贵的人"的一封信中，埃拉保证说她的生活环境比许多人都要好，事实上已经到了引起嫉妒的程度。她写道，她有幸找到份工作，为一名捷克男子当管家，后者负责管理木工车间，在泰雷津的等级制度中处于较高阶层，他影响力较大，生活条件稍好。这一职务也使埃拉从中获益，关键是给了她希望的空间，"除了那些转移去东面的人，一切都会好的"。虽然谣言四起，但泰雷津的多数在押人员直到后来才知道东行的确切后果。我的家人确信，他们必须不惜一切代价避免这一行程。

埃拉为工程师弗兰蒂泽克·朗格尔（František Langer，或者如她在书信中对他的称呼"L 工"）打扫做饭。他在营地里一个人住，并且可以使用车间边上的一些房间。这意味着，埃拉可以把她的一些物品放在这边，让它们远离她每晚必须回去的令人绝望的上下铺房间的铺位。这些车间的房间让她得以拥有一些宝贵的隐私。在埃拉 1942 年 11 月的第三封信中，她描述了见到奥托的惊讶、重聚的喜悦，以及不得不看着他也忍受苦难的心碎。她觉得自己更强大，更能对付骇人的环境了，因为她已经"进入了那些恐怖的秘密"。

埃拉称，为了能让奥托当上化学工程师，她"拼了老命"，获得了一份需要抢破头的证明，这样或许能降低可怕的东行的可能性。

那年秋，埃拉与奥托的一些其他家人同样被拘留在泰雷津。埃拉抵达时，她遇到了埃里克与奥塔的父母鲁道夫与燕妮。埃拉已故的姐姐玛尔塔的丈夫鲁道夫·波拉克也在，一起的还有他的女儿哈娜与齐塔，以及他的第二任妻子约瑟法（Josefa）与他们十多岁的儿子伊日，一位年轻的诗人。伊日·波拉克的一些诗作如今可以在泰雷津的档案与布拉格犹太博物馆看到。

在按照年龄与性别分隔开的六万人中，找到并帮助彼此并非易事，但身处人群之中的悲伤寂寞，或许能借由看见一张熟悉的脸庞而稍加缓解。

奥托的第一封信写于 12 月，以明显消沉的语气回忆说，埃拉收到一张警方"命令"①，一张待执行的刑事遣送令，它高悬头顶，不过向东的行程目前仍暂缓。发布"命令"的原因包括吸烟、持有违禁品、运送途中潜逃之类的违规行为，必须不惜一切代价避免收到"命令"。有传言说，遣送意味着必死无疑。奥托补充说："我们见得不多。我想念她。"他仔细列举了他所需的全部物品：各种"罗贝蒂"、打火机、电池、衣物、鞋油或染发剂、肥皂，当然还有食品。他在信里告诫他们：

……不要指望合理的消息……这就是一团糟……基本上食物都不够让你吃到半饱，没有办法得到补给的人会饿死，无人知晓。住房与卫生状况和老式战俘营没什么区别……在这里，人们变成了绝望而自私的动物，除了占点小便宜外，其他什么都不关心，甚至不惜牺牲一起受苦的同伴乃至至亲。

自我们分别之后，短短这段时间以来，我不知怎么就忘了我抛在身后留给你们的一切，过去重要的那些事如今都毫无意义了……我知道你们不会理解我的，因为现在我自己也不理解我留给你们的生活……一切都像是场噩梦……"好好生活"，只有像我这样跌落到如此卑微境地的人才能懂这句话的意义……你们不必担心我……为了摆脱（但愿可以）最初的困难，适应此地魔幻的境况，我相当积

---

① 原文为德文"Weisung"。

极。请给我一点耐心，大脑不能像在正常情况下那样准确运转。如果我不再写信，那一定是出于恐惧，不会是别的。尽可能少想我……十四天前的生活已消失在黑暗中。

洛塔尔与汉斯读着奥托从营地里寄来的第一封信时，一定感到极其悲伤，这份悲伤的回响穿越了很多年，穿越到近半个世纪以后，我的父亲在巴布尼附近的铁丝网边哭泣颤抖之时。"这里是我们告别的地方"，汉斯在1990年勉强说出的寥寥数语，让我窥见了此后几个月里的分离与悲伤。不过，那之后的二十五年里，我仍然不清楚这句话的全部含义。

父亲的盒子里还有一张非常薄的小小的长方形纸片。它长8.5厘米，宽6厘米，是目前为止最小的物件。黑框里印有红色的"CC"字样。下面的横线上是我父亲的姓名。上面印着三位数的黑色数字——449。

这份微型纪念品是一张官方运送单，被遣送者会在登上前往营地的囚车前把这张纸递给检查的官员。

现在我知道，奥托的车次是CC，他的号码是448。汉斯不用同他父亲一起踏上这段行程，因而保留了他的运送单。他本可以将它撕碎、烧掉或揉成团，作为他暂时得到解救的慰藉。但汉斯并没有这么做。在大量机打的A4文件、官方身份证与照片中，这一小片黄纸脱颖而出，微小却完美地保存了下来，也许是他幸存的提醒，也许是他内疚的印记。

第十章

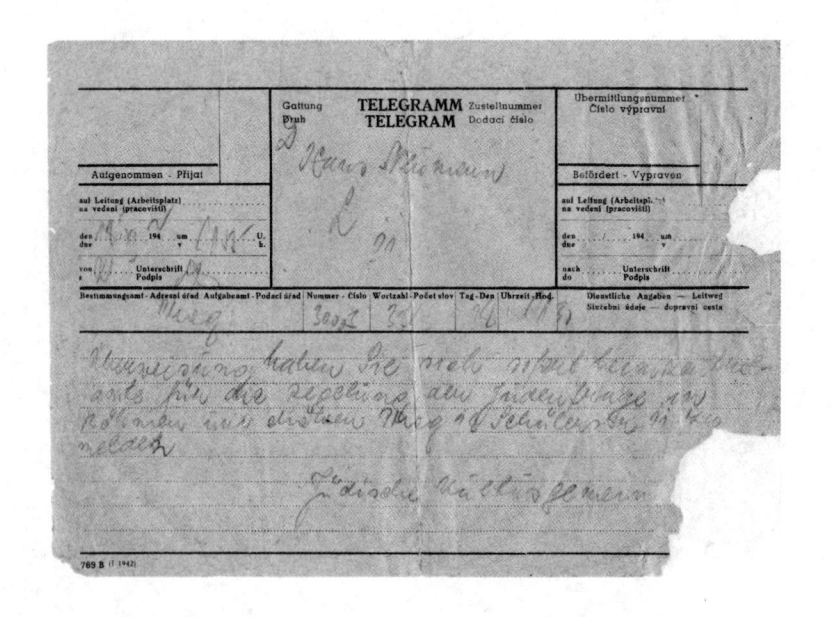

烛下暗影

第二份传唤汉斯的电报于 1942 年 11 月 18 日送达，仅在把他从遣送中救回的讯息送达数小时之后。这份新的公文要求他立即向"波希米亚和摩拉维亚犹太人问题管理中央办公室"报到。

该机构最初被称为"犹太人移民中央办公室",处于布拉格党卫军指挥体系的顶端。它由臭名昭著的阿道夫·艾希曼创立并领导,艾希曼主导了灭绝犹太人的计划的后勤——该计划即"最终解决方案"。

在我父亲被要求去那里报到的1942年12月,中央办公室由汉斯·金特领导,金特管理着由三十二名党卫军人组成的工作团队,直接向那时已经回到柏林的艾希曼报告。该部门监管着布拉格与泰雷津犹太人理事会的所有活动,并负责遣送保护国境内的犹太人。犹太人被传唤到中央办公室并不常见,我的那些盒子与档案里也没有能解释这些传唤的证据。

不过,盒子里的每份文件被保存下来都是有原因的,有的是因为感情,有的更多是因为有用,或两者都有。每份文件都讲述了一个故事,都有一个被作为纪念物的理由,或作为解开我的父亲战时生活之谜的线索。应该是出于某种目的,汉斯才保存下这份电报的。文件本身或者它所唤起的事件一定对他很重要。也许他相信,这次传唤的证据以后可能会有用。同我聊过的专家一致认为,最可能的解释是父亲是被叫去上交好处费的。这或许是就他从遣送中返回而达成的协议,或许是希望能饶他父母一命所做的努力。

无论那次传唤的原因是什么,汉斯必须一个人前往那间党卫军办公室,几小时之前在巴布尼的经历与他的父亲的离开已经彻底动摇了他。他必须鼓起勇气,保持冷静,应对负责他的个案的党卫军官员向他提出的任何事。这一定是次危险而微妙的遭遇，他必须小心翼翼同那些手握他与他的父母命运的人交涉。虽然这个党卫军官员手握权力，但他一定也在担心，如果他的所作所为暴露了，他将会面临责罚、降职乃至更严重的后果。

汉斯与这名党卫军官员会一起走过这段陌生而可怕的道路。汉斯承担不起最轻微的判断错误。如果他说错话，如果他表现出不顺从，如果他头脑一热，如果他拒绝任何要求，都可能会是灾难。我们只能在缺乏反馈的情况下假设，汉斯表现出了完全的顺从，顺利完成任务，没有横生枝节。如此表现的人不是那个整天迟到的倒霉小囡、颠三倒四的恶搞少年。这个汉斯守时有信、一丝不苟，逆来顺受但完全自律。为了在战争中活下来，他不得不成为这种人。

在一封 1942 年 12 月 1 日的信中，埃拉告诉她的儿子们：

> 携起手来，我们将共渡难关。距离无法分开我们。我意志坚强，不惜一切代价也要坚持到底。我金贵的宝贝们，你们也一定要开动脑筋，放下一切多愁善感。我们已经赢了前两局，越临近终局，我们越要坚强。

二十一岁的汉斯无疑找到了一种新的力量与成熟，但他并不总是理性行事。既然奥托已经被遣送走了，他也就拒绝留在利布其采。法律要求犹太人住在他们登记的住所，但汉斯没这么做。在利布其采，他会独自一人在大房子里，沉溺在回忆中。他会远离身处布拉格的洛塔尔、兹登卡以及他的朋友们，没有收音机，没有电话，没有自行车，也没有汽车。面对这种孤立的前景，他决定无视埃拉对坚定理性的请求，冒险违反法律。

他决定工作日在城里过。他安排了一名利布其采友好的邻居帕伊马斯，后者每天会来照看一下这栋房子。帕伊马斯一直在帮诺伊曼家照顾猎狐犬金，家里心爱的老狗杰瑞寿终后金还活着。1941年7月，纳粹禁止犹太人饲养宠物，但这名邻居答应称诺伊曼家的猎狐犬是他的。汉斯在周末返回利布其采，有时由兹德涅克、米拉或兹登卡开车带，但经常独自乘火车。那时洛塔尔已经同兹登卡复婚，登记的居住地在城里，因此他没有搭火车出行的许可证。

兹德涅克与米拉都主动提出，汉斯在布拉格时要帮他藏身，但他不想让他们进一步涉险。米拉处境艰难，她的父母为她同犹太人的恋情带来的风险忧心忡忡，极力劝说她少和汉斯在一起。像其他同龄的捷克人一样，兹德涅克刚收到一份传唤，要求他参与战争工作，以他的情况，得去一家位于柏林的工厂。兹德涅克无法长期在布拉格帮助汉斯。兹德涅克和米拉同汉斯在一起，他们欢笑、读诗、喝酒、抽烟，这样的夜晚与周末已经足够危险了。

洛塔尔与兹登卡收留了汉斯。兹登卡有一套离市中心稍有点距离的小公寓，房子刚好空出来了，为了让汉斯更安全，兹登卡与洛塔尔随他一起搬了进去。他们假装是三口之家，两兄弟与姐姐。虽然越来越困难,兹登卡还是设法从黑市上买到了另一套身份证明文件。兹登卡、兹德涅克、洛塔尔与汉斯一起捣鼓着更改上面的姓名与照片。他们挑了扬·鲁贝什(Jan Rubeš)这么一个杜撰的名字。洛塔尔自己的假身份用的是他的朋友伊万·鲁贝什的名字,因此扬·鲁贝什这个伪造的身份就是为了让汉斯冒充伊万的弟弟。

这栋楼的管理员几十年来一直受雇于兹登卡家。她工作得很愉快,也不会问东问西,而且守口如瓶。我不知道他们如何来来往往,不知道他们是否在下班回来进入大楼、进入私人空间时佩戴黄色星星,或者他们冒险不戴星星。没有这一时期的照片。留下的文件没有透露多少,仅表明汉斯偷偷同兄嫂一起住在布拉格第五区的一套公寓里。

后来兹登卡回忆起 1943 年她同汉斯一起生活时的一件事。有天她必须去农场,洛塔尔被叫去了蒙塔纳,因此汉斯被独自留在公寓里。兹德涅克已被派去柏林。米拉同她家人在一起。有两天汉斯不上班,他向兹登卡承诺,他会保持安静,谨慎行事。那天非常冷,公寓的暖气突然坏了。汉斯冷得要命,但他不想向管理员求助,那会引起注意。他决定自己修暖气,从厨房的暖气片开始。他一向笨手笨脚。他摆弄着一个阀门,结果阀门应"手"而断。水从暖气片里涌到木地板上,渗到楼下。汉斯从卧室和浴室抓过所有床单和毛巾扔在地上,试图止住漏水。

兹登卡回家时,发现汉斯四脚着地,完全湿透了。她给管理员打了电话，又下楼为开裂滴水的天花板向邻居道歉。她解释说，她弟弟刚从乡下来，不习惯新式水暖系统。她总是很有魅力，而且愿意承担一切维修费用。她送给楼下的邻居一瓶李子白兰地，还加上一些本来是打算给奥托与埃拉的黑市糖果。确信被怀疑的警报解除后，兹登卡回到楼上，指示瑟瑟发抖的汉斯换上他最暖和的衣服。她亲切地用厚羊毛毯裹住他，并劝慰他。汉斯捧着一杯茶，时不时喝上一口，让手指暖和起来，此时兹登卡并没有生气，而是揶揄他："我一直知道同两个犹太人住一起有风险，但从没想到是因为其中一人要水漫金山。我现在知道他们为什么要叫你倒霉鬼了。"

兹登卡和汉斯都如释重负，开怀大笑。洛塔尔不觉得这件事有那么好玩，一连好几天他都忧心这次淹水会让邻居对这个不同寻常的三人组起疑心。事实证明他是杞人忧天，要不是兹登卡在很多年以后写下这件事，它早就被遗忘了。

随着布拉格的冬季来临，他们三人的生活继续着，三个人努力集中精力，埋头干活。日子围绕着给奥托和埃拉的违禁包裹获取物品并确保它们能送达而展开。布拉格委员会和书信都传出泰雷津的消息。少年们得知，他们的伯父鲁道夫死于心脏病，而他的妻子燕妮则被勒令去往奥斯威辛，那里，包裹与书信都无法送达。约瑟夫（Josef）伯伯同他的妻子与两个孩子也被送去了更远的东方。

12月初，奥托与埃拉的名字上了遣送波兰的名单，但洛塔尔与兹登卡使出浑身解数确保他们的名字被移除。后来洛塔尔写道，把他们留在布拉格附近的泰雷津的努力是"超乎常人的"。

事实上，这意味着要寄送有大量食品和现金的包裹——用于行贿，同时恳求皮什塔向长老们求助。但不知道是因为他们的努力还是因为侥幸，前往奥斯威辛的遣送推迟了，奥托与埃拉度过了他们在泰雷津的第一个圣诞节。12月开始，几乎每周都有来自营地的信，奥托汇报说，虽然许多包裹里的物品在运输中遭到洗劫，但送到他们手上的那些足以为他们提供温饱与保护。收到包裹让奥托与埃拉很高兴，他们描述了自己如何使用这些食物、衣服、物品与金钱，以及如何用它们来帮助其他人。他们的书信中满是营地内亲朋好友的消息，他们要把这些消息传递给外面的亲戚。里面也满是请求，希望给他们更多食物、更多现金，以及所有至关重要的日用品——深色鞋油或染发剂、打火机油、现金、结实的靴子、电池、肥皂。

奥托与埃拉各自写信。他们住在不同楼，纳粹根据性别与职业区隔开在押人员。奥托解释说，他试图同埃拉一起吃晚饭，因为她能使用烹饪设施，但不是每次都能做到。他们之间不仅有物理距离，他们对周遭环境的态度也不同。他们以不同方式应对缺乏理性的营地世界，这反映在了他们的书信文字之中。

奥托很沮丧。他一直对里面的境况感到震惊，对里面的不道德和不人道感到愤怒和焦虑。他写道，哪怕才刚关进去没多久，典型的在押人员也"变得麻木，就像只知寻求食物与休息的被追捕的动物。对那些从这里回去的人来说，恢复一丁点的人性都很难。没人阅读或聊天，只会为排队先后而大吵特吵。所有情绪、感性与性欲都已湮灭。这里的女人早更，男人阳痿"。

不过，为了维持一定的积极度，他补充说："但和波兰的营地相比，这里的一切似乎都像天堂一样。"

在另一封信中，奥托恳求汉斯与洛塔尔"相亲相爱，这是你们战胜前路邪恶的唯一方法"。

尽管如此，奥托还是设法保持了他的毒舌。他写道，他很高兴被分配睡上下铺，不用再继续打地铺。他庆幸他的宿舍"不像那些臭虫与跳蚤横生的宿舍那样，而是只有跳蚤"。他在后面的信里说："哦，兹登卡，你会笑出腹肌的！我排队打了一个馒头片当午饭吃，结果它掉地上了，但我还是美滋滋吃了它。它确实让我怀念起蒙塔纳的诺瓦科瓦夫人的馒头片。她可真是位艺术家啊！"

在同儿子们的通信中，埃拉仍然比奥托更乐观，对营地生活也更务实。这也许是因为她的生活条件略好一些的事实，但或许也是因为她天性更阳光乐观。她的信更轻快、更简练，更少描述与批评周遭环境。它们发自内心，不毒舌。她努力对于环境和自己对其的承受能力保持积极态度。她专注于想象同儿子们在一起的未来，以及实现这一未来的可行方式。她写道，她正努力劳动，以获取更好的职位，并保护她与奥托不被向东遣送。她仍尽力确保奥托健康，体重不降。埃拉也索取补给，但她强调，自己还算硬朗，如果寄包裹有风险的话就算了。"一无所有的情况下，我已经在这里住了那么久，所以这样的境况再久一点也行。"

1942年12月初，她仍希望这会是他们所有人分开过的第一个也是最后一个节日。

整个冬季书信都持续定期送达，里面满是建议、恳求与平凡的细节。埃拉索要腌菜与香草萃取物。奥托说他需要工作靴，渴望姜饼与圣诞蛋糕。

1942年冬天少年们是怎么度过的，我找不到任何记录。没有文件，没有照片，没有后来的回忆文字，但我想可能没多少庆祝活动。我手上没有寄给奥托与埃拉的书信，但他俩的回信告诉我们，洛塔尔在担心厂里的事，并找了奥托的法务来帮忙处理。

12月19日，奥托建议洛塔尔不用过于忧心蒙塔纳生意上的事。"在这里，人们看事情的角度都不一样了。每天有80—100具尸体。"他写道，他们的老狻犬杰瑞"的葬礼都比泰雷津每天死去的几十人的要好"。对于洛塔尔的抑郁，他的意见是："洛蒂克说生活不再真的值得过，我不太理解。在我们听来，这想法真怪，因为我们认为，外面的生活虽有限制但胜过天堂。万事都是相对的，所以我要求你洛蒂克——请不要绝望。不要放弃！"

12月末，奥托不得不通知他的儿子们，埃拉患上了胃溃疡，但泰雷津医院里"伟大的医学专家们"在照料她。他力劝他的儿子们过得开心点，为新年的到来干杯。

哪怕在布拉格的生活相对自由安全，两兄弟仍然过得很辛苦。洛塔尔总是对二老更尽责，他挑起了所有重担，挑起了寄送包裹的重担，挑起了满足皮什塔无底洞般的要求的重担。他积忧成疾，有时候身体机能完全罢工了。

汉斯不像洛塔尔那样经常写信。他的父母的回信看不出担忧他心理状态的迹象。如果他情绪低落，我想他会自己藏在心里。事实上，奥托与埃拉想知道更多他们小儿子的事，他们还特地要求他写点近况。

冬去春来。1943年3月初，另一份遣送通知送达利布其采。汉斯第三次被点名遣送，这次的时间是3月9日，就在洛塔尔生日的前几天。

这次，他们毫不迟疑，立即给委员会写信和打电话。皮什塔已经警告过他们，官员们甚至都不再看不可或缺的证明信。这次他可能无法被移出遣送名单。从泰雷津的来信中，两兄弟已经足够清楚，知道汉斯必须极力避免被遣送。

只有一个选择。汉斯必须潜逃。

洛塔尔转而向他们信任的蒙塔纳管理人求助。让奥托在泰雷津梦寐以求的馒头片，就是弗兰克·诺瓦克（Frank Novák）的妻子做的，弗兰克本人则一直是奥托的左膀右臂。他忠诚勇敢，最重要的是，他务实。洛塔尔与弗兰克设想了一个藏匿汉斯的计划。他们要在工厂的一间厂房内砌一堵假墙，藏起几平方英尺[①]的面积——刚好够装下他。从工厂内部无法到达这间密室。机器会安装在一部分新墙前。其他墙面会用一堆油漆桶遮住，原来的纵深的两排桶，现在仅有一排。只能从外面出入，从一扇半地下的旧

[①] 1平方英尺约合0.09平方米。

窗框爬进去。窗格可以拆下来，让里面的人爬到外面的花园里。有大约四十五人仍在蒙塔纳工作，为这一安排保守秘密可能并非易事。在正常的情况下，多数人会支持这个家庭。但鉴于窝藏逃犯所面临的惩罚和给告密者的奖励，现在没什么人是可靠的了。

弗兰克、汉斯与洛塔尔花了一个周末来搭建并伪装这个夹层。然后他们就等着——周一早上打卡上班的工人似乎没注意到有变化。他们决定，工厂开工期间，汉斯应当在夹层里保持安静。一旦员工回家，就有人给他带食品与衣物，帮他清倒便壶。当工厂人尽，夜幕降临，汉斯可以爬出窗口，来到暗处，呼吸新鲜空气。然后他可以进入工厂，在更衣室洗个澡，在餐区隔壁的厨房热个饭，但他只有在晚上才能做这些，而且一盏灯都不能开。事关生死的是，不能让邻居察觉到他的存在。他要保持所有东西洁净无瑕，完全原封不动。至关重要的是，每天早上工人来时，甚至连一个咖啡杯都不能移位。他们给汉斯准备了一条毯子、一床垫子、一个手电筒和若干蜡烛。他不得不待在这个临时密室中，直到找到一处永久场所。

他们知道，藏身的关键是不在一处久留，必须在人们注意到另一个人存在的迹象之前搬走。盖世太保必然会去蒙塔纳找汉斯，这个看起来如此明显违背常理的地方，至少暂时是最佳藏身之所。当地人一眼就能认出诺伊曼家的人与少年们。蒙塔纳的经理弗兰克再次安排了他的理发师亲戚上门服务，此人曾在奥托被遣送前帮他染过头发，他在晚上上门，把汉斯的头发漂白成浅灰色，这样即使有人在工厂周围瞥见他，也不会轻易认出他。1943 年 3 月 9 日破晓前，刚把发色染浅的汉斯进入了他的密室，而不是前往巴布尼附近的贸易博览会宫。

同一天，盖世太保收到通知，利布其采的汉斯·诺伊曼没有在巴布尼登记。他正式潜逃，并被列入党卫军布拉格通缉名单。如今可以在布拉格档案中找到汉斯的公民登记卡。它仍带有 1943 年 4 月写的潦草备注，大意是，凡是此人在任何地点试图登记入住，都应当立即向盖世太保报告。

每晚最后一群工人回家后，洛塔尔都会留下来。兹登卡和米拉轮流递食并帮他打扫卫生。诺瓦克先生会特意早到，确保汉斯安全，并消除有人在晚上使用设施的痕迹。

弗兰克·诺瓦克与玛丽·诺瓦科瓦在捷克斯洛伐克，二十世纪四十年代

弗兰克·诺瓦克冒着巨大的风险来帮助洛塔尔和汉斯。他的妻子玛丽当然深感担忧，如果他帮助藏匿犹太人的事被发现了，会给家里带来严重后果。弗兰克的继女耶纳当时七岁，她仍记得他们就此话题数不清的激烈争论。

我通过一家叫"国家记忆"的组织联系上了耶纳，该组织致力于整理战争目击者的回忆。耶纳曾对他们讲述了她的故事。耶纳与她同母异父的妹妹埃娃同意，在我与我的家人2017年10月到访捷克期间见见我们。老蒙塔纳工厂大楼仍矗立在利本，我们就约见在楼外。它一如既往，还是那两栋楼——一栋是二十世纪三十年代白灰相间、典雅现代的办公楼，另一栋是十九世纪粗犷的黄砖仓库。

它已不再是工厂，过去五十多年里，它见证了许许多多人入驻其中。最近，这栋建筑被改造成了迪厅，作为音乐会与聚会的场地出租。就像蒙塔纳仍在时那样，它周边依旧环绕着其他工厂和办公楼。在我们到访时，一群油漆工和建筑工正忙着重新装修。我们站在那里，耶纳与我，语言不通，都由曾在这里冒着生命危险的人抚养长大，他们中的一人救了另一人。

我们这队人有我的孩子们、丈夫、母亲、阿姨，还有埃娃和她的丈夫内德维德克先生，以及勤奋的捷克研究员玛格达。在耶纳与我一起拼合我们共同的历史时刻之时，玛格达与内德维德克先生扮演了翻译的角色。

耶纳与埃娃渴望分享她们的记忆，尽她们所能回答我们提出的一大堆问题。我的孩子们与我的生命确实都归功于诺瓦克先生非凡的勇气，如果没有他，我的父亲不可能幸存。认识到这一点的那一刻，我们都深感震惊。在我感谢她们时，埃娃握着我的手，她看向我的眼中满是仁爱与亲善，她的话由内德维德克先生翻译如下："请别这样。我们不值得您感谢，因为我的父亲没做什么不同寻常的事。他只做了正确的事。他不过是做了每个人都应该做的事。作为一个国民，我们都应该表现得像弗兰克·诺瓦克那样。是我们欠你们一个道歉。"

在那些正在利本重新粉刷大楼的工人看来，我们一定是一群异类。在一个周二早上的工业区里，年龄与身高各异的十一人，有人拄着拐杖，一对驼背老夫妇站在尴尬的青少年当中，所有人都试图理解他人并被他人理解，还指着一家空迪厅提问，有人拥抱，有人流泪。

走到大楼右侧，就能看见我的父亲出入其密室的矮窗。他在里面连续坐了好几天，默不作声，读书、写信。米拉给他带来了一些拼图，还给他缝了一个小玩偶作为陪伴与幸运物。

父亲把这个手制的幸运娃娃保存在留给我的盒子里。岁月柔化了它的色彩，抹去了它脸上用墨水勾勒出的容貌。裙子的细节与精心编织的红白相间的帽子仍然证明着蕴含在其中的关爱。

4月初，兹德涅克从柏林返回布拉格，他可以逗留数日，米拉带他在一天深夜到蒙塔纳看望汉斯。好友三人坐在夜间工厂的暗影中，为重聚而感到高兴，他们在朦胧的烛光下吃着简易晚餐。兹德涅克说起他在柏林的生活。他解释说，他正为一家叫瓦内克与伯姆（Warnecke & Böhm）的涂料生产商工作，他们为德国空军[①]生产工业漆。多数年轻有为的德国年轻人都参军了，工厂缺人。兹德涅克工作非常忙，几乎没时间做其他事。

"我们需要优秀的试剂师。我希望你可以来帮我，汉达！这样日子就好过一些了！"他开玩笑道。

---

① 原文为德文"Luftwaffe"。

但汉斯没有笑,全神贯注于烛火,他只是呢喃着一句捷克老话:"最暗的影子位于蜡烛之下。"①

米拉没听明白,但兹德涅克太了解汉斯了,他马上就明白了。"这次不行,不可以!这想法真是疯了,汉斯!"

"这点你错了。"汉斯平静地回答。

盖世太保正满布拉格找汉斯·诺伊曼。他们绝对想不到要去德国首都找,没有被通缉者会选择躲到那里去。布拉格被翻了个底朝天,如果他留在那里,他们一定会找到他的。如果他去到这一切的中心,到柏林,到帝国的心脏,就在蜡烛之下,在暗影最深的地方,盖世太保可能永远都找不到他。

在那里,他将躲在众目睽睽之下。他将给自己起个新名字——扬·谢贝斯塔,正如他们儿时的古老童谣中走出城镇的小伙伴:"去,去,谢贝斯塔,去,进城去……"②他将彻底变成另一个人,这样他在现实中就完全不必躲躲藏藏。他将去柏林。他将不必再继续隐身。"你脸都绿了,兹德涅克,放心吧。这都是你想出来的,真是个好主意。那里的确是个理想的地方。我会同你一起去柏林的工厂工作。"

米拉起初以为汉斯在开玩笑。天不怕地不怕的兹登卡认为这是个完美的计划。洛塔尔忧心于每一个细节,想到要让弟弟独自前往柏林,他就痛苦万分。然而,盖世太保早晚会

---

① 原文为捷克文"Pod svícnem bývá největšítma"。
② 原文为捷克文"Jede, jede Šebesta, jede, jede do města"。

再来蒙塔纳搜寻汉斯，这仍是个简单的事实。最后，哪怕是洛塔尔也不情不愿地接受了这个别无他选的事实。他们都同意了这个计划。汉斯的生理特征不会妨碍他混在德国人中间。奥托从不遵循宗教教条，拒绝给儿子们行割礼；就像埃拉经常说的那样，他的固执己见在这种情况下成了一种本不太可能的祝福。

同米拉、兹登卡和洛塔尔一起，汉斯开始为自己制造掩饰。他们需要制作另一张身份证，因为扬·鲁贝什名下的那张快过期了。洛塔尔认为无论如何最好用一个完全不同的名字，这样不会让他朋友伊万暴露在进一步的风险之中。扬·谢贝斯塔这个名字看起来足够普通，完全不像犹太名字。在他们做准备的那几个星期里，兹登卡弄不到另一张身份证，开价多高都弄不到。米拉主动给出了她自己的身份证。它是由保护国在1940年颁发的，因此上面的文字是捷克文与德文双语。由于她不是犹太人，上面没有表示犹太人的"J"字章。没有身份证的日子，她设法对付了几个星期，然后去报失。1943年的报失记录如今可以在布拉格的警察档案中看到。

洛塔尔与汉斯准备了放大镜与溶剂，在不损坏纸张纤维的情况下，细心擦除米拉的名字。汉斯的笔迹一向很难辨认，兹登卡的字写得更好，因此她仔细写下了扬·谢贝斯塔的名字及编造的细节。他们把斯塔拉波列斯拉夫列为他的出生地，那是布拉格东北的一座小镇，德国人称之为阿尔特本茨劳。他的生日必须好记——定在了 1921 年 3 月 11 日，年份是汉斯自己的出生年份，日期则是他本应前往泰雷津的日期的两天后。或许，3 月 11 日正是兹德涅克与汉斯在黑漆漆的小房间里最初策划出"扬"的那天。或许，他们选这个日期是因为那是洛塔尔生日的第二天。这仍是一个我也许永远都无法解开的小谜团。其他细节——身高、脸型、发色和瞳色——都是汉斯自己的：1.82 米、椭圆形、栗色、绿色。最后，他们拿掉米拉的照片并烧掉，换成汉斯的头像照，扬·谢贝斯塔的身份证就完成了。

护照，出行所需的第二份关键身份证件，伪造起来就完全是更为艰难的任务，而且超出了他们的能力范围。汉斯的旅程需要一本护照，由于他的身份证是来自保护国的，因此他必须用兹德涅克的护照。搞定。

回到柏林后，兹德涅克向他的老板申请了一份特别许可，允许他在 5 月初到布拉格探望他"生病"的母亲。

汉斯继续待在他的藏身处，他更害怕在实施计划之前就被发现，而对计划本身的恐惧则要少一些。他既急切又焦虑，忍耐了一个月，等待着兹德涅克回来，这样他就能逃脱，抛下他作为汉斯的身份。时间慢慢流逝，他继续在他黑暗潮湿的小空间内小心翼翼、默不作声。

当我还在加拉加斯上学时，有一天，父亲在又长又窄的房间里目不转睛地坐在机械装置前，我鼓起勇气打断他。我问他，第一次看手表里面是什么时候。他将灯拨到一边，转向我，抬起放大镜面罩，这样我能看到他的眼睛——它们是沼泽的迷宫，虽然有皱纹，却仍然圆润。他叫我过去，说话时把他的手臂环在我背上护住我。

他向我解释，他年轻时在布拉格的时候，就已经对手表的机械装置着迷了。他说，那段时间他有那么多时间，多到他觉得时间停止了。

时间怎么能停止呢？

"因为，"他说，"你再长大一点就明白了，有时候你就是觉得，你周围的一切都结束了。你觉得你完全是独自一人，时间冻住了，你隐身了。一开始，你会因为这种自由感而感到兴奋，但接着你就害怕了，害怕走失，再也回不去。"

他解释说，在他第一次这么觉得时，他感到孤独而恐惧，就撬开他的表壳，确认时间确实是在走。人可以想象手表的律动。但光有声音还不够，他需要看到它，摸到它。那是他第一次拆开机械装置。齿轮在转，每过一秒嘀嗒响一下，他放心了。

正是在那个时候，他领悟到了时间的重要性。

现在我意识到，那一定是他躲在工厂那间又黑又窄的房间期间发生的事。他孤孤单单被关在沉寂中的日子是虚空的永恒。在禁足的绝对寂静之中，他腕上的嘀嗒声越发响亮。这还不够。在那无止境的时间里，一时之间，他忧惧时间停止了。

父亲拆开了他的手表，因为他需要确认，那些声响不只在他的头脑中，不只是他的心跳声；他需要确认，秩序还存在于某处，时间还真实流淌着。为了观察这副机芯，他用了他们带来用于篡改证件的放大镜。在机械装置复杂而组织完美的微型宇宙之中，他找到了慰藉。他希望自己双手稳当，手指精准。他把玩表冠与用于上紧发条的弹簧，研究运转着的齿轮与枢轴。在他周围的一切都似乎冻结之时，在他迷失不见之时，通过钻研那些旋转着的微小齿轮，它们如何如此完美精准地运转来达成准确的走时，父亲给予自己以方向。

第十一章

兹德涅克的朋友汉斯与扬

兹德涅克·图马，1942 年前后

为了我的父亲，兹德涅克·图马冒着生命危险，于 1943 年 5 月初回到布拉格，把自己的护照给了汉斯，这样汉斯可以前往柏林。在这趟旅程中，无法预测边防警察会要哪份文件。身份证、护照、工作或出行许可。要求似乎会变，也许是为了避免造假，而且比起规则，随便一个官员拍脑袋的决定也会起到同样的作用。

汉斯有假身份证，但党卫军、宪兵或德国警察也很有可能要看护照，或者两样都要看。汉斯的新身份证不能用兹德涅克的名字，因为他希望同兹德涅克在同一家柏林的工厂找到工作。别无选择。他将带着两套使用不同名字的证件出行，必须承担两套证件一起被检查的风险。

在战争期间，捷克人要去柏林还需要一份额外的出行许可。就汉斯的情况来说，这份出行许可肯定也有伪造件，但他的文件里没有这个，因此我不知道出行许可用的是兹德涅克的名字，还是汉斯新身份的名字。任何一种都可能带来另一重风险。

兹德涅克的护照上列有粗略概括的生理特征，更何况还要核对照片，再大条的卫兵也会对这种作假保持警惕。兹德涅克与汉斯长得一点都不像。他们又叫来了理发师，这次是把汉斯的头发染深一点以配合兹德涅克的发色，但这还不够。兹德涅克比汉斯矮得多，他刚硬的头发从高耸的额头向上向后梳。他的眼睛呈浅蓝色，锋利而狭长，而汉斯是深绿色的，又柔又大。

汉斯的风险是骇人且即刻的，但兹德涅克面临的风险不比汉斯小。哪怕给犹太人一支烟都是禁止的，因此，借护照给犹太人，助其躲避盖世太保，这种罪行可能导致监禁或死亡。兹德涅克将不得不在煎熬中等待，等待着自己的护照平安返还，或是为帮助他最亲密的朋友付出最沉重的代价。

但父亲只对我提起过一次兹德涅克，是 1990 年他在布拉格同学会后的早饭时顺便讲到的。除此之外，兹德涅克被丢入了父亲保存其记忆的沉默空间。事实上，现在我意识到，他总共只有两次犹豫着想对我讲述他的战争经历。两次尝试相隔了几个星期，比起他回答的问题，每次引出了我更多的问题。

那是 1992 年夏，我刚完成大学学业，住在波士顿。一天晚上，我走进自己的公寓，按下了电话答录机上闪烁的按钮。我同父异母的哥哥米格尔柔和的声音充满了房间，敦促我立即回电。米格尔比我年长二十三岁，其实他 1947 年在布拉格出生的时候起的名字是米哈尔。他的母亲是我父亲的第一任妻子米拉。我们之间的年龄差意味着，随着我临近成年，我们关系越来越近了。米格尔真诚友好，但他同我们父亲的关系一直不好。

他们的对话越来越少，而且往往以米格尔大发雷霆告终。为了回避不可避免的冲突，他们改为互相写信。那时，米格尔渴望得到认可，渴望得到一种说出口的爱，但我们的父亲给不了这些。反过来，我们父亲要求完美、精确与强大，这却是米格尔所缺乏的。虽然这让他们都感到糟心，但他们就是无法互相理解。他们的经历、期望与语言天差地别，因此如今回过头来看，抱有别的希望似乎天真得无可救药。

米格尔的留言之后还跟着一条，是我的父亲在加拉加斯的助理留的，解释了米格尔的那通电话。她为不得不以这种方式告诉我而致歉，但她通知我，我的伯父兼教父洛塔尔在前一天去世了。她告诉我，我的父亲正在欧洲出差，他直接去洛塔尔在瑞士的家出席葬礼。她补充说，她确信他一有空就会给我打电话。

洛塔尔享年七十四岁，患有帕金森症多年。我父亲深爱的温柔的哥哥去世了，这让我万分悲痛，但并不意外。在我一大半的生命中，我们居住在不同的大洲，但洛塔尔伯父始终是一个慈眉善目、轻声细语的存在，而他高大的身材在某种程度上令他更慈祥。

我立即致电米格尔，他解释说，他本来打算亲自联系我，告诉我洛塔尔的事。他估摸着我们的父亲不会打电话给我们讲这件事，他是对的。那天我们聊了很久。我们追忆我们的伯父，用交换回忆来互相打气。米格尔用他与他的妻子在阿鲁巴度假时的趣事来逗我开心。我告诉他，我希望9月在意大利的出版社找份工作。我们有段时间没说过话了，感觉像是一次迟来但轻松的叙旧。我们开玩笑，说我们都具备非凡的协调性，是因为尽管我们的父亲才华横溢，却无法处理任何情感事务。

我的父亲一直和洛塔尔关系亲近。他们个性迥异，但两人的相亲相爱却显而易见。整个战时及战后岁月里，他们始终依赖着彼此。他们一起创业，一起重建生活。哥哥的死让汉斯深感痛苦，但米格尔与我都知道，他无法表达悲伤或愤怒的情绪。他可以深情款款、柔情万状，尽管有时有一点沉默寡言。仿佛在他的情感四周有一道水泥墙，仿佛他在害怕着，哪怕是情绪的一道细流都会奏响决堤的序曲。

同米格尔哥哥通话两天之后的破晓前，我被电话吵醒了。电话来自米格尔的妻子弗洛林达。她悲痛欲绝。那天夜间，米格尔的心脏停止了跳动，他去世了，享年四十四岁。在我们的父亲出席他亲哥哥葬礼的当天,我不得不打电话到瑞士,告诉他必须马上回加拉加斯,因为他唯一的儿子没了。

我还没有从震惊中缓过来,就抵达了加拉加斯,当天下午与晚上都陪着我哥哥的遗孀待在殡仪馆里。第二天一大早,我穿过苏醒了的城市,去海边的机场接我父亲。在让最强壮的棕榈树折腰,让杧果树、木棉树与橡树乱颤的滂沱大雨中,我们一同驶往米格尔的葬礼。在墓地,我们在伞下互相依靠,看着一把一把的泥土被抛到亮晶晶的棺木上。我几乎不敢看向父亲,而当我真的抬眼看时,只能见到他无泪的侧影因悲伤而扭曲。我握紧他的手,试图稳住它,因为它在发抖,就同在巴布尼的铁丝网上一样猛烈。我从未见过一个人如此痛苦。我们驱车回家的路上,我告诉他,我会收拾我在波士顿的东西,取消其他计划,回家陪他。我说不出更多话了。

经过一夜时梦时醒,我发现父亲站在我的床尾。

"你老爱问问题,所以给你一些答案。"

我惊坐起身,但仍在半睡状态。他递给我一叠白纸,然后坐在我的床沿。这是一封写给"我亲爱的人们"的书信的机打翻译件。落款是洛塔尔。

我通读了一遍,不明所以。信中提到了汉斯、奥托与埃拉,但里面似乎充斥着无数其他人名地名,我一个都没听说过。我无望地想要读懂它。我只知道,提到的多数人都没能活过战争。父亲面如土色,期待地看着我。

"这是我从洛塔尔家带回来的一封信。他在战后写的。你现在明白了吗？"他挑衅道，"你明白我为什么没办法谈论它了吗？"

还没等我回答，他就从我手中掠走这些纸，离开了房间，就像他出现时一样突然。我匆忙套上我能找到的第一条牛仔裤与第一件T恤，出去找他。我走过一间又一间房，大声呼喊，路过走廊上参差不齐的巨型油画，来到有着青铜与石灰石裸体及抽象雕塑的双色格子地板露台上。花园门仍锁着，因此他尚未走远。我到厨房问仆人们有没有见过他，他们告诉我他已经取车去办公室了。那是星期天早上七点。

父亲再没给我看过那封信。那天我试图找到它，但他并未把它留在图书室的书桌上或书房里的吧台上。我有一些有关它的问题想问，但我心知肚明，那天父亲展示它并不是一种敞开。那是要关上我问问题的大门。

接下来几个月，我住在加拉加斯，待在他身边。我尽全力工作，但空余时间大多用来在家陪我父亲。哪怕不在办公室，他也埋首工作。他总是忙于生意问题，或新项目，或为他正在写的东西做研究。如果他不写作、不打电话、无人拜访或采访，他就独自在那间又长又窄的房间里弄他的手表。

我们虽同在这个屋檐下，但各自在寂静的孤独中面对悲伤。偶尔，我们会打起精神回应有心者的邀请。我会陪他去看歌剧、听音乐会或参加酒会。邀请者总是会略为尴尬，因为在我父亲的坚持下，我们总是准点到达。委内瑞拉人总是期待客人比邀请时间晚到一小时左右。这是条不言而喻且牢不可破的社会规则。哪怕在加拉加斯生活了五十年，我的父亲依旧拒绝适应拉美更悠闲的时间节奏。他守时到不近人情。因此我们会在时针指向七点时到达主办人家里，在空空如也的客厅里干等。我与父亲自己坐下，自己调配威士忌，听着震耳欲聋的蝉鸣蛙叫，直到主办人终于慌张现身。我最初的尴尬逐渐褪去。我与父亲一起在别人家里"独处"，我开始享受这些无声反叛并同父亲串通的时刻。

在我们待在家中而他也没有邀请客人来吃饭的夜里，我们共度时光，就做平时做的那些事，解答文字或数字谜题，或者讨论图书、艺术或新闻。我们从不真正谈论个人问题。他极少过问我们共同日常以外的我的生活，因此我也从不真正过问他的。或许这就是他的目的。

几个月后，我的父亲第二次试图揭开他过去的面纱。他问起了我的打算。我解释说，我在大学里上过的一门创意写作课让我想当名写作者。他以其典型的冷静审视，细心地试探我的想法，而不是表达某种明确的观点。然后他做了件异乎寻常的事。他一言不发，消失在他的办公室里，回来时拿着一张纸。我一度以为它可能是洛塔尔的信，但他把它递给我时，我看见那是他用他的第四语言西班牙语写的机打件。

它讲的是某段坐火车去柏林的故事。

他说他还没完成。我快速读下去，立即注意到里面提到了他的朋友兹德涅克，就是我们在布拉格之行中他去见的那个人。父亲为委内瑞拉诸多报纸写了大量有关社会问题、政府以及经济的文章，但从未写过类似这样的文章，从未写过任何带有个人色彩的文章。

他解释说,他正在考虑写下自己的战时经历,并相当郑重地请我帮他。我问我是否可以留下这份文件以便编辑,但他拿回了那张纸,说他一写完就会把整份手稿都给我。那时,我对他战时经历真正的全部所知,就是来自我瞥见的洛塔尔的书信,以及那页机打的纸。那张纸上记录的是一次前往柏林的火车之旅,他家中许多人的逝去,最重要的是,其中透露出的一种极度绝望之感。

他只给我看了第一页,再没谈起过其他部分。每次我问起他这本回忆录,他总是回答说,他在写,有一天会让我读的。时光流逝,这几页纸再未出现过。几年后,他第一次中风,导致双腿与一只手瘫痪,我就认为他没再写下去了。

十年过去了,在他去世之后,我在他留给我的盒子底部找到一叠订好的纸。那是关于他逃往柏林的回溯日志,写于1991年和1992年。第一页是他给我看过的。他曾邀请我帮他写这个故事。

这些回忆一定是从我认为我相当了解的那个男人埋藏它们之处夺来的。它们代表着父亲第一次也是最后一次对我阐述他的遭遇。它们为那个献出了无忧无虑青春岁月的"倒霉小囡"发声,这样,这个崭新的、不知疲倦的、循规蹈矩的男人扬·谢贝斯塔得以存活。

我现在知道,1943年5月3日,我的父亲乘坐夜班火车前往柏林,这列"精英147"号火车于深夜一点四十四分从布拉格海伯恩斯克站出发，近八小时后于上午九点二十三分抵达柏林。2018年春，我沿着同样的线路独自出行。现在它耗时四个半小时，不再有夜班车。哪怕有，我也没有足够的勇气去乘。一个5月的早晨，我买了一张中午的票。

和1943年时一样，铁轨沿着同样的路径从布拉格出发。让我惊讶的是，随着火车终于驶离市郊，并沿着我右侧绿荫掩盖下的伏尔塔瓦河岸蜿蜒前行，我穿过了利布其采镇。透过车厢的大窗，我能清楚地看见我的祖父母乡村屋的屋顶、阳台与窗户。然后火车向北，沿河迂回前行，来到离泰雷津不足一公里处，接着穿越前捷克边境，朝德累斯顿挺进。接着，它终于抵达柏林。在父亲出行几乎整整七十五年后，我攥着他留给我的文件副本，追随他的步伐而来。

在我走这条朝圣之路时，我希望父亲出行的那晚无月当空；希望在火车行进的过程中，处于恐惧中的他没有注意到他父母的房子，没有注意到那里灯火未明；希望他不知道自己在黑暗中曾有多靠近他们，就在泰雷津以南；希望他能感到我拥抱着他，握着他的手，跨越横亘在彼时与此时我们之间的时间与经历之界。

我父亲如此书写那段行程：

火车并未照亮铁轨。车厢里一片漆黑。过道灯光昏暗，你只能看到暗影迎面而来，人的轮廓在移动，人体的躯壳坐下了。我能听见火车持续的轰鸣摇晃之声。我的隔间还有其他五个人，像我一样，他们的脸都藏着。我之所以选这班车、这个点，就是因为这片黑。我们离开布拉格已经四个小时，天一定快亮了。乘客们坐着，随着火车的运动而摇摆，我们挂在青铜挂钩上的外套罩住了我们的脸。别人可能已经睡着了，但我睡不着。我害怕极了。

我们现在接近德国边境了。我再一次核对了我的文件：车票、身份证与护照。我已经销毁了旧的扬·鲁贝什的假身份证。我留下了照片，但把旧的假身份证撕成最小的碎片并全部烧掉。我仍旧无法相信我在这里，不在蒙塔纳的隔间里，而在这列火车上。我摸了下我左面口袋里的护照，上面有兹登卡弄来的过境许可。另一边口袋里，是米拉给我的身份证。我们用一种化学品仔细擦除了名字，并混合出能匹配其余文本颜色的墨水。现在上面写着"扬·谢贝斯塔，试剂师，1921 年 3 月 11 日生于阿尔特本茨劳"。只有护照上的名字是兹德涅克·图马。

我仍能看见米拉，她灰色的眼眸热切地看着我，没有眼泪。我感受到她的双唇轻抚着我的下巴，同时窘迫地拥抱我，然后转过身去不再看我。我知道她不想让我看见她痛苦。

我坐在头等车。我前面是一块写有"仅限官方人员"的标牌。我没什么官方身份，但人们期待什么就看到什么，而我希望，坐在这里会让他们认为我可靠。上车时，我从容不迫，试着让自己看上去是个重要人物。

我祈祷隔间里的身份核对快一点——用一种迅捷的方

式。这本护照也是我欠米拉的——最终说服兹德涅克的人是她。情况已经够糟了，没人想冒无谓的险，所以得到这本护照是个奇迹。到达后，我要把护照寄回布拉格，这样兹德涅克就能在三天内用它回到柏林。帮我，就意味着他们都要冒生命危险。兹德涅克不想让我难过，但为了他也为了我，他也感到害怕。他怕我完不成计划。我主要担心的是兹德涅克护照上的照片。

兹德涅克的脸比我瘦得多，也更棱角分明。他的眼睛像机敏且极具穿透力的飞镖，而我的又大又绿。"你有艺术家的梦幻之眼。"我母亲总是说。

火车停了。

我听到有人说话，应该是列车长与边防警。我从口袋里取出棕色橡胶裹着的薄玻璃瓶，放在口腔后部。我把它夹在左下后白齿与侧脸颊之间。我听说它只需要几秒钟，最多一分钟，氰化物就会毒死你的神经，因此首先是脑死亡，然后轮到心脏。死亡会轻松吗？还是说，我会体验到不可言说的痛苦？"护照。"有人用德语说。他们不要其他文件，就要护照。不要写着别的名字的文件。我吸了口气。在黑漆漆的车厢里，手电筒的光照亮了每一只伸出的手上拿着的每一本护照。三人的脸被光照到了，两人的脸在挂着的外套后面仍模模糊糊。我假装睡着了。警卫摇了摇我。我继续把脸藏在外套下面，眼睛半闭着。我用手把翻领挪了几厘米以表敬意，然后把护照给他。他看了几秒钟。我确信,他一定能看到我的心脏在胸膛里狂跳。

"非常感谢,我的先生。"他低语着合上护照并递回给我。我等了几分钟,确定他们都走了。火车向前行进,我又能呼吸了。我咳了下,把小毒药瓶吐到手里。我小心翼翼地把它放回口袋。我可能还要用到它。

我一直睡到我们驶入柏林站。九到十点,我在信封上写好兹德涅克在布拉格中央邮政局的地址,把护照放进去,从帝国邮政寄出。如果我现在被抓住,兹德涅克也不会再有危险了。我走出去时,暖洋洋的阳光闪耀在建筑物之间。突然我觉得我的公文包非常轻。那是1943年5月,第二次世界大战的第四年,一个柏林的美丽春日。

柏林。我在那里,现在是扬·谢贝斯塔,一名正在找工作与出租房的捷克试剂师。

要是没有他的朋友兹德涅克,扬·谢贝斯塔就不可能存在。由于兹德涅克·图马这个名字并不罕见,因此我很难找到他的家人。捷克电话簿上有数千个图马。光是在社交网站上就有九十多个兹德涅克·图马。开始调查时,我甚至都不确定他长什么样。盒子里有好几张照片我觉得可能是他,但它们又旧又小,脸都很难看清楚。幸运的是,其中一张的反面用铅笔潦草地写着他的名字,而且看起来一点也不像我父亲那也叫兹德涅克的表兄。我从捷克档案馆中得知,父亲的朋友在战后搬去了奥帕瓦地区。最终,我在网上找到了一名在印度尼西亚一家非政府组织工作的年轻女士,她很新潮,留着蓝头发,她的姓是图马这个姓的传统捷克女性版本,还来自奥帕瓦。"领英"上的照片里,巴尔博拉·图莫娃的眼睛与笑容像极了兹德涅克。

我给她发了邮件。她写道,她正在亚洲游历,并证实了她祖父的名字是兹德涅克,也确实在委内瑞拉有个叫汉斯·诺伊曼的朋友。巧的是,她去布拉格的路上正经停伦敦。我们在一家咖啡店碰头,聊了几个小时。她的伯父也叫兹德涅克,给她讲过她的祖父与汉斯的故事。他也写了回忆录,并保存了跨越五十年友谊的照片。

我发现兹德涅克在二十世纪六十年代三次前往委内瑞拉看我父亲。父亲在那时已经有了飞行驾照,他带着兹德涅克飞到洛斯罗克斯群岛,并让他操控飞机。他们还一起前往位于亚马逊丛林的亚诺马米印第安保留地探险,在被称为"沙巴诺"的公共棚屋里睡吊床。这两个波希米亚恶搞者在拉美的短暂重聚,一定和他们在欧洲共同经历的过去截然不同。

我又一次意识到,父亲不怎么向别人透露这段关系。我的母亲是在这些旅程之后进入父亲生命中的,她从未知晓兹德涅克。她从没见过他,甚至都没听说过他。父亲在布拉格对我提起他时,只透露了最简短的细节,至于他们友谊之深则只字未提。他无法告诉我这个,对这一持续终生的亲密友谊,那些年来他一直守口如瓶,这让我很难过。我们到访布拉格时,他本可以把我介绍给兹德涅克。我觉得这部分过去他是可以分享的,因为这也是他的现在、他的快乐。但他做不到。他无法让过去与现在以任何方式相联结。

1990年的那次重聚，兹德涅克的儿子陪同在侧。他回忆说，我父亲在酒店下车时，他们两人紧紧相拥，持续良久。那片刻深情是他们的永别。兹德涅克那晚告诉我父亲，他罹患癌症晚期。他于1991年7月去世，比洛塔尔与米格尔早一年。

兹德涅克的死一定产生了山崩地裂般的情绪压力，使得我父亲突然有了想记录过去的需求，哪怕只是私下里写几页。现在我明白了，洛塔尔与米格尔的死，以及同我一起回到布拉格，这些都起到了一定的作用，但都不是真正的契机。父亲开始写他的柏林回忆录，是在失去兹德涅克之后。

见过兹德涅克的孙女之后，我基于直觉，给如今早已退休的父亲在委内瑞拉的助理打电话，问她是否对兹德涅克·图马这个名字有印象。她立即回答："图马先生，当然了！你父亲在捷克斯洛伐克的同窗好友。你父亲和他关系可好了，总是要我们务必给他寄圣诞卡。"

她告诉我，父亲还定期从加拉加斯寄去包裹，里面装满了有他名下某家公司标志的T恤、游戏、棒球帽、吊床、旱冰鞋以及口香糖，都是各种礼物。

她说："哦，我差点忘了，他寄的礼物经常是恶作剧。有一次是一拉就断的口香糖包，还有一些会把你的嘴染色的糖果。"

"他还同其他捷克斯洛伐克的朋友保持联系吗？"我试探性地问她。

"哦，没有了。只有图马先生。他是唯一。"

第十二章
选 择

　　几乎每次，我将汉斯藏身于柏林的故事讲给伦敦、布拉格或柏林的研究员或策展人听时，他们最初的反应都是难以置信。第一次打开我父亲的那盒文件时，我也不确定到底会发现什么。我试图证实其中包含的每一个细节。我研读地图，爬梳档案，参照老式电话地址簿核对姓名与地址。一旦我得知叙述是准确的，制作几十份文件与书面记录就成了我熟悉的一部分。我再次解释那些事实，并详细描述我是如何得知这些事的。就像我一样，每名疑惑的新目击证人都需要被说服。

　　来自布拉格的汉斯·诺伊曼没有服从遣送安排，而是潜逃了。他藏起来，并伪造了一个假身份。这并不稀奇，成千上万的受迫害者用同样的方式得以幸存。起初，是这个故事的其他部分让人们露出疑惑的笑。作为他的女儿，我不过是另一个不可靠的目击证人，按照我想听到的方式讲述着一个故事。但在我出示了扬·谢贝斯塔的身份文件、许可证与寄自柏林的书信后，他们的表情变了。看过这一大堆文件后，他们友善的怀疑转为诚挚的兴趣，然后是惊奇。

也许难以置信的是，我父亲选择躲在柏林。他不是作为强制劳工被送去那里的；他选择去那里，在一家重要的德军供应商处找到了工作。其他多数藏身者找了他们能找到的避难所，在地下室、附属楼、修道院，任何他们认为安全的地方。如果他们出行，那是出于绝望，通常是前往人口更稀少的地区，前往帝国最远的边界，希望能够出境。我父亲则完全反其道而行之，决意前往一切的中心。无论是对于年轻时代的那个乐天派恶搞者，还是对于他当时正在蜕变成为的那个严于律己的男子，这都是完全不合逻辑的。它违背了每一种自保的本能。他的选择不仅仅是不安全且不寻常的；甚至是在七十年后，这看上去仍像是绝对有勇无谋。

1943年，瓦内克与伯姆是德国战争机器的保护性聚合物涂层的主要生产商。他们正在研究的涂料技术是减少阻力的关键，在开发有效的飞行器与导弹中起着至关重要的作用。该公司在这个领域声名显赫。1939年，因其为U形潜艇与新开发的容克斯Ju88快速轰炸机供应涂料与清漆，政府授予它首要地位。他们的科学家提供了福克-沃尔夫Fw190战斗机的伪装涂层。该工厂的行动至关重要，一份如今已解密的1945年英国情报报告称，这家位于魏森塞的公司是整个帝国在特殊成分涂料供应方面最成功的。

尤其幸运的是，兹德涅克被德国人派去一家涂料厂工作，汉斯得以知道他们长期缺乏技术人员。这实在是狗屎运当头，又由于家族企业的关系，汉斯具备一些涂料与油漆行业的知识。这两个巧合给了他实施其疯狂计划的机会。

在他留给我的回忆录里，父亲描述了他1943年5月3日下火车后的最初场景。

> 这座城市看上去并没有处于战争之中。衣冠楚楚的人们忙于例行公事，他们中很多人身着官方制服。显示情况略有不同的唯一明显迹象，是街上过多的女性数量。很多人有别针与徽章，表明了她们纳粹党员的身份。我能在这里，要感谢的是兹德涅克，虽然这是我的主意，而他一开始认为这简直疯了，但播下种子的是他。随口提到柏林的工厂里训练有素的科研人员不足的人是他。我完全遵照他来蒙塔纳看我时给我的指示，兹德涅克在一张纸上写下了提示：搭乘地面火车，坐一站后第一次换乘，往东坐四站后第二次换乘，再坐两站到达城市的东北角。从那里再步行五分钟。走出地面火车站向北走，就来到一栋宏伟的灰色建筑前。
>
> 我意识到就是那里。我试着整理了一下思路。我犹豫了一小会儿，吸了口气，趁着我的决心尚未被自我怀疑所遮蔽，径直走了进去。
>
> 这里是兹德涅克压低声音在我耳边描述过细节的地方，一家叫瓦内克与伯姆的工厂。在门口，我请一名戴着脏眼镜的年轻男子指引我去找招聘负责人。我被指引来到人事办公室。门半开着，我敲了下门，向桌后的一名中年

女士打招呼。她看上去足够友善，我主动微笑，开始紧张地讲起来。

"早上好。我有布拉格理工学院的化学学位，有涂料方面的工作经验，想为贵公司效劳。或许赫格恩博士（Dr Högn）能见见我？"

她似乎有点吃惊，向我挥手让我安静。

"您不用把一切都告诉我。我会确认一下赫格恩博士能否见您。"她上下打量我，让我等着。在她走开时，我注意到她的鞋刚擦过，灰白的发髻完美地固定在头部中央，没有一缕头发是乱的。她走进了走廊尽头的一间办公室。我四下张望，湿透了的手掌搓着裤子前面。几分钟后她回来了，问我的名字。

"谢贝斯塔，"我说，"扬·谢贝斯塔。"

"您没有预约。"她说着，示意我跟她沿着走廊走，此时我已经知道了答案。"赫格恩博士要见您。"她带我进入一间空办公室，里面有三把金属椅子，靠窗处有一张办公桌。一扇大窗户前的墙上挂着一幅元首像，这是唯一的装饰。我吓晕了。

"这是谢贝斯塔。"她对桌后的男子说。

赫格恩是名谢顶的男子，满头大汗，面色红润，戴着眼镜。

"希特勒万岁！谢贝斯塔，我听说您想在瓦内克与伯姆工作？"

我真希望我当时能更仔细地听听里哈德叔叔、我父亲与洛塔尔在饭桌上无止境的工作讨论,而不是在脑中写诗。

"我有化学方面的资质,上学时,我也在暑假期间在布拉格的蒙塔纳工厂做涂料开发。"

我听从兹德涅克的告诫之语,补充说:"我主要是做工业涂料开发。"

"那您的资料呢?"

我解释说:"您看,关键在于我是聚合物和合成涂料方面的专家,我朋友说那正是您在这里做的。如果我留在波希米亚,我会同其他同龄男性一起被送去为帝国干粗活。我的多数朋友被送去了农田或矿场劳动,而那会浪费我的才华。"

"当然,"带着一种源自绝望的保证,我继续说,"我的确不想去矿场或农田劳动,但您必须明白,我来这里不只是为了我,也是为了帝国的利益。"

我的面试官从座位上抬头看我,钢蓝色的双眼与他翻领上别着的纳粹徽章的血红边框形成对比。他握住双手,两个食指向上指,从他这种姿势,我可以说,他正在认真考虑我喋喋不休的恳求。我把自己汗津津的手藏在背后,挤出微笑。

顿了一会儿,他宣布:"我们让您试一下。问题是要从劳动部给您弄张许可。我们必须说是在布拉格雇了您。

但您很幸运，谢贝斯塔。您找对人了。我有朋友在劳动部做事。他会帮我们的。"他离开了几分钟，然后回来说他会陪我一起去。

"您有自己的想法，我很欣赏这一点，谢贝斯塔，但您不能用得太过。那是危险所在。"

我们乘火车穿越柏林。我试着找话题，问他有关这座城市与有关他那有权力的朋友的问题。兹德涅克说得对，赫格恩博士喜欢显示身价，显摆他的人际关系令他振奋。

一走进劳动部，他就走向一名身着褐色套装的男子。我心存警惕，向后退了几步。他们交头接耳时向我这里看了数次。从我站的地方听不见他们在说什么，但我努力坚信两人点头似乎多过摇头。他们过来要我的捷克身份证。我把米拉的假证递给他们时，也在设法平息我的恐惧。他们似乎用了几个小时填了几页表格，其间都没怎么看我的身份证。然后，穿褐色套装的男子带我去一个出纳窗口出示文件。出纳员盖了章，把它们还了回来。这些是我的表格，是允许我在柏林工作、生活与获得食物的证明。我把这些文件折起来，放进我胸前的口袋里。我对他们二人连声道谢，低头哈腰。

我们一起返回瓦内克与伯姆人事办公室获取更多文件的路上，我想碰碰运气，问赫格恩博士是否知道我该如何找到出租房。

"我能做得比这更好。"他笑了，"我有一个朋友，鲁德洛夫夫人（Frau Rudloff）。她住在魏森塞，是个寡妇，正在给一间房找租客。她想找安静严肃的人。"他当场给她打电话，告诉她一个叫作谢贝斯塔的聪明的年轻人会来商讨房间的事。

鲁德洛夫夫人黑漆漆的公寓离工厂非常近，就在仅有一分钟步行距离的朗汉斯街108号。这名寡妇看上去又老又严厉。她双唇卷曲，使她有种闷闷不乐的表情，但她看起来足够无害，房间也又干净又便宜。我打开包，从中取出一些物品，把幸运娃娃与书放在床头柜上，然后一头瘫倒在木床上。

我筋疲力尽，但尝试入睡似乎有点勉强。身体深深陷入床垫中时，我盯着天花板上的阴影，意识到我在发抖。我努力让自己平静下来，这时，鲁德洛夫夫人敲开了门。我从床上坐起身，用灰色的羊毛毯裹住自己。

"您需要什么吗，谢贝斯塔先生？我能为您提供什么吗？"我惊讶于她的善意，但她的乳房透过睡袍清晰可见，这让我感到不适。显而易见，这里缺少男性。我向她致谢，告诉她我绝对不需要任何东西，并祝她晚安。

我在柏林的第一天，到目前为止，所有人都接受了扬·谢贝斯塔的故事。我有工作，有符合我新身份的文件，还有可以睡觉的温暖房间。一切都奇迹般地按照计划进行。我放弃尝试入睡，在小书桌前坐下，给米拉写信；我几乎每天都给她写信。我想让她与洛塔尔知道，我第一天很顺利。我让她阅后即焚。她的回信我也会同样处理。它们是用暗

第十二章 选 择　223

号写的，但仍有一些你根本承担不起的风险。留下任何可能指认我为骗子或指认她为盖世太保通缉人员帮凶的东西，都太危险了。我以一首逗她高兴的搞笑短诗结束这封信。

最终，我成功入睡。明天将是我作为柏林瓦内克与伯姆正式员工、捷克试剂师扬的第一天。

扬·谢贝斯塔的雇用证明，由瓦内克与伯姆盖章

因此，汉斯现在成了扬，而扬在柏林就职。父亲留给我的颁发给扬·谢贝斯塔的工作保险卡的生效日期是 1943 年 5 月 3 日，也就是他搭火车抵达柏林的那个星期一早上。这将是未来几星期内他以新身份累积的许多官方文件中的第一份——配给卡、地址登记、税表——而他后来把这些放在盒子里留给我。

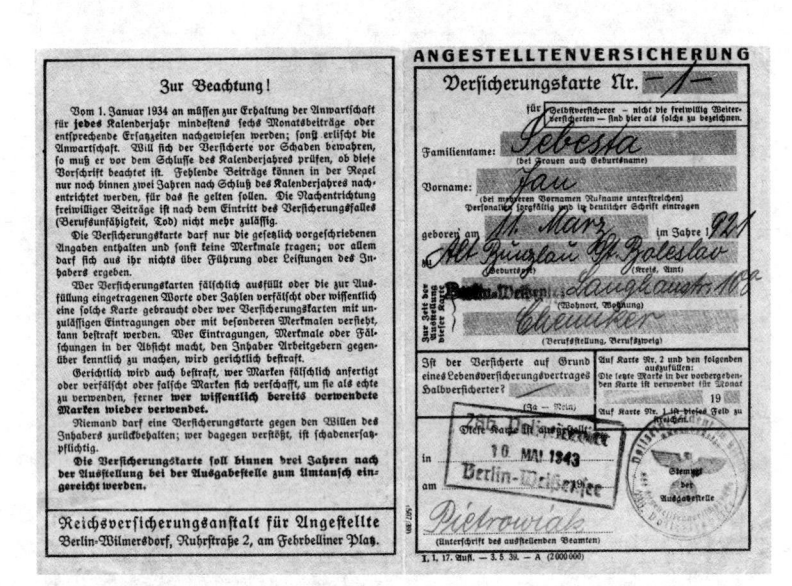

扬·谢贝斯塔的保险卡，由帝国当局于 1943 年 5 月 10 日盖章

汉斯缺席这件事在他父母的书信中也有所体现。整整两个星期之后，奥托从泰雷津用暗号给洛塔尔写了封信：

> 因为 H 的病情，你们经历那一切，会有多苦恼，这些我们都只能想象。听说他康复了，就像很久以前里哈德那样，这真是美妙的回报。但你不要对我有所隐瞒，你没有转达他病中的问候。无论真相可能变得多残酷，我恳请你不要对我隐瞒。你也知道，有需要时，我也会写不愉快的事。

里哈德是诺伊曼兄弟中于 1939 年移民美国的那位。奥托的话清楚表明，身为家长，没有被告知他儿子在三四月时躲躲藏藏，让他感到不悦。不过，汉斯"像里哈德那样康复"并成功逃离布拉格，显然让他松了一口气。我的祖父母是否被告知汉斯已经动身去了柏林，则不得而知。我猜想洛塔尔会对他父母有所隐瞒，因为这只会让他们担心，并危及汉斯。洛塔尔牢记那时他们的书面请求，"把安全放在首位，不要尝试任何涉险的事"。

从我的祖父母的持续来信中可以明显看出，他们在1943年已经开始习惯了周边的环境，正竭力创造一些生活正常的表象。哪怕埃拉健康恶化，先后因胃溃疡和胆囊炎住院，也没有挫败他们对一家人能很快重聚的希望。他们不失时机地通过书信向他们的儿子们以及兹登卡倾吐爱意与感激。

年初，奥托的老板给泰雷津的长老们写了一份"吁请"[①]。幸得如此，他们成功解除了对埃拉的"命令"[②]，这让他们从被列入下一次向东遣送的名单与立即处决的威胁中得到了一些喘息。但哪怕没有"命令"，他们转移去东方营地的威胁仍日日高悬头顶。"要是恐怖的转移完全消失该有多好。"

即使如此，奥托似乎依旧表现乐观。在一封信里，他讲述了他发现自己"在劳动回来的路上哼起了《魔像》，这是一首著名的喜剧歌曲，由对纳粹意识形态持批判态度的先锋二人组合沃斯科韦茨和韦里希创作。魔像是一种神话生物，据传在

---

① 原文为捷克文"reklamatzia"。
② 原文为德文"Weisung"。

十六世纪，它能保护布拉格的犹太人免于反犹主义。

奥托与埃拉在泰雷津都缔结了新的人际关系，并参与帮助他人。他们运用宪兵与洗衣妇罗莎夫人的帮手网络，不仅接受衣物、食品与金钱，还向外面他们自己与其他人的家人传递消息。奥托同来自布拉格的维也纳寡妇施特拉·克龙贝格尔（Stella Kronberger）缔结了友谊，后者的丈夫在他们被遣送的前一天自杀了。奥托还"收养"了一个名叫奥利纳（Olina）的年轻少女，他认识她在利布其采的父母。她独自在营地里，她的父亲则由于异族通婚而没有被遣送，然而，她是一个十五岁以上的被视为"混血"[①]的人，她必须被关押在泰雷津。奥托的信中经常提及奥利纳和施特拉二人，他同她们一起共度时光，把他收到的非法包裹中的口粮与剩余物品分给她们。

埃拉恳求她"金贵的人们"写信，详尽描绘他们在布拉格的每日生活，这样可以维持她对他们生动、活泼的印象。"我没有一天、没有一晚、没有一夜不是在对你们的想念中度过的。我唯一的渴望就是再次见到你们，一家团聚。"她仍专注于他们能够重聚的那一天。

尽管她有病在身，处境也不好，但是她对美丽事物的渴望，对娇媚盛开的花朵的渴望，在春意渐暖之时丝毫无损。埃拉在4月中旬写道："树上的花苞让我梦见了利布其采。"她索要她的春季外套、她的软木鞋、她的扑面粉和一些香水。她抱怨包

---

① 原文为德文"mischling"。

裹里的许多物品被窃,但澄清说,她收到了衣物、食品、梳妆用品,以及对维持奥托的深色头发至关重要的鞋油。看来,在混乱、疾病、拥挤、饥饿与寒冷之中,他们找到了继续前行的道路。他们铸造了新的友谊,成功享受到了点滴乐趣,并找到了相对平静的片刻。

做到这些的,并不是只有他们。埃拉1923年死于肺炎的姐姐的女儿、二十四岁的外甥女齐塔自1942年1月起就被拘于泰雷津,但她在营中坠入爱河,甚至还结婚了。

我第一次得知齐塔的名字,是在研读我祖父母的书信时。研究员玛格达帮我复原家谱时,我们发现,我不仅在美国有在世的亲戚,在法国、英国、以色列与捷克共和国也有。其中一位来自布拉格,是齐塔1948年生的女儿达尼埃拉(Daniela)。我与达尼埃拉第一次相见是在2017年10月的一个晚上,在我落脚的酒店的酒吧里,我们用法语夹杂着英语,就我们的家族聊了几个小时。事后,达尼埃拉给我寄了几页齐塔的回忆录,一起寄来的还有齐塔的父亲鲁道夫·波拉克及其第二任妻子约瑟法的照片、她姐姐哈娜的照片,以及她哥哥兹德涅克与弟弟伊日的照片——埃拉抵达泰雷津时他们都已经被关在那里了。其中有孩子们身着水手服与优雅套装排成一排的照片,有埃拉的姐姐自豪地同她的长子一起摆拍的照片。一张照片里,埃拉的外甥外甥女们快乐地围坐在他们父亲身旁,那是在他们被遣送去泰雷津之前几个月拍摄的。直至今日,我依然被它所刻画的情感与不经意的欢乐时光所吸引。

埃拉的姐夫鲁道夫·波拉克与他的三个孩子：齐塔与哈娜在左面，兹德涅克在右面。特普利采，1940 年前后

鲁道夫、约瑟法与伊日于 1943 年 9 月鲁道夫 59 岁生日那天被遣送奥斯威辛，但齐塔、哈娜与兹德涅克在营地里为我的祖父母带来了些许慰藉。奥托诉说道，在多次搬迁营房后，他和兹德涅克成为上下铺，这让他无比欣慰。埃拉帮她的外甥女们从树上偷了一些花，用作齐塔的结婚花束。

在埃拉这一时期的书信中，她开始称奥托为"暴脾气"。奥托一向脾气不好，泰雷津的生活只会让这种情况变本加厉。泰雷津的生活非但没有让他们在彼此身上获得力量，反而似乎开始使他们渐行渐远。

埃拉同她雇主的关系似乎是分裂的关键节点。她在最初的泰雷津书信中经常提及"L 工"。"他极具影响力。""他很照顾我。""他从我手心里吃东西。"

奥托在刚到的那几个星期里，对工程师朗格尔的好意同样心存感激，他与埃拉受益匪浅。奥托在1943年初写道，他要为他的新工作而感谢朗格尔，这份工作保护他不用被遣送。他建议儿子们同朗格尔在布拉格的妻子朗格罗娃取得联系，告知其丈夫的消息。奥托还请他的儿子们给朗格罗娃提供机会，将他们的包裹作为向朗格尔传达消息的渠道。

但朗格尔也是冲突的原因，这源于奥托的嫉妒。抵达后仅仅一个月，奥托就尖锐批评道："L工要对破坏家庭幸福负责，虽然我首先要责备的是埃拉，因为她表现得不像一个正常人。"随后的书信中，他多次提及他"失败的婚姻"。埃拉一再否认同任何人有任何恋爱关系，并希望奥托找到更好的方式来表达对她的爱意。1943年3月，她写到奥托的嫉妒："尽管他没有嫉妒的理由，他只是不能忍受泰雷津的有权者喜欢我并为我所用。因此在这方面我尽我所能，我在这里唯一的使命就是不惜一切代价活下去，如果不是我那些有影响力的朋友，我们可能要么已经死了，要么早就已经被遣送去了遥远的地方。"她批评奥托又"小气"又"愚蠢"，建议他应当更专注于重要的事，"例如生存"。1943年6月，她恳求她的孩子们不要"过于悲观地相信奥托的消息"，尤其要求洛塔尔不用忧心他们的关系。"你们无论如何都想象不到这座疯人院里的生活是怎样的。"她一如既往地写道，她唯一的目标是让她与奥托一直活下去，但她也澄清说："我如何达成这一目标并非不相干，因为我不想带着身体或精神残疾回到外面的生活。"尽管埃拉仍旧专注于生存,但她为确保生存而做的事是有底线的。这份对儿子们的澄清意味着,出轨超越了底线。

不过,她反反复复表达着对朗格尔的深深感激,根据她的描述,"在她孑然一身凄惨至极的时候",他以一种"父亲般感人的方式"照顾着她。在"住房、工作、存放物品的可能性、同外界联系的机会"上,她觉得受惠于他。也许有一点讽刺的是,她还留意到,奥托表现得忘恩负义,因为朗格尔"从他抵达的那一刻开始就保护着他"。

幸亏有犹太博物馆的文件与布尔诺的档案,我最终可以追踪到埃拉恩人的小女儿。贝阿特丽策生于捷克斯洛伐克,是一名退休的病理学家,现居澳大利亚。通过电子邮件联络了几个月之后,我们终于在伦敦会面并共度了一下午。通过贝阿特丽策、我的书信与捷克共和国档案,我拼凑出了弗兰蒂泽克·朗格尔的形象。他于1902年生于博胡绍维采,在布尔诺大学修读工科。他高挑、清瘦、好学,喜爱阅读、森林散步与露营。他同一名法裔捷克新教徒于1932年结婚,四年后,他们有了长女,也就是贝阿特丽策的姐姐。最终,由于害怕纳粹的政策,弗兰蒂泽克与妻子离婚以保护家人与他们的财产。弗兰蒂泽克独自来到泰雷津,比埃拉早一个月。他很快就被安排去负责营地里的车间[1]。这个职位地位相当高,

---

[1] 原文为德文"Bauhof"。

但不同于长老，他对行政事务或遣送名单没有决策权。尽管如此，他的地位意味着他的意见在这些问题上有分量。这也意味着他拥有房间、储藏室的使用权与一定程度的隐私，这在泰雷津不同寻常。我的祖母担任他的清洁工兼厨师，并且他们在被监禁的条件下离奇地成了朋友。

就各方面来说，我的祖母一向魅力四射、风情万种。从书信中可以明显看出，哪怕在泰雷津，她仍保持着幸福感与趣味感。无论理由为何，朗格尔尽其所能地帮助过埃拉与奥托。

为了活着，为了同她"金贵的儿子们"重聚，埃拉或许卖弄了风情，或尽其所能。我只知道，在那个只有荒谬选择的世界之中，埃拉选择活下去。她的信中充满了希望，但也充满了实用主义，以及让她与奥托活下去的最大决心。埃拉一直否认同弗兰蒂泽克·朗格尔有任何超越友谊的关系，毕竟，朗格尔不仅比她年轻，还"爱着他的妻子与女儿"。她指责奥托"不理智地嫉妒一切，甚至嫉妒自己的影子"。我永远无从得知奥托的怀疑是否有所凭据。双方都可能是对的，或者就像通常那样，真相位于两者之间的某处。

事实依旧是，弗兰蒂泽克·朗格尔在我祖父母的营中生活里扮演了一个重要角色。无论我的祖父的反应是什么，朗格尔显然保护了他们二人，对埃拉来说他还是慰藉与友善之源。

我与贝阿特丽策就泰雷津、我们的家人与书信聊了很多。我曾担心坦露奥托的担忧会不会过于冒犯，但其实不必。作为战胜了逆境的幸存者的后代，我们由无形而奇异的纽带所联结着，我们通过视频电话、电子邮件联络，或者面对面交谈，开放而自由。我们一致认为，我们永远无法知道这份关系的确切细节，但对于我们而言，战争的荒谬如此接近又如此遥远，不作细究是最美好最深刻的。

弗兰蒂泽克·朗格尔工程师于1945年从泰雷津获救，他从未对其女儿提起过奥托或埃拉。像许许多多幸存者一样，他在捷克斯洛伐克，以及随后在澳大利亚重建生活时，绝口不提营中的事。他的家人保存着一幅他的肖像画，由著名的艺术家兼画家彼得·基恩在泰雷津绘制。基恩在1944年10月死于奥斯威辛，但他的大量绘画作品得以幸存并在泰雷津展出。这幅献给弗兰蒂泽克·朗格尔的油画只提有"感激"。

彼得·基恩绘制的朗格尔工程师肖像

第十二章 选择

到 1943 年 9 月，大多数布拉格的犹太人已经被遣送走。1939 年时市内的 11.8 万人中，约 3.6 万人逃离，近 7 万人遭遣送，留下的只有混血儿或受异族通婚保护的人。这意味着布拉格长老理事会的职责已大大缩减。但办公室里堆满了各种文件，有身份证明，有声明，有关于禁止从事公共工作、扣押、没收、遣送的文书。一次遣送平均会产生五百份文书。1941 年至 1943 年 9 月间，约有一百次遣送从巴布尼启程。

那时，布拉格长老理事会负责保护国境内所有尚未被拘禁入营但仍适用《纽伦堡法案》的犹太人。布拉格长老理事会在一个复杂的组织结构下运营，由数百名成员构成。到 1943 年夏，大多数保护国的"完全"犹太人，包括长老理事会多数职员在内，都已经被遣送走，该组织需要人力资源。在这一背景下，洛塔尔被招募为运输办公室初级档案员，为理事会做事。

洛塔尔有两个朋友也被招募了去，名叫维克托·克纳普的律师是兹登卡在大学法学院认识的，埃里克·科拉尔是洛塔尔在剧场与地下学校的挚友。他们也都受异族通婚的保护，9 月起在那里做事。虽然许多长老自己也已遭遣送，但家族友人皮什塔仍保有助理职位。和朋友们在一起，或许稍稍缓解了为纳粹设计出来的行政机器做事的负罪感。受到保护的感觉全部都是幻觉，因为理事会成员的身份也不能给任何人带来真正的安全。1941 年，布拉格长老理事会全部初始成员及其家人都已经被遣送至泰雷津。到1943年9月，许多人已被折磨并杀害。

洛塔尔是被要求给理事会做事的，这么说好像意味着他有选择，他可以选择拒绝。两年前，奥托曾试图避免担任受托人，但这一请求被拒绝了。洛塔尔本可以采取类似立场予以拒绝，但这么做可能不仅会对他有影响，也可能影响到他在泰雷津的父母。他的家人已全部被遣送走，有些已经遇害。唯一没被遣送的是汉斯，但他在盖世太保的名单上，躲在众目睽睽之下，因而一直很危险。

哪怕我初识洛塔尔伯父已是多年以后，我仍可以想象他的痛苦。面对死亡，他没有真正的选择，只有选择的幻象带来的压得人喘不过气的责任感与煎熬。如国际法所承认的，剥夺自由意志就等同于胁迫。洛塔尔的行为出于被胁迫。但幸存者的良知并不是如此非黑即白。整个欧洲沦陷区许多被卷入理事会工作的人在战后从未承认过这件事，他们中有些人在社区中举足轻重，后来又担任公共职务，他们都在传记中隐去了这一时期。

但我的伯父洛塔尔并未将其从心中抹去。洛塔尔的女儿马达拉告诉我，他的余生饱受参与理事会这件事的折磨。不同于我父亲狠心将自己与过去的生活剥离开，洛塔尔用别的方式疗伤。五十多岁时，他离开了自己创建的生活，默默挣扎在从未离开过他的抑郁的重压之下。在生命的最后二十年里，他投身于帮助大屠杀幸存者与难民重建生活。

汉斯与洛塔尔一向互相扶持。但那个可怕的夏天，汉斯不在那里，无法支持洛塔尔。洛塔尔无法同他讨论理事会的事，或研究如何用最佳方式向他们在营地里的父母施以援手。汉斯并非不知道洛塔尔的困境，但他也无能为力，只有日日关注他们母亲对生存的祈求。汉斯已无影无踪，脱胎换骨成了扬，对他而言，再没什么事比确保汉斯·诺伊曼这个名字不被提及更重要的了：

我没和任何人说起过汉斯。我必须完全变成扬。哪怕是米拉写的暗号信也是给扬的。她会同洛塔尔与兹登卡见面，然后告诉我身处泰雷津的父母的消息。他们的事她写得不多，只是让我知道他们还活着。

我的哥哥洛塔尔不得不在布拉格理事会做事。他与兹登卡仍在设法让人送包裹给我在营地里的父母。但我再也不能给他们写信了。在柏林，除了我读家书的片刻之外，汉斯并不存在，连兹德涅克都从不提起他。

有时这让我感到难过。但唯有如此。

第十三章
一个问题

瓦内克与伯姆的记录显示,1941年工厂总共有880名员工;其中,369人为被迫在那里劳动的欧洲沦陷区各地的犹太人。这些犹太强制劳工被指派的是低贱或危险的任务,伴随着有害气体或有毒化学物品进行清洁和劳动,没有任何防护设备。1943年2月,他们全部被遣送后,强制劳动也就戛然而止,此时人力短缺,兹德涅克与汉斯认定这是逃跑的微小机会。

扬·谢贝斯塔不是犹太人,而且像兹德涅克一样,是帝国从德国本土之外吸收的人力资源。这些人都是为环境所迫,他们不必穿制服,领取的是象征性的工资。他们中的一些人被安置在城市四周专门建造的营房里,而另一些则可以相对自由地在市里住宿并四处走动。

然而,残酷的是,他们的身份地位已深入人心。

作为斯拉夫人,捷克人理所当然地被归为纳粹意识形态下强迫性的种族等级。他们被视为"堕落的雅利安人"。这意味着他们也受到歧视，比起被认为是下等人[①]、劣等人、次等人的俄罗斯人或波兰人，他们的待遇略好一点。

希特勒的秘书马丁·博尔曼于1943年4月发布了一份传单——用于指导德国人对外国劳工的行为，这也在纽伦堡审判上成为呈堂证供，里面描绘了最清晰的构想：

> 一切都必须服从于战争的胜利。当然，要以人道的方式对待外国劳工，并且要提高产量，但是予以让步，则易模糊外国劳工与德意志同胞之间的明确界限。德意志同胞必须知道，无视国家社会主义种族理论的原则将导致最严厉的惩处。

纳粹对待外国劳工的态度十分务实，意图在强化日耳曼种族纯洁性的意识形态与对劳动力——尤其是技能型劳动力——的迫切实际需求之间取得平衡。这导致了紧张的等级制度，其中，专业程度并不代表身份地位。非德国人的专业人员要生存，就必须常满足其专业不合格的德国上司的要求。因此像扬这样的人们被迫需要参与最危险最激进的研究，却常常缺乏保护措施，而与其职位相同的德国人则被防护得无懈可击。

社会关系充满压力，战争现实下更广泛的社会背景既躁动不安，又支离破碎，既拥抱着战争宣传，又在私下里忍受着孤

[①] 原文为德文 "Untermensch"。

独与悲痛。对于柏林人而言，最安全的做法是保持低调，达到或超额完成被分配的任务。必须盲目遵从规则，否则就会受到严厉的惩罚，而告密者无处不在。

矛盾的是，如果有人能将不顾一切的胆识同冷酷无情的客观性相结合的话，他就获得了在这种可预见的环境下度日的本领。事实证明，这名来自布拉格的恶搞者就是一个这样的人。汉斯后来如此描绘他的日常生活：

寒来暑往，这份工作已经成了日常。我早起，七点到达实验室。几个月后，我离开了鲁德洛夫夫人的房子。我同一名叫特劳德尔（Traudl）的年轻战争寡妇交好了。特劳德尔在工厂办公室工作，她丈夫是入侵波兰的第一批伤亡人员之一。特劳德尔曾问我是否想搬去她那里住。她最好的朋友乌尔苏拉（Ursula）也受雇于这家工厂，乌尔苏拉的军人丈夫应该已经死了，她喜欢上了兹德涅克。特劳德尔与乌尔苏拉住在同一栋楼里，我与兹德涅克无法拒绝廉价住房与更好的陪伴。由于特劳德尔的住处很小，我只好在那位严肃的寡妇鲁德洛夫夫人家里留了一箱子物品。这次搬家在工厂里引起了一桩小小的丑闻。但这对我们四人来说实在是太方便了，我们无视了背地里的闲言碎语。

我与特劳德尔以朋友的关系相处得很好，她也对这份陪伴心怀感激，我们四人还想出了在微薄的口粮之外获得食物的方法，所以我们比其他人少挨饿。我想办法从实验室库存中蒸馏纯酒精,而酒是以物易物的通货。我的老板维克托·赫格恩博士对我们非法制造私酒的事睁只眼闭只眼,只要我们每周末把一半的收益交给他就行。

特劳德尔让我用属于她丈夫的自行车。工厂在几条街开外,我蹬车上下班时,感受着风吹过面庞的简单快乐——哪怕仅仅一秒钟,也足以让我忘了我是谁,让我想起自由的感觉。

扬并不自由。他必须谨言慎行。哪怕是在自己的住处,他也必须维持门面,保持警惕,以免引起任何怀疑。只有他的思想可以自由,但如果他要专注于生存,即使是思想,也要受到控制。为了填满他的时间与心神,他全情投入自己的工作中,甚至开始加班到深夜。他习得了幼时所缺乏的自制力,精心打造了他的新人设。他顺从,但并非顺从到令人难以置信的程度。时不时的叛逆行为使得这名为其祖国的压迫者工作的年轻捷克试剂师更为真实。非法制售酒类和与战争寡妇见不得光的调情,让扬·谢贝斯塔的形象丰满起来。

官方文书仍是野蛮的官僚体制运作的关键手段。只要一有机会,我父亲就继续搜集扬·谢贝斯塔名下的文件。文件证据更能支持他本人的真实性。这给人的印象是,各种权力已确认了他的存在,这使得危险性显著降低,尤其是在一个这样的世界——在那里,人们不太会去质疑看来已经得到官方定论的事物。除了他的工作许可与配给卡,另一份于9月1日颁发的官方文件详述了扬从他在柏林的第一个住处搬到他的朋友、工厂秘书特劳德尔的公寓的情况。到1943年10月,扬·谢贝斯塔甚至获得了德国当局颁发的真身份证,上面真的盖有官方印章,贴有扬自信微笑着的照片,近四十年后,在加拉加斯,他年幼的女儿仍能从照片上认出他来。一份1943年11月1日的文件显示,扬·谢贝斯塔在警方处又登记了一个新地址。文件表明,他离开了特劳德尔的住所,搬去塔索街12号甲沙普女士的公寓。他六个月搬了三次家——第三次估计是为了平息厂里的闲言碎语。

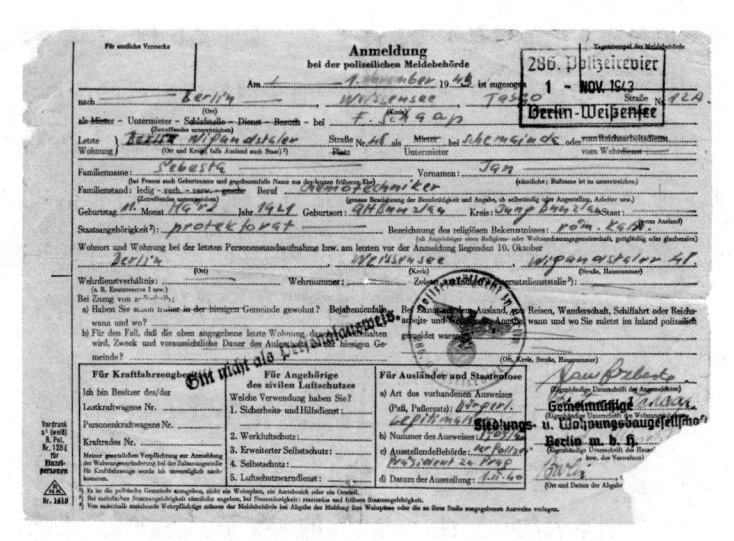

扬·谢贝斯塔在柏林警察处的登记,1943年11月

对于扬,一丝不苟地向这座城市维持一个稍有不敬但顺从的陌生人形象,是一种持续的负担。日常生活是一场非同寻常

的斗争，而随着战争向柏林袭来，没人在乎他的个人忠诚。自 1940 年 5 月起，英国皇家空军袭击了被认为对德国的战争力量具有价值的目标，包括柏林的许多地点。为德军开发产品的瓦内克与伯姆无疑成了一个有价值的目标。虽然在汉斯抵达后的最初几个月里，柏林没有拉响过空袭警报，但 1943 年 8 月 23 日的空袭标志着一场协同轰炸战役的开端。

那天，我负责监督实验室同事的任务分配。那名金发德国试剂师让我想起了一种白化啮齿动物，双手激情地颤抖。她那又矮又胖的助手也是一名捷克人。哪怕她一言不发，我也知道她很痛苦。每次我试图对上她的目光，她都低头看向地板。

赫格恩博士叫我去他的办公室。他的双眼又大又蓝，像只鹅。

"谢贝斯塔，您让我印象深刻。您的主意改进了我们的流程。当然，我不得不将它们当作我们研究团队的成果。"

我直视回他："谢谢您，博士先生。"

他没有告诉我的是，他把我的主意当成他自己的。他是个狂热的纳粹分子，削尖了脑袋攀仕途。我讨厌他。他甚至开始留起了元首式的小胡子，像他白痴圆脸上的一块黑斑。

他曾吹牛，说他对纳粹党非常重要，甚至被允许免服义务兵役。他非常骄傲地告诉过我，他是德奥合并前少数几个同希特勒有来往的奥地利人之一。在这家公司，他的角色不是科研人员，而是政治专员。作为研究人员他毫无作用。这就是我对他有用的原因。他怨恨我更有创造力的事实，只是因为，他认为身为捷克人的我低他一等，但事实却与之相反。真希望他知道，我甚至比那还要低贱，位于他臆想中的等级制度底层，事实上是个愚蠢卑微的犹太人。

"我想告诉您，我打算让您参与更高层次的重要机密研究，"他宣布，"您应该感到自豪。我问盖世太保要来了您的晋升许可。昨天，我收到了委任您的表格。您没有什么让您不适合获取机密文件的过往经历。恭喜您，谢贝斯塔。"

我答不上话，他要求盖世太保详细审阅升职可能需要的我的卷宗，这种想法让我惊恐万分。

我擦去额头上的汗水，但愿我的动作并不显眼。我尽力保持眼神交流。我的膝盖忍不住颤抖起来。我把重心从一条腿移到另一条腿，假装很兴奋。我在发抖。

"我必须回家了，很晚了，谢贝斯塔，"他说，"您也必须走了。"

在他摇摆着走出房间时，我想我一定虚弱地对他笑了下。

直到一个月后，经过我在工厂里小心翼翼的打听，我才初步重构了所发生的事。赫格恩博士把打算提拔我的事提交给了柏林的盖世太保，他们致信布拉格的盖世太保，问了一长串问题：谢贝斯塔有没有参与过学生抗议？谢贝斯塔有没有上过政治活跃学生名单？谢贝斯塔有没有做过任何违背帝国利益的事？谢贝斯塔有没有发表过任何批评帝国的观点？谢贝斯塔有没有参与过任何涉嫌上述行为的事？这串问题肯定还有更多。

但其中漏了一项。1921年3月11日生于阿尔特本茨劳的谢贝斯塔真的存在吗？布拉格或柏林没有人提出过这个问题，因此也没有人回答过。

赫格恩博士已经接到柏林盖世太保的正式通知，扬·谢贝斯塔没有犯罪记录，也不知道他有什么不良记录。他可以晋升。

又一次，这名来自布拉格的倒霉小囡侥幸逃过一劫。这一系列问题的措辞方式以及回答该问题时的形式化程度，让汉斯在柏林仍未被察觉。父亲曾经告诉我，战时其他人匮乏的想象力救了他的命。直到读了这段记述，我才明白他到底是什么意思。

洛塔尔不再被允许在蒙塔纳担任任何负责人的职位，因此兹登卡就照例介入了。第一任帝国任命的受托人于1942年离任后，工厂在阿洛伊斯·弗兰采克的主持下继续运营，他是另一名帝国任命的受托人，曾写信支持奥托的工作。像所有其他犹太人一样，诺伊曼家从未因将其产业"出售"给纳粹而收到过任何报酬，但弗兰采克至少始终对这个家庭抱有同情的态度。兹登卡的介入让他很高兴，她有能力，且知道工厂的内部运作。对一名女律师来说，这是个不同寻常的岗位，但男人们要么被遣送走，要么被送去远方为帝国劳动或打仗，所以她有机会上任。那些年来，兹登卡同这个家庭一起参与了许多场商业谈判，耐心聆听奥托的焦虑，为洛塔尔提供忠实的建议。她知道需要做什么。由于原料近乎不可得，私人订单又少得可怜，工厂的员工越来越少，几乎无事可做。不过，兹登卡每天都在蒙塔纳工作，尽其所能挽救生意。但由于资源短缺并且战争危机日益严峻，奥托与埃拉的包裹承运人也变得越来越不可靠，小两口的注意力仍然集中在继续给他俩捎带书信和物品这一难度日益增长的挑战上。

奥托惊叹于兹登卡的"不屈不挠的乐观主义"，这也振奋了他的情绪。"不用担心我们，我亲爱的人们……我们知道你们为我们做了所能做到的一切，剩下的就听天由命吧……但愿能走运。"

但是，兹登卡很担心，决定是时候再次冒着巨大的风险进入泰雷津了。她的回忆录沉浸在记录这种状况的情绪反应中，却没有明确记录她潜入的确切时间，这些都可理解。一定是在1943年初秋的那几个月，当包裹变得越来越难通行时，兹登卡再次进入了营地。

又一次,她打扮得像在押人员一样,跟着在附近田地里劳动的"乡村队"。她在汉诺威营房里搜寻奥托,在那里,在他和别人共用的木质铺位上,找到了他。她在自己的衬衫与裙子里缝了隐蔽口袋,在里面装了用在他头发上的几罐鞋油、钱,以及其他对他具有价值的小物件。最重要的是,她给他带去了希望。

洛塔尔的盒子里有一件物品,是一枚外表不同寻常的戒指,由铜粉色与深灰色的金属铸成。它看起来是用一根铜管手工雕刻出来的。它不精致,也不美丽。戒指周围是一个弯弯扭扭的长方形框,里面有互相交错着的字母"ZN"。那是兹登卡的姓名首字母。

马达拉向我解释说,她的父亲曾告诉她,这是奥托在泰雷津做的戒指。为了向兹登卡就包裹、书信、她的帮助及看上去是无条件的爱表示感激,他从一间车间偷了一些金属,亲手打造了这枚戒指。奥托是工程师,不是艺术家,不习惯用自己的手设计加工物品。但他还是以某种方式成功制作了这枚戒指。在我写作的当下,它就放在我的书桌上。奥托一定非常爱兹登卡。也许是在她勇敢闯入营地期间,心怀感激的奥托给了她这枚戒指。也许他通过他们信任的信使之一把它送出来。无论是通过哪种方式,这简洁而重要的爱与感激的象征顺利离开了泰雷津。整个战争期间,兹登卡一直戴着它,留着它。

我有一些 1943 年下半年的书信,但很少。埃拉又一次在医院里卧床不起,她还在康复中,写不了很多。在泰雷津,小道消息满天飞,奥托一定听说墨索里尼已被赶下台,听说俄罗斯人在东线击退了纳粹。随着消息在营地里传播,他们的乐观情绪再次被点燃。他致信兹登卡与他的儿子们:"我日日夜夜想着你们。我又开始慢慢规划起我们的将来了。我唯一的目标是,我与你们母亲在这里待到最后,因为埃拉的病,这还有点希望。"泰雷津的生活中有许多悖论,其中一个是,至少在一段时期内,埃拉的留院保护着她不被往东送。

在柏林,汉斯也开始允许自己思考战争的终结:

> 餐厅里的噪声震耳欲聋。刀叉声、盘碟声,人们的谈话声、笑声、叫声。如此普通,如此混乱,如此平淡。一定有五百人在吃午饭。这间挑高房间曾经是原材料的存放处,但再也不需要存放什么了,所有送到这里的材料都立即转化为产品,劳动力飞速增长,从而需要一个新的用餐场所。所以我们就到这里来了。

人们用德语、俄语、法语、波兰语、荷兰语与其他我无法轻易辨别的语言谈话。我们这桌说捷克语。大多数工人来自沦陷国。他们不是科研人员,科研人员通常是德国人。被要求执行最危险的任务、处理腐蚀剂与爆炸物的,是我们这些非德国人。许多人手臂上都有烫伤、烧伤的疤痕。他们被迫背井离乡在这里劳动,没有实际报酬,也没有安全章程。

无处不在的海报威胁着我们——这个新帝国将横扫全球,千秋万代。到处都是希特勒像。他似乎永远在监视我们,不假思索,冷血无情。一张高悬于我们头顶的海报上写着:"一个国家,一个民族,一个元首[①]。"

虽然食物令人作呕,但我们都狼吞虎咽。我切着盘子上的菜时,意识到我正在咽下的那堆褐色的混合物极有可能是由牛肺与烂土豆组成的。我清理自己的托盘时,注意到一名身穿标志着强制劳工的蓝色工作服的男子站得离我略近了一些。他带着荷兰口音低语:"谢贝斯塔,对吧?我一直在观察您。我和您是一条船上的。今晚我会在主出口那里等您。"

还没等我看清楚,他就走开了。他比制服还要宽阔的肩膀隐没在走廊里蓝色和棕色的人山人海之中。当晚,那名宽肩的男子如其所承诺的那样,在大门那里等我。他径

[①] 原文为德文"Führer"。

直看向我,毫不犹豫地说:"谢贝斯塔,我们走走吧。"

时值初秋,夜晚笼罩在赭色的光芒之中。我跟着他,半是出于好奇,半是由于他身上有某种熟悉而令人无从抵抗的气息。我们转过弯来到古斯塔夫－阿道夫街并走近墓地时,他平静地开口了。

"我们到这里面去吧。"

我们在古树与古墓间逛着,闲庭信步,漫不经心地阅读碑文。

"您像我一样。您希望这场战争能及时结束。"

我一言不发。墓碑总是让我感到紧张。

他继续说:"纳粹早晚要输。您和我可以尽力让它早点输。"

我们在一块墓碑附近停下脚步,那块墓碑长满青苔,已经开裂了,岁月抹去了上面的雕刻。我看着他,不知道是不是该试图掩饰我的惊讶之情。这很有可能是个陷阱。或许这是某种试探,但他身上的某些气息消除了我的疑虑。

他笑了,说:"好吧。这听起来不真实,我知道,但多数时候不就是这样的吗?"

他又走起来了。我跟上他,让他领路。

"我不喜欢战争。我是说,谁会喜欢啊?"我小心翼翼地说。

他停下脚步,看着我。一时之间,我们都不言语。

对一名微不足道的劳工来说，他似乎过于信心十足，与身上穿的工作服和灰色厚夹克格格不入。从他说话的方式我能觉察出，他颇有教养。估计他比我大不了几岁。他说一口流利的德语，只是有极其微弱的荷兰口音。我细看他的脸，意识到我以前在工厂见过他，还听到过他用法语和人聊天。

我不再掩饰我的惊讶之情。"您是什么学者吗？"我从口袋里掏出一盒皱巴巴的烟，递给他一支。灯光渐暗，我们就走向出口。

"大学生，"他回答，"但那已经是前尘往事了。"

他四下张望，说话轻声细语，从容不迫。"您能够获得盟军可能会感兴趣的情报。如果您把文件交给我，我会确保把它们交到正确的人手中。只要在午餐大厅同我眼神交流，我就会在大门那里等您。我会和您保持联系的，谢贝斯塔。我信任您。"他直视着我。

就这样。他没有要求回答或承诺。没有。他拿捏得当，不可动摇。他不多说一个字。看来他知道自己在做什么。他真的知道吗？他把我撂在街边，没有回头，没有说再见。

我不知道该怎么办。我不能问任何人的建议。不能问兹德涅克，显然更不能问特劳德尔。在这件事上我没有可以信任的人，必须由我自己来做决定，我不能把任何其他人牵扯进来。这对我来说可能是次冒险，可能会让他们被判死刑。我全然独自一人。独自一人处于一种荒谬境地。我用的是假名字。我在盖世太保的搜捕之下，来到他们世界的中心。我假装是名技术专家，在一家工厂工作，而正是这些人，饿我父母，折磨杀害我家人。我同德国战争寡妇住在一起。我所在的城市持续被我所处的这一方的人轰炸。就像我的荷兰新朋友所说的，这一切完全不真实。

  这不是一个真正的选择，这只是一件要做的事。战争持续得越久，我的处境就越难维持。反正我活下来的可能性微乎其微。战争越快结束，我越有可能活着走出来，再次见到我的家人与朋友。那个荷兰学生是对的。我想帮助盟军结束战争。我走过几条街，回到维甘德斯塔勒街特劳德尔那里时，我下定了决心。第二天我要找到那个荷兰学生，告诉他我入伙。我要在午餐大厅找到他，说我愿意。

  那晚，为了入睡，我不得不喝了满满三杯讨厌的酒精混合物。我做它是为了交换物资，但那晚我很庆幸没有把它全部换掉。

  我也许永远都弄不清那名荷兰学生是谁。父亲的文字中满是人名，我已经从瓦内克与伯姆的雇员记录，以及以前的柏林电话簿中成功证实了其中大多数人。但荷兰学生的名字从未出现过。我怀疑甚至我的父亲都未必知道。也许出于安全考虑，他从未告知。也许他认为略去这个名字是正确的做法。

  父亲没有在盒子里留给我荷兰学生的名字，但留给我一份从工厂偷来的文件,上面详述了他做的工作。这份文件的日期是1943年12月14日,由赫格恩博士签署,标有"谢贝斯塔/3"。它详述了为飞机制造商梅塞施米特所进行的评估密封漆效能的研究。

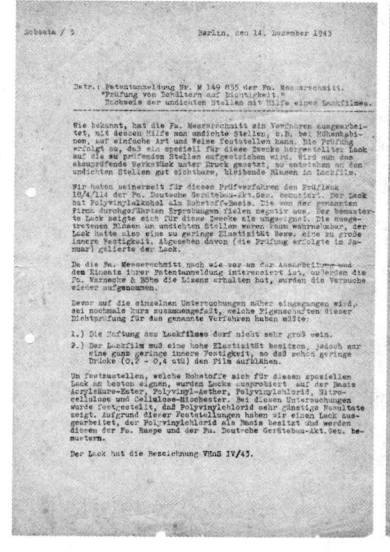

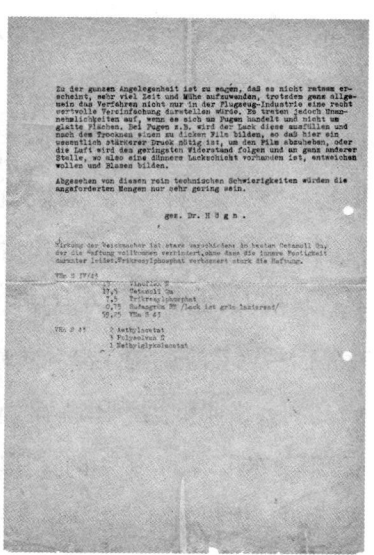

这名来自布拉格的少年通过生活在敌人的中心来反抗纳粹体制,而透露他在国防工业工作的细节,使这种反抗变得更为强烈。他不能让他最好的朋友知道更多他的事,因为这样做也会置其于危险之中。兹德涅克知道扬·谢贝斯塔的真实身份,这对他们二人来说已经足够危险了。

盒子里有一张照片,我用了很多年才确定它的地点。照片里有两名穿着短裤的年轻男子,在某个公园的一座雕塑前,我父亲是其中之一，在照片里，他的脸上挂着顽皮的笑容。父亲看起来如此年轻又快乐，因此，我以为它一定是战前拍摄的，是出于情感上的原因才保存在盒底的。

我最终意识到照片里的另一人是兹德涅克，是我在捷克档案馆找到他的护照照片的时候。这张照片是他们两人的合影，摄于某次夏日远足。又过了很久很久，我突然想到，如果我能找到照片拍摄的确切地点，那一定会很有趣，因此我用搜索软件查找位于中欧的雕塑，浏览了上百张在线图片后才找到它。只要是柏林人都能一眼就认出它来。

俾斯麦纪念碑于1938年由希特勒迁至现址：柏林最重要的公园蒂尔加滕。第一任总理这座宏伟的铜像象征着德国的强大，而神话英雄们在他脚下摆着造型。阿特拉斯[1]代表了力量，铸剑的齐格弗里德[2]比喻了工业实力，研读历史书的西比尔[3]体现了文明，战胜了豹的日耳曼妮娅[4]象征着镇压叛乱。

我最终找到兹德涅克的儿子时，他寄给了我一张同样的照

---

[1] 阿特拉斯是希腊神话中的擎天神，属于被奥林匹斯神族击败的提坦神族。提坦之战后，阿特拉斯被宙斯降罪，用双肩支撑苍天。

[2] 齐格弗里德是中世纪德语史诗《尼伯龙根之歌》的主角，是杀了巨龙法夫纳的屠龙英雄，沐浴龙血后获得刀枪不入的能力。

[3] 西比尔是希腊神话中的神谕者。

[4] 日耳曼妮娅是德国与德意志民族的拟人化形象。日耳曼妮娅身材健壮，发色金红，身披铠甲，武器是神圣罗马帝国的皇室之剑与黄底绘有黑鹰的中世纪盾牌，有时头戴神圣罗马帝国皇冠。不同时期的日耳曼妮娅携带着相应时期的德国国旗。

片。他的那张盖有摄影师的印章,几年后反面被题写上文字:"*汉达与兹德涅克,摄于一次柏林'教育'行走期间。*"在这张奥托·科勒于1943年拍摄的照片中,一对好友站在俾斯麦纪念碑前。两名身负秘密的捷克少年。在德国强力的象征前,两名身穿短裤的恶搞者咧嘴笑着。

汉斯与兹德涅克在柏林蒂尔加滕,1943年夏

第十四章

惊恐的瞳

1943年12月10日,奥托写信说,他"唯一的担心是,你们的生活可能不像我们的那样平静"。几天前,埃拉又一次为紧急修复胆囊而在泰雷津住院。她给孩子们写了一张简短的便条,说在做手术之前,她在床边放了洛塔尔同兹登卡与汉达三人的照片,这样她从麻醉中苏醒后,首先看到的就是他们。她向他们保证,她仍保持着"活下去的钢铁意志",要他们专注于"他们重逢的时刻,而不是其他"。

她还恳求他们讲讲"任何事,比如她的汉达"的事。她似乎精神不错;告诫他们不要笑她之后,她要了睫毛膏与扑面粉。她一如既往地表达了她的感激与爱。奥托也对这次手术满怀希望,认为它能终结过去八个月来埃拉所遭受的病痛。他提到,随着冬意渐至,他想到了怕冷的兹登卡,想象她拖着疲惫的身体长途跋涉穿越冰封的布拉格,前往蒙塔纳应对官僚机构。

在信的末尾,他补充:

我们以为我们能一起过节。去年我整个节日期间都在哭，但今年我不会再哭了。我衷心希望你们能在平静中愉快过节，我们也是。我确信，我们不会分开很久。当我们重逢时，只有到了那时，我们才会真正开始生活。

我永远无法知道，奥托与埃拉是否清楚汉斯在 1943 年那个 12 月的遭遇。那绝对不是奥托所期望的平静。从那段期间留下的极少量书信与明信片中，我没找到他们用暗号提及汉斯的事。

1943 年 11 月，英国皇家空军在一次轰炸战斗中领导了一系列空袭。新研发的配备了雷达技术的快速轰炸机使他们能够对城市发起越来越具有破坏性的攻击。一开始，袭击在夜间进行，以尽量减少不可避免的来自防空火力的损耗。虽然柏林似乎顶住了袭击，但城市遭受了毁灭性的破坏。住宅楼、工厂、教堂、军营和仓库都遭到摧毁。夏洛滕堡宫、动物园以及夏天汉斯与兹德涅克一起拍照的蒂尔加滕都遭到轰炸。许多建筑甚至整片街区都被摧毁。光是 1943 年 11 月至 1944 年 1 月期间，柏林就遭受了三十八次大规模轰炸袭击。那两个月里，柏林有上千名平民丧生，数十万人无家可归。战争的终结还为时尚早，但这座城市已开始了从烈焰通往废墟的恐怖堕落。

瓦内克与伯姆及周边区域于 1943 年 11 月 22 日与 23 日遭到轰炸。我父亲身陷其中，他在留给我的文字中详细描绘了这一时期。

父亲所记录下的 1943 年末 1944 年初这段时间，我讲述时力求公正，所以最好还是完整阅读原文，因为撰写它的那名生活在加拉加斯的老人重拾的这段记忆与噩梦别无二致。

二十世纪三十年代末，柏林瓦内克与伯姆的大门处，员工在欢迎一名访客

尼采说，人类区别于动物之处在于能够发现自己处境之滑稽。纳粹分子则往往严肃而毫无幽默感。他们总是表现出尼采所谓"动物式的一本正经"[1]，完全没有自嘲的能力。

---

[1] 原文为德文 "Tierischer Ernst"。

我在柏林的日子越久,这点就越明显。他们无法认识到自己的荒谬,也无法确实意识到这一切的荒谬性。他们缺乏想象力,所以他们是可预测的。意识到这一点,使我能够预估要承担的风险。我估计,以一种出乎意料的或任何与他们预期相反的方式行动,我能增加存活概率。

必须说清楚,我这么做是出于生存的本能,而非出于勇气。如我预期,我的同事们觉得我很怪。如果他们说德国人会赢得这场战争,我会随口质疑,但不用假装对这个话题多感兴趣。像所有德国工厂一样,在瓦内克与伯姆,我们不得不敬礼并说"希特勒万岁"来互相问候。我拒绝这么做,而代之以一句简单但欢快的"您好"。

公司里有五个捷克人。我说服了我们组里所有人采取类似做法。一开始其他人是试探性的,但没什么比国仇家恨联合起来的群体慰藉更能予人勇气。这些温和的不服从行为让期望绝对顺从的德国人感到困惑,但也表明他们可以容忍这一问题。这意味着针对扬·谢贝斯塔真正身份的关注没那么强烈,他的过失也会更容易被解释为仅仅是卑贱的捷克人乖僻性格的结果。矛盾的是,引起一点点敌意能帮助我,只要它始终符合扬·谢贝斯塔的性格——一个在实验室有用处但天真的年轻捷克人。

我们这样做了几个月,因此政治委员最终找到我时,我感到很惊讶。

"谢贝斯塔,我收到您上级的投诉。您的敬礼方式似乎不恰当。"

我边走边编造着答案："在我家,我们一直用'你好'互相问候,要我改变习惯很难。我的父亲曾经说过,一个人的问候得有意义,这件事很重要。你遇到别人时,首先要做的是祝福他们能度过美好的一天。只有这样做才算考虑周到。"

他显得不以为然。

"而且,元首做得那么好,显然不需要区区一介工人的支持,在这种情况下,宣告'希特勒万岁'似乎不太对。所以我更喜欢用有意义的词来问候别人。"

他看上去很困惑："很好,谢贝斯塔,我会把这些全都写进报告里。"

就在我以为我们的对话结束了的时候,他又看向我,上唇微微抽动。他的语气变了："还有另一件事,您的男女关系令公司蒙羞。她是一位英雄的遗孀。"

这让我感到不适,我犹豫了。我在背后扣住手指,他从办公桌后抬头盯着我看。尽管我晚上经常和特劳德尔在一起,但我的登记住址已经不再是她的公寓了。我知道德国女性与"外国劳工"[①]之间发生关系是禁止的。我提醒他,赫格恩博士对我的工作非常满意,并指出,我有劳动部批准的合同。

---

① 原文为德文"fremdarbeiter"。

我小心翼翼补充道:"这位遗孀在轰炸期间需要保护,先生。"

他看向我的眼神里满是厌恶。我看得出,他鄙视我,痛恨我与众不同的事实。他想吓我,这足以让我在他初次提及特劳德尔时控制了我的恐惧。他把笔拍在桌上:"滚,谢贝斯塔,滚出去!"

那晚在公寓里,特劳德尔突然哭起来,说她也被叫去询问生活安排。

1944年3月,为了加强对柏林的进攻,美国空军开始在白天实施空袭。晚上是英国人进攻。盟军对德国诸城市进行了空前的袭击。1943年至1945年期间,数十万平民遇难。皇家空军与美国空军的一次空袭通常由一千架轰炸机组成,每架轰炸机投掷了成吨的炸药与燃烧弹。我的父亲那时可能不知道该期待什么,是预示死亡但也预示德国战败的更多轰炸,还是暂停轰炸。父亲还被迫加入了柏林的抵抗力量。

第一次日间空袭后的第二天,瓦内克与伯姆的政治委员叫我与兹德涅克去他办公室。他未加客套,直奔主题。

"图马、谢贝斯塔,你们应当感到荣幸。盟军在战败的绝望中,已经开始轰炸没有自卫能力的城市。我们在柏林缺消防员,所以我选中了你们两个。我主动提出由你们来代表公司。你们年轻力壮,应当一如既往继续执行你们的任务，工作时间照旧。但一旦需要你们，你们也要作为消防员出动。"

就在我们疑惑这份荣誉是否有报酬时，他嘲讽道，我们每人每星期被奖励一包香烟。

我们被选中的原因不明。我们确实年轻，我还很高，但我们都不是特别强壮。就这份"荣誉"的原因，我与兹德涅克展开了猜测。也许是因为我们作为斯拉夫人却胆敢同德国女性同居，即使在明面上这只持续了几个月。也许是对无视规则拒绝说"希特勒万岁"的报复。我本来希望人们将我视为有点疯狂的科研人员，对政治完全无感，只会专注于公式与实验。

现在我将不得不当个救火的科研狂。

我所知的父亲说话轻柔，但他的内在却非常不屈不挠，他的胆识与坚强的意志毋庸置疑。尽管如此，我从未把他视为在肉体上勇敢无畏的人。他所体现出来的强大在各方面都和他的思想有关，和他的身体没什么关系。这不是说他的身体特别孱弱。他身材高大，四肢修长。他跑步，打网球，滑雪。他快六十岁的时候，还能把我扛在肩上在花园里转圈圈。他爱玩。在他临近七十岁时，我们的大型罗威纳犬会从毗邻花园的几十棵高大棕榈树下捡起一根掉在地上的长树枝，而我父亲就会加入同它的对抗之中，与我一同抵御这条倔狗的体重。

但我仍想象不出当消防员的他，因为这样他就需要一种有勇而无谋的肉体强大。我的父亲总是充满活力与勇气，但也深思熟虑，只有在审慎权衡过潜在的利弊之后，他才会冒险。也许他知道，他当消防员的经历会让我惊讶；也许他觉得，我也同样需要向我、向他人、向他自己证明他的事。因此，又一次，他留给我一份刚好能作为证据的文件。

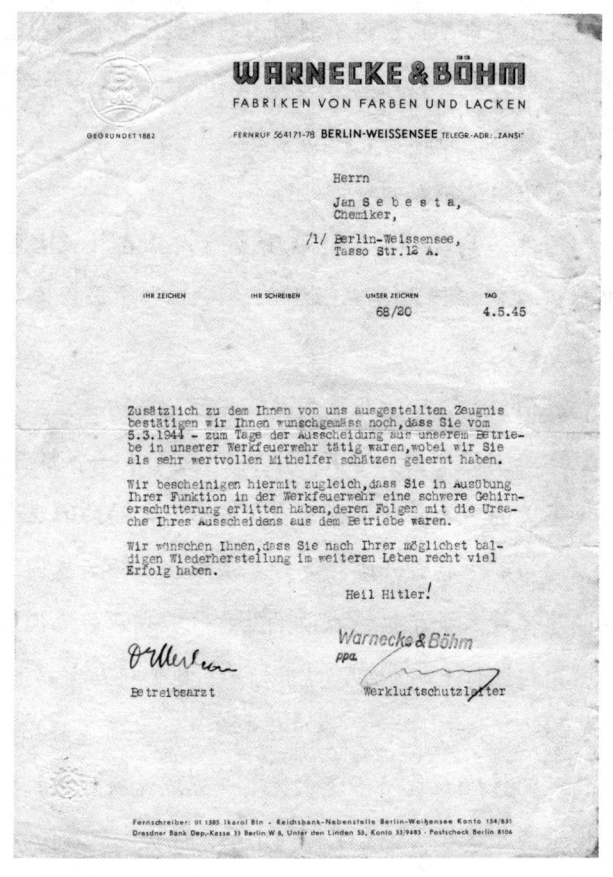

一封瓦内克与伯姆出具的书信，表明我父亲是志愿消防队队员

这封时间为 1945 年 5 月的书信证实了，从 1944 年 3 月起的十四个月里，我父亲是"消防队的宝贵队员"。它由公司国防经理与医务官签署，指出扬·谢贝斯塔在执勤期间出现严重的脑震荡症状，此后不得不停止该职务。

爆炸把我们甩到空中。气压让耳朵生疼。砰的一声巨响，震耳欲聋，我意识不到周围的混乱。我大声叫着兹德涅克，因为我想知道他是否还活着，知道我是否还活着。人们尖叫着，推搡着，跑出车间。

我跑向被摧毁的地方。

透过一扇破碎的窗，我看见有人正在扑灭火苗。伤者被送往医院。我在充满走廊的人潮与烟雾中看见了兹德涅克。

我们俩都是幸运儿。

实验室的一名同事死于轰炸，他是另一个部门的头，一个高大的男人，阴郁但富有同情心。他的肺因压力而炸了，脸与躯干损毁严重，导致无法辨认。两名德国工人将他的遗体放入袋子里，以便早上收取。我看着他们关上袋子，用粗绳打上两个结，贴上标签。他们还贴上一张字条，上面写着"请勿打开"，确保这个包裹能够通过驻扎在仓库大门处的保安人员而不受干扰。一完成这项可怕的打包工作，这两人就在实验本上仔细记录，说明他们打包的内容。

他们用绳子绕在袋子上系好的标签上写着：

第十四章　惊恐的瞳　　263

来源：瓦内克与伯姆。柏林。

内容物：工学博士，卡尔·肯普。

重量：78千克。

我突然意识到，这是我们寄出工厂的油漆包裹时使用的标签。但我认为德国人不觉得这很奇怪。他们直接给有关部门打电话收尸。不知为什么，电话线还是好的。每次轰炸过后，所有能修的东西都被高效修复。德国人在这方面很厉害。水、电、交通、电话线，所有能修的都会马上修好。这是帝国的明确命令，而德国人擅长服从命令。这件事纳粹分子尤其擅长。因此，每次轰炸之后几小时，生活照常，就像没事发生过一样。一切都可以修好，都能再次发挥作用。

除了肯普博士。

真是可悲啊，可怜的肯普博士修不好。

每一次轰炸似乎都在变得越来越强，越来越久。城里的汽车都被改装过了，车灯只能照到前方不足两米。住宅中非必要极少开灯，窗帘或遮光帘用胶带固定在窗周围来控制散出去的光。地面的警报一响，天上的引擎一响，所有人就把所有东西都关掉。每个中队的探路者用彩色信号弹标记出目标区域。我们把信号弹连成的图案称为"圣诞树"。随后飞机对标记区域实施一轮又一轮的地毯式轰炸。

作为消防员,我与兹德涅克不得不走向"圣诞树",我们常常猜测我们是在目标区域的里面还是外面。我们更常发现自己是在区域里面。他吓坏了,我也是。

镇上一些区域的破坏难以想象。

既然我们是"志愿者",我们就不得不离开避难所,哪怕身边炸弹仍如雨下。但这份赐予我们的"荣誉"没有让我们惊惶多久。第一晚,我们意识到,通过控制水管方向,我们能够控制火。我们可以去阻止它或放任它蔓延,可以有效控制它的方向。如果没人遇险且没人旁观,我与兹德涅克会任由火焰从一栋楼飞舞到另一栋楼。到处都是火,但"志愿者"不足,经常只有我们两个。有时候,哪怕身处恶臭、轰鸣与热浪之中,我们还是觉得自己变回了布拉格十六岁的汉斯与兹德涅克,穿着特大号制服,戴着厚帽子,在玩过家家。一开始我们因无法避难而产生的恐惧感,暂时会让位于玩火的简单乐趣,但惨痛的现实很快就刺破烟雾与灰烬,终结游戏。我们身边到处都有人在死去,必须尽力营救他们。

巨大的炸弹完全夷平了我们住处几米外的一栋楼。"尘土云"与火焰从残存的碎水泥堆中升起。我们能听见从下面传出来的哀号与呼喊。水泥块与金属挡住了那里的防空洞出口,活人被困在里面,同死人在一起。我们从裂缝看进去,意识到一群办婚礼的人在袭击前躲进了避难所。我们仍能认出新郎、新娘,他们优雅的礼服上全是血、煤烟与灰尘。我觉得我能从这个小洞里看到他们互相拥抱着在抽泣。他们身边堆满了尸体、扭曲的人、砖头与大梁。

我们开始徒手搬开瓦砾，把缝隙挖大，但很快意识到这根本就是徒劳。楼宇已经变成搬不动的大块石头、无数碎石与灰尘。我们跑过破碎的街道求助。轰炸还在继续，但我们设法继续前行，在听到震耳欲聋的噪声和太近的枪弹声时掩护自己。所有人都躲在地下避难所，街上一个人都没有。我们跑向市中心，希望找到其他消防员。

接着，一个人影发出低沉可怕的声音并向我们走来，堵住了我们的路。一名矮小的男子推着一辆变形的手推车从浓烟中浮现出来。车斗里是个穿着裙子的小小躯体。它躺着，四肢折断了，变形了，一动不动，像被遗忘的牵线木偶。在我与兹德涅克看来，显然这孩子已经死了。我们听到的声音是这男子痛苦的动物般的嘶吼。

街上唯一的光亮来自噼啪作响的火焰。其他一切似乎都消失了，只剩下我们，伴随着他的哭声以及爆炸声。兹德涅克仍在我旁边，但我们都说不出话。我们呆站着，看着他在人行道上慢慢走向我们。然后，仿佛无中生有，一面墙垮塌了，把他与小女孩埋在下面。我们跑向瓦砾堆。只有一堆砖石与碎片，再无其他。我们仍在恍惚之中，把砖块移到一边，在碎砖上拖曳。男子的脸出现了，眼睛闭着，手里仍然握着装有他孩子的手推车的柄。

然后是寂静。不再有飞机，不再有尖叫了。甚至连火焰的噼啪声似乎都停了。只有无声的灰尘，像雪一样到处落下，盖住这副惨状。我不记得更多细节，也不记得那晚我与兹德涅克是怎么回的家。

我们用了两天时间，找到十几个人才来到办婚礼的那些人那里。我们设法挖了个足够安全的大洞爬进去，精疲力尽，这时看到新郎、新娘的尸体在避难所的两侧。不知为什么，在所有恐怖的景象中，就数这个最让我吃惊。

我不知道是他们被移动过了，还是看到他们在一起只是我的想象。

几个星期过去了，但每天都不一样。袭击似乎来得更频繁了。我们周围到处都是倒塌的楼房。

一天晚上，我们被召集到朗汉斯街。鲁德洛夫夫人的公寓楼，就是我在柏林度过第一晚的地方，也被一枚炸弹的直接冲击摧毁。没人能够逃脱随之而来的大火。消防队甚至没能尝试施救。我与兹德涅克在炸弹击中后马上就到了那里，但被其他人拦住了。我们什么都做不了，只能看着它燃烧。我祈祷海伦妮·鲁德洛夫当场死亡。尽管她很严肃，但她总是那么有礼，那么骄傲。想到她受折磨，我就于心不忍。

我搬走后，她的房间就没能租出去。人们纷纷离开柏林。没人愿意待在这座城市里。没人搬进来。虽然我搬走了，鲁德洛夫夫人却允许我把一个行李箱存放在她公寓我原先房间的柜子里。她承诺，只要我每星期给她带一些酒精饮料，她就为我保管物品。我只失去了一些衣服与鞋子。现在我的棕色消防员服成了我的第二套换洗衣物。我很感激拥有它。它又厚又暖，忙活一晚后也容易清洗。如果我穿上它，不戴头盔，看上去就相当精神。

已经是连续第二晚的警报了。我们在厂里干了一整天。消防队轮流值班，那晚我们获准休息。随着警报高鸣，我与特劳德尔匆忙离开公寓，在走廊里撞见乌尔苏拉。我们进入避难所时，兹德涅克不在那里。我们周围全是哨声与爆炸声。避难所里挤满了人，乌尔苏拉蜷成一团靠在特劳德尔身上，开始哭起来。那晚兹德涅克本应在公寓里等她。此刻他应当已经同我们在一起了。

"我去找他。"我边说边夺门而出。

我跑进楼里，跃上楼梯，一边推开他们的公寓门一边叫着他的名字。没有回答。

"兹德涅克！"

警报仍在哀鸣，我能听见左面的爆炸声。

"兹德涅克！"我大吼，一边在公寓里走动，一边试图让人听见我的声音。就在我快要放弃的时候，注意到裂开的浴室门后面有什么。那是兹德涅克在暗处的黑色轮廊，他坐在马桶上。我跑进去。他全裸，不住颤抖着。

"你在干吗？没听见警报吗？"我吼道。

"汉达，我累死了，什么都听不见。我想睡觉。我都没机会穿衣服。我就过来坐在这里。我再也挺不下去了。"

他直直看着我，但神情恍惚。他那双通常深邃锐利的眼睛睁得很大，变得迟缓空洞。我从床上拿起一条针织毯子裹住他，他不再颤抖了。"兹德涅克，没事了。但你怎么坐在这里？"

他平时有点口吃，紧张时更明显。他结结巴巴地说："你没注意到吗，汉达？楼被炸弹轰塌时，所有厕所都还连在墙上，哪怕其他一切都倒了。"

我注视着他，手捧着他的脸，而他裹在毯子里，缩成一团坐着。

"你是对的，兹德涅克。但你现在得跟我来。"我急切地说。

兹德涅克是对的。我也注意到了。大楼被摧毁时，厕所却挺过了炸弹袭击，几乎总是毫发无损地在废墟中暴露出来。我们注意到了这种偶然性，一起为此而笑了起来。

"来，兹德涅克，和我一起去避难所。"我握住他冰冷的手，试图领他出去，"那里仍旧比厕所更安全。"

他还是一动不动，不解地看着我。我把手伸到他的腿下与肩膀下，把他抱下楼。他身材矮小，非常瘦，但他竟然那么轻，仍让我感到惊讶。我们成功来到避难所入口那里的楼梯底部时,他把手环住我的头颈,颤抖着,抽泣着。

"记住,在这里,我是扬,不是汉达。"我悄悄对他说。

特劳德尔与乌尔苏拉为我们腾出位置时,我才意识到我也在颤抖。

运气仍站在汉斯这边。他身处其中的世界继续锻造着这个颠三倒四的少年诗人,在我来到世上之前,他就已经成了坚强克制的男人。一直是别人在照顾汉斯——他的父母、兹登卡、洛塔尔与米拉。洛塔尔是尽责的兄长;父母离开后,保护汉斯安全的责任就落到了他与兹登卡肩上。现在,二十三岁的汉斯同唯一的朋友相依为命,在一座危险深不可测的城市里,生活在敌人中间。来到柏林之前,他鲜少自食其力。

有时他也不得不照顾别人,他必须救援空袭的受害者。他也必须为了兹德涅克而坚强,他有生以来第一次只能依靠自己。柏林生活所造就的令人厌恶的恐惧一定是冷酷无情的。我一直以为父亲的噩梦一定同捷克斯洛伐克有关,但在我读到他笔下的战争时,他在柏林的那些夜晚看来才是恐怖之物。

白天则是另一种恐惧,因为汉斯要继续奋力搜寻可以递交的有用信息。

荷兰学生又与我见面了,我们走向墓地时,我解释了赫格恩领导我们做的那些事。他说最好能拿到真实文件,这样他才能对接合适的人。这些信息是技术性的,以书面形式来传达最为容易。得到真实文件需要细心与技巧。我估摸着可以记录谈话内容或抄写文件。我开始带着笔记本在办公室附近走来走去,我认为这个细节符合扬的人设——性格古怪的捷克科研狂。我构想了一个获取材料的计划。

所有的重要文件都锁在实验室负责人办公室的文件箱里。负责人名叫冯·施特莱尔伯恩,是普鲁士贵族。他的秘书博泽女士(Frau Bose)坐在他办公室的前厅里。我听同事们说过,她还没结婚。他们也提起过,她是种族主义者,是残暴的纳粹分子。不过,我们有几次在走廊里擦肩而过时,她对我羞涩一笑,因此我仍希望,她或许会接受一点奉承。我认为,她似乎是我获取信息的唯一途径。真正的问题是,全公司的人都知道我同特劳德尔在一起,搭话就很棘手。但是接着,一切竟水到渠成了。公司将把一些业务转移到南方巴伐利亚的车间,远离突袭。过了几晚后,特劳德尔哭着告诉我,她是转移团队的一员。她必须收拾行李,几天后和其他人一起出发。她说她担心我,要我保证会去她的公寓。她希望我打理好它,也确保我有地方住。温柔的特劳德尔。我们喝了一点酒。它灼烧着喉咙,但有助于缓解我们的恐惧。前脚特劳德尔出发去了南方,后脚我就去了博泽女士的办公桌,请她帮忙查找一份文件,上面写着我一个实验的化合物的名称。一开始她看上去心存狐疑,不怎么说话。我开始隔天就找这个那个借口去她的工位隔间。最终,策略生效了,她让我叫她英格。去过几次后,她答应我星期天一起去散步。

我只用了几个星期天与几瓶啤酒就和她建立了友谊。我在她总是堆满我感兴趣的文件的办公桌周围游荡,她不再对此感到奇怪。一天下午,她请我去她公寓帮她修理松动的地板,我觉得她终于信任我了。

自那时起,如果我们在袭击时躲在同一个避难所里,她甚至就坐我旁边。她也是一个人住。公寓里空荡荡的,墙上几乎没什么装饰,只有桌子边上有个架子,上面放着一些装饰品、若干从黑森林寄来的明信片,以及一张裱好的元首照片。我努力讨好她时,元首用他的黑眼睛与紧张僵硬的表情注视着我们。那时我突然想到,我很少看到元首笑。他总是大喊大叫或冷酷无情。

我对兹德涅克说起这件事,部分是为了减轻他对我同真正的纳粹分子相处的担忧,也为了将话题从他的焦虑转移到我的福利上。我们一致认为,德国宣传中似乎只有金发碧眼的小女孩在笑,她们的脸上洋溢着兴奋的笑,她们的头发扎成两条完美的辫子,手上握着野花。那时在我和兹德涅克看来,只有德国女孩有微笑基因。我的保证没什么用,兹德涅克仍然忧心我的安全。

我已经学会左耳进右耳出的实用技能。我必须能够一边听一边保持内心或脸上的波澜不惊。英格坚信我理解她对战争的看法。她相信,为建立一个由优越的雅利安人统治的帝国,所有杀戮都是正当的。她相信,这终将惠及所有人,因为他们将由明智的纳粹来领导。当然,那些被统治者确实会成为奴隶与附属，但那样他们就都会受益于生活在更有秩序和普遍幸福的世界之中。她声称，英国人与美国人虽然不如德国人那样思想纯洁，但也有相类似的构成，因此将很快认识到自己误入歧途，而同纳粹的利益保持一致。她严肃地解释说，盎格鲁-撒克逊人目前在和德国人交战，只是因为他们被狡猾的犹太人蒙骗诱使。在解释罗斯福的名字源于"罗森威尔特"时，在怀疑丘吉尔的血管里可能也流淌着一点犹太血统时，她看上去完全是认真的。她先说了抱歉，然后说斯拉夫人非常低劣因而不属于其余人类种族，我试着听进去一点她的话。

"当然了，也有例外的，扬。极少数的情况下，斯拉夫人可能拥有和德意志人类似的智能。比如你。我听赫格恩博士说，你非常聪明。但这种情况一定是因为你的捷克祖先有先见之明，通过与德意志人结合来改善家系。你明白我在说什么吗，扬？过去有很多捷克人出于这个简单的理由与德意志人结合。"

我忍耐着这种弱智的蠢话，希望获取一丁半点关于纳粹军事力量技术发展的情报。我试着让她不要再讲种族歧视的话题，多讲讲她老板。

"冯·施特莱尔伯恩最近看上去很忧虑。你总是工作到很晚。我希望他没有给你的生活带来太多困难。他还好吧？"

"他不过是很忙，压力很大罢了。他们正在为新飞机开发一些表面材料，让飞机飞得比以往都快。"

得到这一点点情报后，我马上开始大聊特聊办公室八卦。我不想让她觉得我对她的老板太感兴趣。然后，像平时一样，我尽快溜了。

我问赫格恩博士，德国在航空方面取得了哪些创新。他兴奋极了，决定给我画一种喷气式飞机的示意图。我留下了这张纸，把它同公司正在开发的新型伪装系统的一些笔记放在一起，第二天下班后交给荷兰联络人。他看上去非常满意。他从不和我说太多话，以免引起怀疑；但我能从他的眼睛中看到感激。

由于特劳德尔在巴伐利亚，我要在厂里留到很晚并设法帮荷兰学生弄到更多细节就会很容易。赫格恩博士对我非常满意，他几乎待我如他们中的一分子。一天晚上，我们正在收工时，他自豪地宣布："现在我们真的要打赢这场仗了。元首终于要有复仇武器了，它会让我们势不可当，我们正在从事它的研发工作。你们会同我一起做这个项目。我们必须为这些武器开发一种表面材料，只让高压气体从排气管中排出。"

几天后，一些我从未见过的人带来一个装有深色固体物质的圆柱体。我们把实验调制品涂在上面，只有底部没有涂。我们把它晾干。第二天我到达时，这些人已经在那里了，正在同赫格恩讲话。最年轻的那人拿着本笔记本，认真地看着我。其他人粗暴地要我点燃圆柱体没有涂涂料的底部。我伸出火时，他们后退了一步。我专注于点燃圆柱体时，他们从我的视野里消失了。点燃圆柱体似乎需要大量热量，一开始它没有被点燃。我四下张望时，意识到就我一个人站着。那两个人与赫格恩博士，那些勇敢的德国人，跪在房间的角落里，缩在桌子下面。我意识到了它有爆炸的风险，以及我被利用了的事实。作为斯拉夫人，我是可以被随时抛弃的。有那么一瞬间，我犹豫了。我可以拒绝当这个小白鼠吗？但显然，我别无选择。我假装镇定，点燃了火焰。圆柱体终于被点着了，火势猛烈，整个圆柱体都被往前推，砰地倒在地上。它没有被正确点燃，但力道极其猛烈。我关掉还在手上的点火器。我大声说话，试图表现出权威："显然，对于使用液体燃料的推进火箭来说，这是一种有效的涂层。"

其他人站起身来，大摇大摆走向我，我的发言让他们有些得意，好像他们从未匍匐在地一样。"好极了。"其中一个戴眼镜的自吹自擂道。然后他得意扬扬地轻笑着对赫格恩说："维尔纳·冯·布劳恩是对的。我们将在佩讷明德实行适当的、更大的测试。也许您的团队会被派去那里帮助涂漆。"

当天午饭时，我示意荷兰朋友碰个头。我们漫无目的地走在柏林的人行道上时，我对他讲了早上的事。我没有文件可以给他，但这是他第一次脸上流露出强烈的惊讶与好奇。我们说好，下次我会把任何我能弄到的文件夹在书里交给他们。

盒子里的文件中有一张我父亲的肖像照，沉着优雅。2018年，一名柏林历史学家指出，位于他左胸前衣襟上的胸针是瓦内克与伯姆公司的官方徽章。照片摄于1944年，时年汉斯二十三岁。那可能是他公司员工档案里的照片。他的头保持端正且自豪的姿态，脸上挂着完美的扬式浅笑。

但在我看来，如果你仔细观察，你能从他的瞳中看到惊恐。

第十五章

伪　装

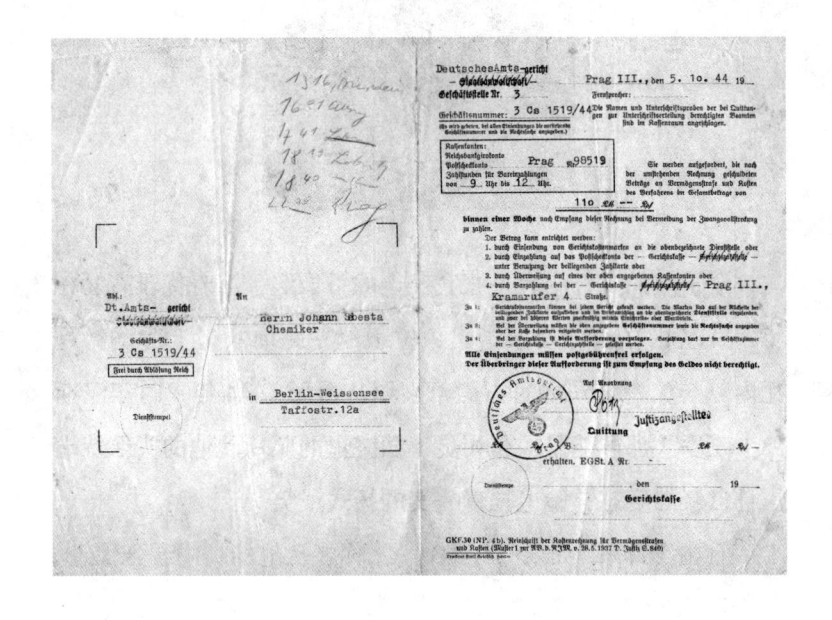

在整理父亲战时生活的时间线时，我发现他的盒子里有份文件似乎有点问题。这是一张发黄的表格，由德国驻布拉格地区法院颁布，盖有1944年10月5日的纳粹万字章。它讲不通。

它是寄给柏林塔索街的试剂师约翰（扬的德语版本）·谢贝斯塔的。表格要求，由于法院对他提起诉讼，他要支付一笔罚款。扬从 1943 年起就一直住在柏林。为什么 1944 年布拉格会对一个并不正式存在的人提起诉讼？

他的文字做出了解释。

赫格恩博士把我叫去他的办公室。一进门，我就被他狂妄的笑震惊了。他肥胖的手指扣在一起，一副自以为是的样子，看上去十分自豪地说："啊……我有个任务给您，它会让您兴高采烈。我们同布拉格的供应商有点问题。这其实不应该由您来做，我相信也有其他人可以处理，但我想您会愿意借此机会回一趟家。"

我努力表现出他期望中开怀的喜悦，以此来消化这个消息。但事实上，我很惶恐。我不能到了布拉格还假装是扬。那里有很多人能认出我。我该用什么名字，住在哪里？我不可能在工厂附近逗留。我不能冒被看见的风险。那里的人知道我逃避遣送，知道盖世太保在通缉我。关于我的下落的信息，甚至可能还有悬赏。有人可以告发我，事实上，任何人都可以。但我不能暴露出恐惧之情，因此我大笑着反驳："赫格恩博士，谢谢您，您真是太好了。但我认为那不是我的专长。我不擅长同人打交道。"

"我知道，"他说着走向我，"但您一直都做得很好，我想您会很乐意见见您的波希米亚老朋友的。"

他拍了拍我的背。我觉得我要瘫了。

"下星期您将以公司官方特使的身份出差，您可以在那里待一整个星期。"

"谢谢您，博士先生。谢谢您告诉我这个好消息。"

我无路可逃。我不得不去。我把我的恐惧告诉了兹德涅克。他也为我感到害怕，但也认为这似乎没办法避免。扬·谢贝斯塔将不得不回布拉格。

像以前一样，我决定坐夜班火车走。但这次我不能坐头等舱。车厢里一半以上是空的。战争当前，人们实在不想无谓地移动，留在家附近更安全。坐下后，我低下头，然后又紧张地抬头看看有没有熟悉的脸，意识到隔间里的人以前都没见过时，我平静下来。

我有官方旅行许可与德国身份证。我不断对自己说，这次应该没问题了。没必要从公文包里拿出氰化物胶囊。一切顺利，通过边境检查后，我得以小睡片刻。按照在简短通话时约定好的，米拉在车站等我。她想拥抱我。我挤过去抓住她的手，尽快离开了这个恐怖的公共场所。她开车载我直接去了我父母被送走后我同哥哥与兹登卡藏身的那个小公寓。兹登卡在那里见了我们，并用一个大大的拥抱来迎接我。她递给我一捆书信，并向我保证，我父母、洛塔尔与她都很好。她反复低语，要我一定小心。我们决定，她和洛塔尔最好不要再过来。我们渴望相见，只是不能冒险让人跟踪他们或发现我。我每天早晚给他们打电话，以此宽慰自己，他们一切安好，就在近旁。第一天我致电两家供应商，解释说我刚从柏林来，病了。我问他们我们能否通过电话来处理商务事宜，并提出派我的助手去他们办公室取需要带回柏林的文件与材料。他们都同意了。一向乐于助人的米拉充当我的助手，去他们的办公室取了文件与化学品。

我在公寓里逗留了一星期，完全闭门不出。我几乎不敢往窗外看。我渴望沿着昔日的街道走走，看看父母的房子，看看洛塔尔与兹登卡，但仅是想想就让我紧张。米拉只在晚上过来，这样可以最大限度减少路上遇到熟人的概率，他们可能会问东问西。她给我带来在她父母公寓里准备好的食物。她留下一些肉酱、面包与月牙形的香草小甜饼。我没怎么动它们，而这些一直是我的最爱。我心结难解，没有胃口。我留意着，不要产生任何无谓提示我存在的气味或声音。我们赤脚走动，打牌与交流经历时压低声音讲话。我们想共度时光，但我焦虑不安。我努力保持积极的心态来度过这一关。布拉格的状况看起来没有柏林糟。至少这里没有炸弹，晚上能睡觉，尽管时睡时醒。

我翻来覆去读兹登卡给我的那堆泰雷津来信，想象着我父母的语气与声音，虽然他们所描述的环境很差，但感到他们与我同在令我高兴。他们知道我离开了布拉格，这些信只是写给洛塔尔与兹登卡的,但我知道它们是写给我们所有人的。母亲的信通常写给"我金贵的人"。她一直这么称呼我们。我最早的记忆之一是我摔下利布其采的石阶,母亲给我清理伤口,我害怕抗菌粉带来的刺痛,她低声安抚我,说我是她金贵的人。至于父亲的信,不出所料,里面满是清单与细致的描述。他像以往一样严厉,认定我母亲有外遇。他一直因有男人爱慕我母亲的事深感愤怒。在我看来,那些男人在她面前会不由自主地感到高兴,是所有男人,除了我父亲。

我在寂静孤独的这几天里写信,希望它们能送达我父母那里。我用一副旧纸牌玩接龙,眺望窗外。我试着写诗,但什么也没写出来。扬不是诗人。我觉得自己像是个被禁锢在公寓里的囚徒。至少我还能见米拉,能拥抱她。她那么温柔体贴,几乎让我忘了身边发生的那些事。

预定返回柏林的前夕,米拉与我边吃晚饭边检查我的文件。看到我的许可证时,我满心惊恐,以为我看错了。赫格恩博士说我可以停留一星期。在惴惴不安中,我没有检查我的文件。许可证的有效期不是一星期,而是四天。我该在三天前回柏林。我怎么可以这么蠢,不事先检查一下?现在我出行受限,扬在布拉格的许可证已经过期了。我非法滞留了。

根据法律,我应该向盖世太保申请延期许可证,但那就是自杀。米拉也这么认为。她设法让我平静下来,说我们要制定个方案，但她也为这个发现而抓狂。她留给我一盘吃了一半的食物，说她要去找洛塔尔与兹登卡，问问他们有什么建议。她觉得电话里讲不安全，并承诺尽快回来。她走后，我更绝望了。在极度恐慌之下，我决定修改许可证上的墨迹，把日期从24改成29。一完成，我就没有理由继续痛苦等待下去，没有别的事要做，也没有拖延或说再见的意义。我用铅笔给米拉写了一张短便条，告诉她别担心，我会从柏林写信回来的。

我拉低帽檐，不再抬头看一眼我熟悉的街道，快步走向车站。再一次，我坐上夜班火车，做好准备。这次我把氰化物胶囊放在胸前的口袋里，最后挪到了嘴里。然后我等待着。

片刻过后，检查员来了。他要求看我的许可证，并开始用两只手把它翻过去，仔细研究起来。他看向我的眼中丝毫没有人性的痕迹。然后他走开了。我紧张地用舌头压住嘴里的微型瓶子，直到他回来。

"您的返程日期有问题。当局需要检查您的文件。跟我来。"

我麻木地爬下车厢，跟他进了边境车站。火车在轨道上全然寂静，仿佛睡着了一般。我身边的世界似乎冻结了。另一名当班警卫指了间房间给我。我走进去，靠墙站着，害怕到身体发虚，虚到咬不破瓶子。

第二名卫兵问我在哪工作，为什么去布拉格。还没等我回答,他就盯着我看,问我为什么篡改许可证。我把胶囊推到嘴的一边,开始讲述实情。

"我的雇主瓦内克与伯姆派我回家一星期,解决同供应商的一些问题。"

让我大为惊讶的是,他似乎信了。我用舌头推了推氰化物,用更多鼻音缓缓道来:"公司安排好了一切。直到今晚我才看到日期,一下子就慌了。"

含着瓶子说话很难,但在那之前我已经练了很多次。

"然后您借此机会见了女朋友,对吧?"他朝我眨眼。我努力弱弱一笑,由于看不透他葫芦里卖的什么药,我要小心避免做出回应。他继续说:"我知道您的感受。同女朋友多相处了几天,她使得您大胆到去改日期。你个无赖!"

还没从震惊中缓过来,我就意识到他几乎批准了,好像他也会这么干似的。然后我明白了,他和我年纪相仿,不想驻扎在那里。他可能也在思念着家乡。他边笑边填了份表。心里的大石头落地后,我把瓶子咳到手里,假装也在笑。我把毒药放进口袋。他抬头看我时,他眼中似乎含着喜悦的泪水。我对我的同谋者回以微笑。

"很不幸,这事要由法庭来解决,由不得我们。回到火车上,去上班。我保证他们会叫您去。当局会在适当的时候联系您解决这件事。"

这件事持续的时间肯定不足五分钟,但感觉像是有几个小时。我跑回来，在车厢里坐下时火车正开始驶出。一路无眠，只有肾上腺素在我的动脉中涌动。抵达柏林，我如释重负，整件事似乎是一场遥远的梦。

这件事我只对兹德涅克讲过。我们相信，这件事会在战争的混乱中被人遗忘，但几星期后来了一封捷克警方寄来的信。一贯的官僚作风：要填写的表格、对我罪行的描述。读后半部分时，我的心都不跳了。我被传唤三星期后去布拉格出庭。

又一个不眠之夜后，我认为找赫格恩商量是我唯一的希望。希冀着他还记得他告诉我有一星期时间，我走进他的办公室，坦白了整件事。

"我看到女朋友就忘乎所以了，直到最后一天晚上才检查文件。您还记得吗，博士先生，您告诉我有一星期时间？"

幸运的是，是的，他记得。

"拜托了，博士先生，"我乞求，"您那么重要，您有重要的朋友。您那么有影响力，能不能帮帮我？如果我去庭审，而他们决定把我关进监狱，这样对我们大家有什么好处？拜托了。"

然后，我不知道是出于虚荣、仁慈、怜悯还是因为我对他有用，他开口告诉我不用担心。他会打点好的。

"您的捷克女朋友肯定不得了。"

几星期后，赫格恩又把我叫去他的办公室。他从办公桌上一叠整齐的文件中抽出一张纸递给我，说我必须支付一笔110马克的罚款。罚款100马克，手续费10马克。

"搞定了，您只要付罚款就行。我都打点好了，它不会出现在您的刑事记录里。"

他像那卫兵一样，朝我眨了眨眼，圆眼睛里闪耀着骄傲。赫格恩又一次在无意之中救了我的命。倒不是说我在乎这件事出现在哪份记录里。我祈求扬·谢贝斯塔能尽快永远消失。我申请了离开大楼的许可，走过几条街，立即去位于魏森塞的银行支付罚款。

我火冒三丈。扬·谢贝斯塔怎么可以这么不小心？要是赫格恩没有出手，那就只能再次逃跑，越境到荷兰或法国，希望找到一组"马基"（德国占领期间法国地下抵抗组织成员），而那基本上是不可能的。

终于，详述罚款与取消出庭的官方文件从德国驻布拉格地区法院到了那个不存在但在柏林工作的捷克人手上。奇迹又一次拯救了扬·谢贝斯塔。他也变得更随机应变，更坚韧不拔。这个离开了布拉格的年轻人的蜕变几近完满。不过倒霉鬼汉斯还是有点粗心，捅了娄子。他不会再允许任何可能会让他付出生命代价的漫不经心发生。

父亲的盒子里还有另一张奇怪的纸片。这是一张撕开的银行收据，一张证实扬于1944年11月4日向捷克警方支付100马克罚款及10马克手续费的出纳证明。

第十五章 伪装 285

扬白天继续在瓦内克与伯姆工作，晚上同兹德涅克一起履行消防员的责任。到1944年4月，盟军暂停了轰炸柏林的行动，因为所有力量都被转去为1944年6月6日诺曼底登陆的部队做前期准备。然而，柏林并没有不受干扰。盟军的滋扰与声东击西，加上假警报，继续恐吓着市民。每天都传来其他城市被袭击的消息。由瓦内克与伯姆所撑起的军事研究中心佩讷明德本身就是目标。食品、衣物及其他物资的短缺加剧了惨状。

现在德国人在东西两条主要战线上作战。尽管纳粹宣传机器试图完全控制住信息，但来自国外的消息还是渗进了柏林，而对扬与兹德涅克来说，这是一种希望，意味着德国就快被打败了。扬尽已所能加速这一进程。

除了三四份文件，我从赫格恩博士的办公室里弄来的资料似乎没什么能让盟军感兴趣的，我彻底心灰意冷了。荷兰人鼓励我保持乐观，说一切有关公司为德国空军所做的研发信息都有用。我搜集并递交的信息越多，战争马上结束的可能性越大。这些话就是在我筛选每一条乏味的实验记录，逐字逐句慢慢寻找可能重要的信息时反复对自己说的。

1944年有一阵子，轰炸似乎停了。我假装对一种类似于硝化纤维素、可以加速我们油漆生产的高度可燃物质感兴趣。我问赫格恩博士是否允许我独自做实验。赫格恩博士同意了，只要我在空闲时间做就行。

这意味着我可以在实验室留到很晚。我得到了一份特别许可，允许我在下班后进入工厂。整晚我都在各办公桌上搜寻可能因为粗心没有锁起来的文件或记录，试图找到一些有递交价值的信息。我一一打开所在部门每张办公桌的每个抽屉，虽然我一腔热忱，却只找到一些细节，可用于补充我已经交给我的荷兰朋友的信息。

我视之为失败，极其苦恼。在某种程度上，我没能掌握更具实质性的信息，我觉得这像是他们的又一次胜利。

从我手上一些1944年的书信中，我了解不到多少奥托与埃拉的心态。信件更加断断续续，抒情的语调已经褪去。尽管奥托简略提及了受他关照的养女奥利纳与寡妇施特拉，但信主要还是聚焦于实际问题，就是包裹与埃拉的健康状况。到1944年4月，埃拉已经无法书写，又一次在泰雷津的医院里卧床不起。

1944年6月，红十字会特使造访泰雷津。此次造访由丹麦红十字会协调，德国人将476名丹麦犹太人遣送入营后，丹麦红十字会要求进行视察。纳粹显然意识到此次造访的重要性与宣传潜力，为此做了"充足"准备。他们实施了一场装模作样的"美化"计划，包括种植花园、翻新营房、涂饰建筑，在广场中央建造运动场，并将数千人遣送奥斯威辛以缓解过度拥挤的情况。5月16日至18日的这三天里，超过7 500人被运走。

我的祖父母成功逃过了此次挑选。在党卫军官的暗中监督下，6月23日，泰雷津的在押人员表演了一出对其境况心满意足的戏，做给红十字会的三名访客看。病号与营养不良者被关在房间里。一支管弦乐队在新建的演奏台上演奏，孩子们被逼着唱歌，街上挤满了聊天的人，新铺设的球场上进行了一场足球赛。宪兵们放假一天，以支撑在押人员很快乐的假象。虽然红十字会访客们一定已经听到了各种传言，但他们没有一人问了足以查明真相的问题。那时在押人员可能已经知道了诺曼底进攻的事，可能已经满心期待着战争结束。这一点，加上始终存在的对报复的恐惧，一定进一步延续了对假象的维持。我手上没有任何关于这一骗局的记录，我没有1944年6月的明信片或书信。埃拉在住院，而我无法想象我严厉正直的祖父会在这出荒诞剧中扮演什么样的角色。在纳粹看来，红十字会的造访十分成功，因此他们决定重演这出戏，作为向盟军展示的宣传电影，用以反击关于大屠杀的报道。拍摄持续了三个星期。上万名随后在1944年9月与10月被遣送去奥斯威辛的人中，就有这些演职人员。

我手上来自我祖父母的最后几封通信，是两张给洛塔尔与兹登卡的简易明信片，一人寄了一张，日期是1944年9月15日。埃拉与奥托都感谢他们"金贵的人们"，感谢他们全部的书信与善意，并附有给朋友们的简短信息，谈论了限制情况，询问了一些消息。他们解释说，他们即将只能每八星期写一次信。埃拉明信片的结尾是，她一直在想着她爱的人们，并为他们的安康祈祷。

埃拉与奥托在信件末尾吻别了他们的孩子们。

埃拉还有另外一次联系，原件没有和其他书信在一起，可能因为它对洛塔尔与兹登卡来说必定是难以承受的。很久以后洛塔尔才回忆起其中的内容。虚弱凄凉的埃拉从医院里偷送出一张便条——告知说，1944年9月29日，我的祖父被独自遣送去了奥斯威辛，她称那次运送为"劳动"。

奥托一直强壮健康，考虑到这次运送的分类，家人仍怀抱着他能存活的希望。

营中来信中还有一张未写日期的纸。一开始，它让我与译者都感到困惑。那是一张便条，书写者没受过什么正规教育，署名"罗莎夫人"。书写者显然惊慌失措，潦草写道，她无法"在母亲夫人平时所在的地方找到她"。她保证她已经"在营地四处找过问过了，但没人知道她去了哪里"。罗莎夫人解释说，她无法如她所承诺的那样递交包裹。她请耶德利奇科娃夫人

第十五章 伪装　289

"确定一个日期与时间在博胡绍维采车站见面，这样她能用手推车归还一包物品"；耶德利奇科娃是兹登卡的娘家姓。

罗莎夫人写的便条

罗莎夫人急于归还未能递交的包裹，无意中充当了洛塔尔与兹登卡最害怕的那个消息的传递人。

1944年10月19日，埃拉同她的外甥女齐塔一起被遣送至奥斯威辛，那次特殊运送包括了抱恙者。

这些书信与明信片是亲子之间最后的联络。书信停止后，奥托与埃拉的生活陷入了黑暗之中。同奥斯威辛及东欧营地的在押人员交流几乎是不可能的。

在布拉格，犹太人长老理事会办事处收到指示，所有余下的犹太人，包括异族通婚的与在理事会做事的，都要遣送。洛塔尔的名字被列入名单只是时间问题。在盖世太保眼皮底下躲起来是不可能的。考虑到帝国崩溃带给人们的悲惨境遇，人们非常有可能为了奖励而告发。洛塔尔与兹登卡住在她的一套公寓里，不信任他们的邻居。兹登卡后来回忆说，必须行动果断。明显日益瓦解的德国军事机器创造了机会。士兵正处于虚无、反思或自暴自弃之中。其他人则在狂热暴行中飞奔，任何人只要引起他们的注意，都会面临恐怖的局面。兹登卡一如既往地判断敏锐，她认识一名党卫军警卫，某种原因使他同意配合她。她没有记录下自己是如何说服他的，不论是贿赂，还是出于他自身在将来自保的愿望，甚或是善意，他同意提供帮助。

1945年2月某天一大早，此人身着党卫军制服，闹哄哄地闯入他们位于波德斯卡尔斯卡街的公寓楼。他大声喧哗，摔门，推倒照片，扔家具，尽量弄得震耳欲聋。这场骚动惊醒了所有邻居。他把这一幕演得太过完美，甚至连洛塔尔与兹登卡都开始害怕起来，怀疑他们是被愚弄了，其实这人是打算拘捕或枪杀他们。他用枪押着洛塔尔与兹登卡下楼，然后在拐角处出门。他们走进一条小巷时，那名党卫军警卫宣布："好了，我想就这样吧。再见了。祝两位好运。"洛塔尔与兹登卡就这样松了一口气。

洛塔尔现在确信，他的被捕有大量目击者，其中许多人可能是潜在的告密者。他尽可能迅速谨慎地回到兹登卡在特罗亚诺瓦街的公寓。像以前发生海德里希屠杀时那样，只有大楼看门人知晓他们的秘密。为了让表演更完整，兹登卡冲到犹太人

第十五章 伪装

长老理事会办事处，当天晚些时候又冲到党卫军指挥部，歇斯底里地抗议说，她心爱而无辜的丈夫黎明时被抓走了。所有听到她讲述这次拘捕的人都得出结论，不太可能再听到洛塔尔·诺伊曼的消息了。

他们的策略成功了。这场骗局使得盖世太保不再追寻洛塔尔的线索。再也没有人会来找他了。作为一道额外的预防措施，洛塔尔开始重新使用伊万·鲁贝什的身份。捷克共和国犹太社区联盟存有一张洛塔尔的记录卡，上面盖有一枚日期为1945年2月10日的红章：*HAFT*①。

意为：入狱。

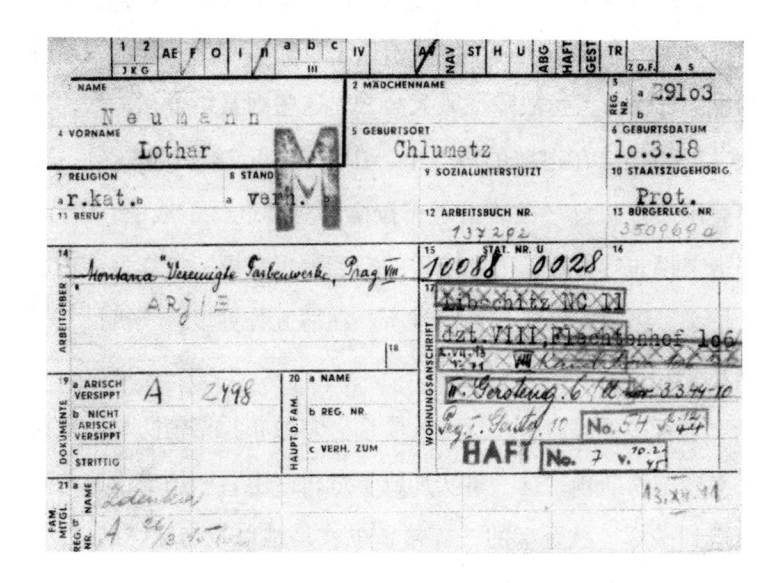

---

① 德语缩写。

第十六章

我们还剩下什么

1945年2月14日,洛塔尔被正式宣布入狱四天后,盟军开始轰炸布拉格西北约115公里的德国城市德累斯顿。盟军的飞机曾飞经布拉格上空,但从未攻击过那里。相关人士后来解释说,那天,雷达故障、风大与云厚这些因素结合在一起,导致导航错误。在迷航的情况下,中午12点28分至33分,62架美国轰炸机分三拨袭击了布拉格,对其进行了地毯式轰炸。袭击来得非常突然,因此市里的空袭警报在第一拨炸弹袭击后才拉响。多数人没能找到避难所。在那五分钟里,飞机投下了152吨炸药。

七百多平民遇难,近千人受伤。多数布拉格消防员已被派去支援德累斯顿,这一事实加剧了危机。上百座历史遗迹与建筑遭到破坏。兹登卡的一栋楼,也就是她母亲与妹妹的住所,被击中了。在这场格外短暂但猛烈的狂轰滥炸后的恐慌中,洛塔尔与兹登卡不再小心翼翼,他俩跑去找她们。兹登卡的母亲受伤了，但能走。她十九岁的妹妹玛丽受了重伤——严重的脑震荡和腿伤。本该在监狱里的洛塔尔抱着她，在光天化日之下一路带她去了大学医院。在那个被炸毁的医务室里，她的命保住了。

1945年的前几个月，由于战争肆虐，帝国崩溃，欧洲大部分地区陷入了混乱之中。柏林与布拉格也不例外。苏联军队在推进，而德国人则展开了日益绝望的防御战。盟军于2月3日再次开始轰炸柏林，那是迄今为止对这座城市最大规模的日间袭击。仅那次袭击就导致数千人丧生，数万人受伤，数十万人流离失所。透过盟军突袭带来的炸弹与火焰的烟尘，柏林人可以看见听见，苏联军队越来越近了。

1945年1月，父亲发现自己必须应对一个完全意料之外的挑战。他在工厂的一次实验室爆炸中暂时失明。接着他在消防队执勤的过程中得了脑震荡，被强制短期休养。我的盒子里有一份文件，是1945年1月31日的医疗记录，由赫尔曼·居西医生签署，该文件声明扬正在接受一周三次的植物性肌张力障碍治疗，那是一种神经紊乱，似乎并不是由生理疾病引起的。它的常见症状有心悸、寒战、恐惧、失眠、窒息感与惊恐发作。显然，扬·谢贝斯塔的生活正在夺走他的健康。

那时，他的父母和其他所有被往东遣送的家人已经有四个月没消息了。在上班、救火、轰炸、苏联人即将到来，以及被发现的恐惧中，父亲同以前的自己的纽带只有兹德涅克，以及偶尔暗中打给洛塔尔或米拉的电话。柏林变得一天比一天危险，是时候回布拉格的家了。

以至今为止特有的谨慎方式，扬·谢贝斯塔以百分百的专业精神处理了调任布拉格的问题。他正式申请了回家施展才华的许可，甚至获得了一封瓦内克与伯姆出具的推荐信。

我盒子里的这份文件日期为1945年4月5日，印在公司的官方信笺上，写着：

> 1921年3月11日生于阿尔特本茨劳的扬·谢贝斯塔先生，1943年5月3日至1945年4月5日在我司实验室任试剂师。
>
> 谢贝斯塔先生成功完成了所有交给他的任务，包括合成漆化学、分析化学、特种漆与密封材料的研发。谢贝斯塔先生努力时刻紧跟最新科学进展，不断查阅与合成材料和特种漆领域相关的行业出版物，获得了极佳的职业技能。他凭借其典范性的勤勉与对委托工作的深度热情脱颖而出。因其乐于助人与待人友善的天性，谢贝斯塔先生也受到同事们的高度评价。
>
> 由其本人要求，经柏林就业办公室同意，谢贝斯塔从我司离职以返回其祖国。我们祝愿他在未来一帆风顺。
>
> 瓦内克与伯姆

看到"典范性的勤勉"这句话时，我震惊了。这正是所有人都会用在我所知的父亲身上而不是那个布拉格的乐天派少年汉斯身上的话。如果奥托能读到这封推荐信，他会感到惊讶，也会感到自豪。

两年后杀出重围离开柏林的那个男人，已不再是1943年春前往柏林的那个少年。

  旅程始于柏林。我设法在主站外上了车，当时车厢正在准备中。我比预定发车时间提前一小时上了车，不只我一个人想到要这么做，许多人像我一样提前上了车。我原打算贿赂列车长与清洁工，但似乎没这个必要了。我们拼命爬上通往车厢门口的台阶，似乎再也没有人真正在意规则了。

  一切都不重要了。每个人都想逃。

  每个人都认为，几天之内，甚至几小时之内，苏联军队和美国人及其盟友就会与纳粹交火并打败他们。德国人已经战败了。到那时，人人都知道这件事。苏联人极度残暴的传言四起。我们都害怕他们会加速推进，拦下我们的火车。我祈祷不要碰到他们。

  火车上人满为患。那是4月的第二个星期，你能感受到外面春天正在来临。车厢里没有暖气，但热得要命。

  那是晚上，车厢里没有灯光。灯光会吸引注意力，让火车与车站更容易被从空中瞄准。靠站停车毫无意义，因为没人能挤上车。完全没有空间。昏暗之中，你可以看到站台上绝望的面孔，人们推搡着，争夺一点点空间。人人都想离开德国。

　　只有少数人成功上车，那也是在另一些人下车之后才做到的。火车的晃动完全影响不到乘客，因为我们所有人都紧紧挤在一起。我们这群人密密麻麻、密不透风，全是炙热恶臭的身体，似乎要融为一体。

　　我前面人群中的一名男子踩了我的鞋。他转过来道歉，他呼出的气里全是洋葱、大蒜与几星期没刷牙的气味。我躲不过这种气味。我也没办法蹲下去系鞋带。

　　我穿着一件旧条纹衬衫，一条更旧的长裤与网球鞋。没有袜子，没有行李箱，只有一个小手提箱，里面装着我的文件、氰化物盒、一些帝国马克与米拉的幸运娃娃。所有其他东西都留在了柏林。但我在柏林并没有多少东西了。

　　在最近的一次空袭中，一枚运用气压制造破坏的炸弹把隔壁楼夷为了平地，我们的楼也处于半摧毁状态。我视之为一种预警，并在第二枚炸弹落下，把我们楼轰成一堆尘土之前侥幸逃脱。楼里无人死亡。我们这群幸运儿，又多活了一天。

　　当然，这里毕竟是德国，哪怕是逃跑也要办手续。我仍无法相信，我成功从劳动部官员那里拿到了文件。我走进大厅，挑了看上去最惊惶的人，一名坐立不安的中年男子。我一边排队等着一边观察他，然后告诉他："我在柏林两年了。我有文件。如果您给我一份返回波希米亚的许可证，我不会忘记您的，还会报告说是您帮了我。"

他有神经性抽搐，使得他不断眨眼。他小心翼翼地解释说，只有对帝国很重要的例外情况，他们才签发出行许可。我看着他，紧紧盯着他的眼睛。我用一种平静而严肃的声调对他说："这不是对帝国重不重要的问题，而是对您重不重要。如果您拒绝我的许可，我会记住您，您会后悔的。"

我继续慢慢说，确保他听见每一个词。

"我会记住您的姓名和您的脸。如果您给我回波希米亚老家的许可，我会给您我的地址，这样您可以找到我。帝国解体时，如果有对您不利的情况，我会作为证人，证明您的仁慈。"

这种做法很冒险，但这是我唯一的筹码、唯一的希望。如果我现在不走，以后可能就走不掉了。我看着他的脸，看着他对我狂眨眼睛。他四下张望，汗如雨下，结结巴巴说了些莫名其妙的话。他垂下目光，点了点头。他填好了许可证。

混乱之中，没人费心去查验车票或许可证。驶往边境的途中，我们两次被飞机引擎靠近的声音吓到。外面我们头上飞机发出的噪声震耳欲聋，似乎渗进了车厢的边边角角。我们一动不动，屏住呼吸。飞机第二次靠近时，我们听见了爆炸声与枪声。某个角落里，有人在抽泣。一时之间，我们都觉得火车被袭击了。然后，随着我们接近捷克边境，那种噪声变轻了，听不见了。一切都陷入了沉寂，再一次，我所能听见的，只有我们火车车轮持续的轰鸣声与碰撞声。

我们越过边境，第一缕晨光开始照亮火车。我试着想象外面的气味，波希米亚乡村的春天带有花香的微风。我旁边的人开始呕吐。我挪不开，他弄脏了我唯一的衬衫的肩膀部位。我以前从未想过，呕吐物闻起来有多酸。

刺耳的刹车声意味着布拉格到了。人群大批大批涌出车厢，每个人都渴望下车，渴望逃跑。

米拉一直在车站等我。我挤过人群时，一直注视着她的眼睛。即使是从远处，我也很喜欢它们美丽的蓝色与平静。她抱住我，我几乎说不出话。

"你回家了，汉达，我们在一起，这里很安全。"

我们步行穿越布拉格，前往洛塔尔与兹登卡的公寓。我要再次躲在那里，希望不会太久，也希望是最后一次。

这是个美丽的早晨。透过薄鞋底，我感受着熟悉的鹅卵石的凹凸感。我与米拉并肩而行，她的小手一只搂着我的腰，一只攥着我的手。我那么累，那么饿。我只想感受脸上的阳光，只想吃，只想睡。有那么多话要对她说，但我一路无言。

街上仍有一些德国士兵，但很少了。城市似乎出奇地平静完整。我们沿河而行。清凉的微风抹去了火车上的刺鼻气味。我们的一侧是 2 月时被盟军误炸的楼房残骸。伏尔塔瓦河在我们身边流淌着，宠辱不惊、镇定自若。

我唯一的身份证上用的名字是扬·谢贝斯塔。我必须等到这座城市解放，才能重新成为汉斯·诺伊曼。

汉斯同洛塔尔与兹登卡在他们位于特罗亚诺瓦街 16 号的公寓里重聚了。我从兹登卡的文字中了解到，除汉斯之外，现在市里还藏着很多其他人，这栋公寓也是如此。布拉格的状况是遍布全欧洲的混乱局面的典型。虽然泰雷津本身直到 5 月 8 日才解放，但一些集中营早在 1944 年秋就已经解放了。随着盟军部队向欧洲腹地推进，集中营的陆续解放一直持续到 1945 年春。

许多洛塔尔与兹登卡在战时帮助过的集中营幸存者来到他们家门口，这些人无家可归、身无长物。一名兹登卡从德军逃出来的德国亲戚也来了，请求庇护。公寓里挤满了各种宗教信仰与政治派别的人，他们因饥饿、疲惫与绝望而团结在一起，都害怕每一次门铃声，害怕每一个响声。他们在这个临时避难所里度日，只是为了努力活下去。兹登卡与洛塔尔把自己的衣服分给他们，把自己食品室里的食品分给他们。他们通过朋友找来更多毯子与食物。兹登卡写道，几个星期的时间里，他们"像沙丁鱼一样睡在地上、沙发上或任何能睡的地方"，对于她的新房客们来说，"一切都比营中或前线好"。

1942年"海德里希屠杀"之后,波希米亚和摩拉维亚的抵抗力量重新集结,并经过数年的斗争发展到几千人。5月初,其成员组织了一场起义,反抗布拉格残余德军。从中壮了胆的捷克人也开始上街破坏德国财产,撕下纳粹旗帜,涂掉德国标志。随后,党卫军残部与捷克人发生了战斗,所谓的俄罗斯解放军也加入了后者,俄罗斯解放军是俄罗斯人的一个派系,过去曾一直与纳粹协同作战,但后来改变了阵营。德国空军轰炸了布拉格,同时,德国地面部队屠杀、折磨、伤害了成千上万人。经过多年压迫之后,捷克人反过来对德国人及其同伙加以报复。在街头、火车站与市内主要建筑,惨烈的战斗持续了四天。最终,1945年5月9日,在泰雷津解放的第二天,在正式的欧洲胜利日的第二天,红军解放了布拉格。经过了六年多的时间,占领终于结束了。1945年5月23日,兹登卡致信奥托在美国的弟弟里哈德叔叔。信在我这里:

亲爱的里哈德叔叔:

我们第一时间抓住机会向您报告我们还剩下什么。我们悲痛欲绝地告诉您,整个诺伊曼家只剩下我们三人,洛塔尔、汉达与我。哈斯家那边,只有我们的表兄兹德涅克·波拉克与表姐哈娜·波拉科娃幸存。我们不知道其他人的情况。无论谁回来的机会都很渺茫。我们三人之所以能幸存,是因为我们一直在暗中生活,我与洛塔尔在布拉格，汉达在柏林。我们三人都十分健康，现在正试着以某种方式谋生。我们需要您与您的建议，因为我们将不得不处理各种家族事务与有关蒙塔纳的事务，蒙塔纳相当好地挺过了战争。我们生活在一种无法想象的混乱之中，真的需要您对所有事务的意见。如您所见，家里损失惨重。

我们在1939年没听从您的建议，为此付出了多大的代价啊。

请您给我们回信，拜托了。

虚弱的幸存者开始陆续带着东部集中营的消息涌入布拉格。当年夏天，齐塔·波拉科娃与埃里克·诺伊曼返回家中。我不知道洛塔尔与汉斯具体是什么时候发现他们的母亲同她外甥女齐塔一起从泰雷津踏上了ES次列车的，但正是在战争刚结束的那些令人震惊的清算的日子里，他们知道了他们母亲的事。

在抵达奥斯威辛时，有一个挑选程序：选250名男子去煤矿劳动，选几十名女性继续往东送，去那里的营地劳动，齐塔就在这之中。齐塔是在一次1 500人的运送中活到战争结束的51人之一。埃拉同其他病号一起，被直接送进了毒气室。我无法想象，汉斯、洛塔尔与兹登卡听到这个消息的时候，该有多悲痛。

洛塔尔给美国的家人写了一封五页的信，日期是1945年

6月29日，通知他们，埃拉一到奥斯威辛就被毒杀了。那就是我哥哥米格尔葬礼的第二天拂晓时父亲向我展示的那封信。寄出这封信后，汉斯、洛塔尔与兹登卡三人终其一生，再没有写到过或说起过埃拉之死。

奥托在营中曾照拂过的施特拉·克龙贝格尔回到布拉格后，向奥托的家人讲述了奥托在泰雷津的最后几个月。他精神状态一直很好，身体也保持着健康强壮。施特拉对焦急的洛塔尔与汉斯说，奥托被送上的是一列劳工车，因此他们满心期望着他能够努力走出集中营，也许会回家来。

记录显示，奥托于1944年9月29日被送上EI次劳工列车，编为164号。抵达奥斯威辛时，他也经历了挑选程序。党卫军医生与卫兵把一些人指派去各营地劳动。那些被视为年老或体弱的人被撂在一边，然后被送去毒气室。

我的父亲在其回忆录中记录了他所拼凑出来的叙述：

> 像那里的所有人一样，我父亲知道让存活机会最大化的诀窍在于显得年轻。你必须看起来健康强壮，能劳动。德国人需要你作为劳工潜力的证据。
>
> 我们家是少白头，而立半白，中年全白。我一直被告知，这让我们看起来与众不同。我觉得在正常年代里可能确实如此。但在纳粹眼里，我们的头发就让我们看起来显老。这在关键时刻可能会让我们显得无用、可弃。
>
> 我们非常清楚这一点。有人警告过我们。

我父亲的白发引人注目，他早晚会被纳粹认为年龄过大。太老了就没用了，这样断定仅仅因为他五十三岁就长了一头白发。通过兹登卡、洛塔尔与友好的联络人，我们安排了一些宪兵为寄给我们父母的20公斤包裹进入泰雷津放行，其中有现金、货物和书信。勇敢的信使会把他们的书信与消息带回给我们。起初，我们会送去染发剂。后来，哪怕是在黑市上都弄不到染发剂了，我们也不得不找别的。兹登卡、洛塔尔与我试了各种东西，最终决定用黑鞋油。我们试了，能行。它很难闻，会被洗掉，但它的染发效果足够好。在我们无法让宪兵帮我们时，兹登卡甚至亲自把鞋油偷运进泰雷津。在她无法进入隔离区时，她也曾贿赂那里的卫兵，让他把它带给我父亲。

我父亲总是显得如此疏离，有一种似乎在忧虑全人类的严厉。他一直在试着解决问题，总是因邪恶与不公的存在而忧心忡忡。但他不断地说，战争很快就会结束，提醒我们不要放弃希望，他说，因为和平就要来了。他总是在信里写，一家人会活下去，坚信我们很快就能阖家团圆。

但是接着，在夏天结束时，我们发现，我们所有的努力与给长老们的书信都失败了。我父亲被列入了某次恐怖的东部之行。他总是很谨慎，用鞋油刷头发，把罐子放在我母亲为他缝的衬衫接缝附近的内袋里。在一个没什么意义的世界里,他的鞋油成了最珍贵的物品,就像食物对于生命的意义那样。

每次运送都是1 000人。这是个完美的整数,可以每50人一节,装满20个车厢,每人可以携带40公斤的行李,在那么多次没收,以及在隔离区里绝望地以物易物之后,所剩的东西永远达不到这个重量。健壮的人站着,其他人被像麻木的动物那样对待,叠罗汉般躺着。火车一就绪,门就被封上了。里面没有通风,没有新鲜空气。抵达目的地耗时二十四小时。接着,门再次打开。

由于长途旅行,空气污浊,人们精疲力尽、头晕目眩,挣扎着排队。军官的呼喝声及其枪口的幽暗,足以让人们惊慌失措。左!右!① 老人在左。年轻人在右。等待被挑选的过程似乎永无止境,尽管党卫军的精锐士兵以效率著称。人们都行尸走肉般地站在那里,等着被检验、被分类,此时,11月冰冷的雾开始慢慢变成雨。落下的水滴越来越重,越来越密,直到变成冷酷的雨。

鞋油开始顺着我父亲的背与脸淌下,在他的脸上、衣服上染出一条条黑色的细流。一名卫兵看到了,把他拖出队列。他叫来另一名卫兵。他们用枪托击打他的脸,叫他走到左面去,同老弱站一起,站在去毒气室的队伍的第一个。

---

① 原文为德文 "Links! Rechts!"。

我能想象这一切。

我那有着贵族姿态、庄严举止的父亲,被德国禽兽打得弯下了腰。我想象他走进水泥房,一丝不挂,脸染成黑色,同他清澈湛蓝的瞳色形成对比。他尽力不去吸进毒气,他的双唇因此扭曲成濒死的痛苦表情。

年少时,他对我的叮咛犹在耳畔。

"你必须战斗。不是用暴力,而是用你的头脑,不是为人战斗,而是为观念战斗。为你的信仰而战斗、努力,汉达。这样的斗争是全部的意义所在。"

我能看见他的脸就在我面前,鹰钩鼻、高颧骨,还有后梳的头发,总是让我想起刚落下的雪。在他每次充满建议的谈话中,都带有深思熟虑的停顿。他的奋斗对他们来说无关紧要。他的正义感也是。

"如果你今生想真正公正,那么看到弱者时,你必须站在他们那边。因为你强大,更需要你的是弱者,而不是强者。"

我强大的父亲站在弱者那一边。我现在搞不清楚,到底是想象中还是记忆中的童年的我,坐在他的膝上。他深情抚摸我的脸,仍疏离而难以亲近。但他的手又软又大,给我十足的安全感。他用拇指抹去我的眼泪,说:"现在,现在,汉达。强大的人从来不会让任何人看到他们哭。从来不会。"

而现在我父亲走了。他们谋杀了他。

我想大吼，但张不开嘴。我吐不出气，肺硬如磐石。我坐在建筑物门廊的台阶上，头倚着泛黄的墙，哭了起来。

我父亲在其回忆录中犯了一个错误。奥托的那次运送不是1 000人，而是1 500人。其中，750人被分到右面那组，选为劳工，而他们中有157人生还。其中一个人在布拉格找到了诺伊曼兄弟，告诉他们其父亲在营中遇害的过程。他讲述了雨如何暴露了奥托与众不同的银发，如何冲走了他的运气。

我走访过我祖父母生活工作过的每一个地方。他们在布拉格的公寓、蒙塔纳工厂、他们心爱的利布其采乡村屋、他们在泰雷津被挪来挪去时住过的许多营房。我现在意识到，尽管我本来并不打算刻意去寻找我的家人，但我最终却找到了他们。怀着拼凑谜团、搜寻我父亲的过去的目的，我找到了他在欧洲的生活。从那段生活的细节之中，我发现了那个从未被提起的家，那个与其说被遗忘，不如说被沉默所掩盖的家。我也终于见到了我偷偷渴望着要见一见的祖父母。我现在认识奥托·诺伊曼与埃拉·诺伊曼了。我在照片里找到他们，从他们的书信中找到他们，通过盒子里与调查中浮现出来的逸事找到他们。我已经找回了他们是其所是的亲密感，并铭记在心。他们不再是褪色暗淡的照片里遥远的人像。

也许有一天我会下定决心，但目前我还无法鼓起勇气走访奥斯威辛。我完全无法去他们死去的地方。

经过这些年，既然他们终于与我同在，我就拒绝告别。

第十六章　我们还剩下什么　307

洛塔尔的相册里有两张我特别喜欢的祖父母的照片。一张摄于二十世纪三十年代中期，埃拉在滑雪。她很开心，无忧无虑，也许还有点妩媚。另一张照片里，奥托轻松自在，同他亲爱的兹登卡一起在利布其采的花园里笑着。

第十七章
时间不那么重要的地方

我的父亲等不及9月战争正式结束了，他急着变回汉斯·诺伊曼。怀着对开启新生活的渴望与对米拉的深深感激，他以最快的速度同她喜结连理。婚礼于1945年6月2日举行。记录显示，他们只提前了几天向布拉格的婚姻登记处通报结婚意向，也就是在他从柏林回来的几星期后。当时的规定是必须等上至少六星期，但登记员免除了这些规则，允许他们略过三轮宣读婚姻公告的过程。

一张结婚照上，米拉挽着汉斯，笑逐颜开。汉斯穿着套装，那身衣服相对于他瘦削的身形来说实在太大。见证人是他的哥哥洛塔尔与最好的朋友兹德涅克。其他客人不多，只有米拉的父母、兹登卡和她的母亲，以及一些朋友。奥托与埃拉，以及几乎所有其他家人仍下落不明。虽然这座城市仍局势不稳、食物短缺，他们还是在布拉格举行了一场小型的庆祝午宴。

汉斯与米拉的婚礼，1945年6月2日。在这张由兹德涅克拍摄的照片里，有洛塔尔、兹登卡、兹登卡的妹妹玛丽等

不久后，汉斯与兹德涅克回到蒙塔纳工作，但直到1946年3月，汉斯与洛塔尔才成功将这间家族工厂的产能恢复到以前的水平。洛塔尔还承接了另一项工作。1945年5月起，他成为布拉格犹太人长老理事会全国清算委员会成员。他的职责是将从德国人那里收回的任何可恢复的资产分发给幸存者。委员会还负责运用犹太人长老理事会在战时筹集到的资金来帮助归国幸存者重建生活。1945年6月，洛塔尔还同他的朋友埃里克·科拉尔和维克托·克纳普一起加入了国家复兴基金会。这是个政府组织，旨在帮助重建捷克的体制，并为归国人员提供援助。1946年1月，洛塔尔决定重返大学校园，完成他的

工学学位，而兹登卡继续在基金会工作。为了完成学业并专心经营蒙塔纳，1946年4月1日，洛塔尔决定永久离开基金会。

他的同事们称赞他"工作勤勉并富有正义感"的感谢信至今仍在档案里。就各方面而言，洛塔尔一向比较忧郁，战时的经历让他深感疲惫。在那些当时与后来认识他的人看来，他的悲痛与存活导致的内疚感显而易见。

战争也在兹登卡身上留下了深深的印记。五年的躲藏与伪装、帮助她的朋友们与诺伊曼家在战争中活下去的持续努力，以及失去她敬爱的公婆，这些都让她心力交瘁。不断负荷着作为力量与支持之源，她精疲力尽了。1945年的洛塔尔和她在1936年爱上的那个人，已经判若两人。或许，像他们这样纯粹的爱情，同他们已经成为的那种人，格格不入。

如兹登卡在其文字中所回忆的，一切在1947年爆发了。洛塔尔去瑞士出差了一星期，回到布拉格那天，他带着一大束"华丽的鲜花"，去基金会办公室接兹登卡。洛塔尔在那里见到了他的旧同事们，同他们聊了一下。凭借着他对细节特有的洞察力，他注意到他的朋友、律师维克托·克纳普的腕表玻璃罩不见了。当天晚些时候，他与兹登卡回到他们位于特罗亚诺瓦街公寓的家，开灯时，他发现起居室地上有两小片碎玻璃在闪闪发光。跪下去捡起它们时，他意识到它们无疑是腕表表面的玻璃碎片。

兹登卡无法对他说谎，她痛苦地瘫倒在他身边，解释说，她同维克托在一起时，维克托的手表不小心摔碎了。她坦承，一起工作时，她爱上了他，他也爱上了她。她向惊呆了的洛塔尔解释说，她想同维克托在一起，对方也答应她离开他的妻子。洛塔尔崩溃了。

维克托没有食言。兹登卡也立即要求离婚。

前些年的焦虑与悲痛几乎压垮了洛塔尔。妻子与朋友的意外背叛进一步打击了他，使他陷入深之又深的阴郁之中。他立即搬出了他们的公寓。关于随后的那段时期，留下来的信息很少，因为我家再也没人谈论洛塔尔与兹登卡的关系了。我只知道，官方记录显示，洛塔尔以预备役入伍，离开了几个月去接受军事训练，并于1947年9月至1948年6月在身心混乱的状态下搬过五次家。

所有依赖和拥护兹登卡的家人朋友都同样为这个消息而心烦意乱。汉斯、米拉与幸存下来为数不多的亲戚们聚在洛塔尔身边。尽管他们也在同自己的创伤搏斗，他们还是尽全力支持他，帮他重拾力量。

齐塔刚开了一家设计女装的小时装店。在洛塔尔军事训练回来后，齐塔试图让他振作起来，给他介绍了一个名叫薇拉的十九岁女孩，薇拉很漂亮，眼里闪烁着光芒，从事模特工作，也在店里帮忙。让许多人惊讶的是，这段新感情发展得很顺利。薇拉倾慕洛塔尔，深情倾听他说的每一个词。她以其轻声细语的方式，成功将这名心碎的年轻人哄回幸福之中。他沉迷于她的年轻、美丽与魅力。最重要的是，他的生活中迫切需要她的滋养与鼓励。

1948年6月19日，兹登卡与洛塔尔又一次签署了离婚协议，只不过这次的分开是真的。仅仅三星期后，洛塔尔与薇拉悄悄结婚了。这是一次简朴的聚会，但一家人对洛塔尔成功找到了支持他的美丽女子，并同她重建生活感到既兴奋又宽慰。

薇拉1948年同洛塔尔结婚后的身份证照片

我不知道诺伊曼兄弟具体是什么时候决定要离开捷克斯洛伐克的，但那里没什么值得他们留恋的。战争让他们家破人亡。洛塔尔同兹登卡的婚姻破裂了。在一个所有他们失去的人都生活过的国度继续生活下去，也许实在是太难了。在蒙塔纳，在利布其采，在布拉格的鹅卵石街道上，每一步都会引起回忆。那里一定处处闹鬼。

这并不是一个迅速的决定。布拉格每个认识他们的人都看得出，战后他们决意在这座城市里重建生活。洛塔尔参与了官方重建计划。他同汉斯一起雇用员工，重新开始生产，并完成了蒙塔纳工厂的归还程序。他们取回了公寓与乡村屋的所有权。战争刚结束的那几年里，他们同加利福尼亚的里哈德与维克托保持着联络。就像战时那样，他们继续研究或许能让捷克家庭以难民身份重启新生活的国家。

也许其他地方看起来会有更多的希望与机会。政变一定也对他们的决定产生了影响。在反法西斯情绪与苏联人解放布拉格这一事实的鼓舞下，1948年2月，捷克斯洛伐克完成了政变。也许政治变动是诺伊曼兄弟离开的加速器。到1948年秋，当汉斯与洛塔尔把利布其采的房子连同保险箱里的物品一起卖给佩日纳家时，他们显然已经做出了决定。

因此，1948年末，汉斯与米拉同他们一岁的儿子米哈尔，以及洛塔尔与身怀六甲的薇拉，抛下了捷克斯洛伐克。他们分开走，于1949年1月前在瑞士苏黎世会合。在他们考虑过的所有目的地中，委内瑞拉似乎是最佳选择。就在许多欧洲人移民去美国的同时，委内瑞拉缺乏成熟的涂料工业，因此为诺伊曼家重新开始提供了真正的机会。它也欢迎饱受战争蹂躏的欧洲移民。里哈德叔叔在一封1949年1月写给汉斯与洛塔尔的信里说：

我亲爱的人们：

欢迎去到自由的瑞士。在我写这封信的时候，你们可能已经到那里了，踏上了通往新生活的最初的也是最难的一步。

贝内斯正在加拉加斯为你们打点安排，但我还没有收到他的只言片语；他一定已经非常适应那里了，开始表现得像当地人一样，把什么事都推到"明天"①。那里，时间似乎没那么重要。不过，他的信一定在路上了，一切就绪后我会第一时间确认的。

无论如何，委内瑞拉在所有备选国家中似乎是最佳选项。但是，你们一定要做好心理准备，那个国家没有文化，没有历史厚度，也没多少文明。但人们可以在那里生活，丰衣足食相对来说比较轻松。很快就能建立起满意的生活，那里对建立一家新的蒙塔纳来说也是很好的环境。你们需要的只是保持健康，学一点西班牙语和一些乐观精神……

1949年2月底，薇拉在苏黎世生下了他们的长女苏珊娜。汉斯、米拉与米格尔乘船横渡大西洋，率先抵达加拉加斯。洛塔尔与薇拉等了几个星期，直到他们的新生儿强壮到可以出行才飞过去。为了帮他们安居，他们的叔叔里哈德也搬到了委内瑞拉。战后许多像他们一样的欧洲人以难民身份来到了委内瑞拉。

两兄弟全情投入新的冒险之中。他们去上西班牙语课。在

---

① 原文为西班牙文"mañana"。

里哈德的贷款帮助下，他们在查佩林地区买了幢房子，一开始两家人住在一起，居住在其他刚到的欧洲移民附近。他们靠打零工维持生计，并开始重新做起了生意。创始阶段，他们在车库里混合涂料与油漆来卖。然后，他们在财务状况允许时，想办法为他们的第一家公司租赁了场地，命名为蒙塔纳涂料，以纪念他们的父亲与里哈德于 1923 年创立的那家布拉格工厂。这是团队协同奋战。两兄弟经营业务，雇用了一些同样来加拉加斯定居的捷克与欧洲同胞。薇拉负责照顾所有人，而米拉则设计并手绘了商标。

我的父亲在捷克斯洛伐克度过了生命中的二十八年，但他总是坚称自己是委内瑞拉人，因为那个国度迎接了身为难民的他。不过，他在加拉加斯度过的五十年没怎么抹去他浓重的捷克口音，也没怎么改变他对波希米亚艺术家的热情和对香草小甜饼的喜爱。

他遵从了许多委内瑞拉传统，但从不遵从他们对时间的态度。

在我调查期间浮现出来的所有捷克书信中，除了我的父亲小时候在营地里写的一些便条外，只有一封是他写的。

那是德国投降后的 1945 年 6 月 28 日，二十四岁的汉斯寄给里哈德叔叔的。

今天我试着给您写几句想跟您说的话。得知您过得很好，没有遭受这一切，我们都很高兴。我不像其他人过得那么糟。我最惨的那段时间是用假名字在柏林度过的，在那里，我被聘为涂料试剂师。那真是一次冒险，也许有一天我能够把一切都讲给您听。洛蒂克可能要和您说蒙塔纳的事，但我写这封信只是想告诉您，我们真的需要您。再多次重复"请您过来"恐怕也没什么意义，因为我确信您正在尽最大努力尽快来看我们。整个战争期间，从头至尾，我们都在想您。

我们还没回过利布其采，太难了。沧海桑田。只有猎狐犬金还是老样子，您走的时候它还是条幼犬。

消息？我有一千个故事。但其中大多数都惨绝人寰，没必要再讲一遍。

您现在一定已经知道了，我同一个叫米拉的女孩子结婚了，我认识她很多年，她帮我们度过了这一切。

我现在从事涂料业。我只是工作、工作、工作。那么多工作。每时每刻都在工作。只有这样，我才能试着忘记——那么多人没能回来，我们剩下的人只有这么少。

向维克托伯伯以及哈里与米尔顿堂弟转达我们的爱。

汉达

或者您记得最清楚的可能是我的绰号，"倒霉小囡"

这封信并不在父亲留给我的盒子里。它由美国的里哈德叔叔保存，最后由他的遗孀交给了我的堂姐马达拉。她错把它和其他文件放在一起，后来才给我，那时我已经完成了调查，正在撰写本书。像我以前对待其他文件一样，我把它寄给捷克专家。

捷克的那个专家用电子邮箱发给我信件的译文。读它时，我的手开始不受控制地颤抖，就像很多很多年以前我父亲在巴布尼，以及后来又在他儿子的葬礼上那样。调查过程中，我遇到过更多更伤心的事，但只有这些句子激起了那样的反应。

我认得这份文件中的文风。我认识的父亲不知疲倦地沉迷于工作。他经常反复说，那是因为他喜爱制造东西的挑战，因为他必须延展时间，但这只是全部真相的一小部分。他想尽一切办法，用层层工作埋葬一段挥之不去的痛苦。他只是努力逃避他的过去。读着他写的话，我为我曾经的父亲感到悲哀，为那个心碎的颠三倒四的诗人、恶搞者、倒霉小囡感到悲哀。读着那个悲痛的比孩子大不了多少的年轻人温柔的文风，我哭了。现在，我从父亲身上认出了那个二十四岁的他，从我所认识的那个更坚毅之人的坚定声明中，曾经的他清晰可见。

此后的几个星期，我无法写作。我睡眠时噩梦不断。我在凌晨时分醒来，有时大声呼叫，有时暗自忧心我的心脏已停止跳动。每次我的丈夫都会将我领回现实。梦境始终如一。我置身于残垣断壁之中，在一个挤满了无法辨识的人群的空间之中。具体的环境一直在变。有时是地铁站，有时是某类大厅，有时是一栋巨大的建筑物。始终不变的是，有那么一个人，我必须从人群中、从瓦砾与飞扬的尘土中找到他。我必须向他解释些什么，必须向他履行一个模糊不清但极其强烈的承诺，它将以某种方式挽救他的生命。每次，我冲向他，绝望地大喊。但每次，在我拼命靠近他时，他就会消失在灰烬与无名面孔的迷雾之中。

终于，这些梦境消退了，我再次开始写作。然后，我意识到，我原先以为已经失落了的那个来自布拉格的少年的本质，其实一直都在。

1997年，我前往布拉格平卡斯犹太会堂，并发现在纪念墙上的问号旁边刻着我父亲的姓名时，他正在加拉加斯他心爱的房子里生活，环绕在他身边的是阳光明媚的花园、他的艺术收藏品和他疯狂发飙的狗。彼时他已经罹患了第一次中风，身体大部分都已经瘫痪。他不以为惧，无视悲观的预后，继续工作，继续写作，继续积极从事慈善事业。那晚我从酒店打电话给他，告诉他我去参观了纪念馆，在墙上看到了他父母的姓名。我讲话时，他沉默不语，由于害怕让他难过，我没有等他回答。我迅速转移话题，解释了我看到墙上他的姓名与问号时的惊讶之情。

"那是什么意思，爸爸？"我问，"如果墙上有您的名字，他们一定以为您已经死了。"

他停顿了刹那。

"那是什么意思？"他轻笑着说，"意思是我骗了他们。就是这个意思。"

"我骗了他们。我活下来了。"

尾　声

1939年，诺伊曼－哈斯家族有三十四人住在捷克斯洛伐克。其中三人，或因为不是犹太人，或因为是"混血儿"且年纪太小，而没有被遣送。只有两人，洛塔尔与汉斯，完全逃脱了被送走的命运。

其他所有人，共二十九人，年龄从八岁至六十岁不等，被遣送进捷克斯洛伐克、德国、拉脱维亚与波兰的集中营。

四人回来了。

我父亲的堂兄埃里克·诺伊曼在马格德堡被解救，埃里克的弟弟奥塔因在河里游泳，于1941年在奥斯威辛被折磨并杀害。埃里克是里加营地为数不多的幸存者之一。战后他又结婚了，并于1946年有了个名叫耶纳（Jana）的女儿。他家一开始住在捷克小镇特热比奇，但二十世纪五十年代末被迫搬到布拉格，因为当地高中因耶纳是犹太人而拒绝她入学。

埃里克随后被监禁，既因为他是犹太人，也因为他同西方的堂弟们以及叔叔们保持联系。耶纳现在同丈夫与女儿一起住在巴黎。几年前我第一次见她,尽管我们以前从未见过面,但在巴黎北站①到站站台熙熙攘攘的人群中,我们第一眼就认出了彼此。她的父亲从不讲起战争的事,但每当耶纳分享她所知晓的他的战时经历时,她蓝色的大眼睛里就满是泪水,至今如此。

波拉克家的四个孩子中有三人幸存,我父亲的表兄表姐兹德涅克、哈娜与齐塔,他们构成了幸存者四人组。他们在一系列营地中见证了拘留的情况,包括泰雷津、库尔茨巴赫、达豪与奥斯威辛。我见过他们儿孙中的许多人。波拉克三兄妹的曾孙辈有二十九人。

兹德涅克·波拉克在达豪被解救。1945 年 6 月,他回到位于捷克斯洛伐克特普利采的家中,1949 年移居以色列,在那里重新结婚,育有一子。1956 年,他前往以色列犹太大屠杀纪念馆②,代表他家每一名遇难者填写了证词页。两个月后,他结束了自己的生命。

在营中失去了丈夫的哈娜·波拉科娃于 1945 年同布痕瓦尔德的一名幸存者结婚。他们育有两名子女。她余生住在特普利采,并于 1979 年③去世。

包括我祖母在内被送往奥斯威辛的 1 500 人中,有 51 人

---

① 原文为法文"Parisian Gare du Nord"。
② 原文为希伯来文"Yad Vashem"。
③ 原文误作 1973 年,经作者确认后更正。

幸存，齐塔·波拉科娃是其中之一。她从死亡行军中逃离，藏身波兰的一处谷仓之中，随后俄国士兵救了她，他们最终把她带到布拉格。齐塔同一名捷克斯洛伐克退伍军人结婚，并搬回特普利采。他们在那里养育了女儿达尼埃拉。1968年，齐塔搬到瑞士，并在那里生活，直至2002年。她晚年将一些回忆诉诸文字，但除此之外，波拉克家的幸存者们鲜少提及这场战争。

我祖父在营中照顾过的施特拉·克龙贝格尔于1945年在泰雷津被营救。她在布拉格找到汉斯与洛塔尔，讲述了她和奥托的事，徒劳地等他回来，此后，她于1946年搬去美国同她女儿团聚。几个月后，她前往加利福尼亚，去见奥托的兄弟维克托·纽曼与已经改姓巴顿（Barton）的里哈德。施特拉向他们讲述了他们的兄弟如何度过他生命中的最后几年。最终，施特拉同维克托结婚，成了施特拉·纽曼。二人在圣地亚哥平静度日，在那里，施特拉为《圣地亚哥时报》撰写每周烹饪专栏。她从未对维克托的儿孙们讲起过这场战争。我联系上孙辈中的两人，即我堂兄格雷格与维克托时，他们完全不知道自己有犹太血统，也不知道他们的继祖母进过集中营。但施特拉确实对她自己的女儿与外孙女们吐露过她的一些经历，她们慷慨地分享了回忆。

里哈德·诺伊曼（后改姓巴顿）在加拉加斯逗留了几年，确保他的侄子们顺利安顿下来。然后他搬回美国，在那里同一个名叫埃迪特（Edith）的捷克女子结婚。他们没有子女，住在拉霍亚，同洛塔尔与汉斯保持着联系，直到 1980 年里哈德去世。埃迪特一直活到 2003 年。我见过她几次，但她从未提起过这场战争，或任何其他家人的存在。

洛塔尔与弟弟汉斯共同创建了科里蒙集团，1964 年他们到达委内瑞拉十五年之际，洛塔尔离开那里去往瑞士。那里，他同薇拉在小镇金金斯安静度日，抚养他们的两个女儿苏珊娜与马德琳（马达拉），搜集像杜米埃与珂勒惠支那样具有社会责任感的艺术家的画作，也搜集新艺术派作品。终其一生，洛塔尔都在私下里支持着捷克难民与大屠杀幸存者。

1949 年，兹登卡生下了她同维克托·克纳普的独生女露西娅。1955 年，维克托因另一个女人而离开兹登卡，他们的关系就此结束了。露西娅告诉我，后来的人对兹登卡的爱没一个能和洛塔尔的相提并论。她解释说，兹登卡临终前坦承，她十分后悔离开洛塔尔，但在她意识到这一点时，已经太迟了。

兹登卡从未丧失独立思想。她在文学刊物《文学报》[①]工作，在上面写了很多文章。她也担任业余法官。1968 年，兹登卡担忧"布拉格之春"的后果，与女儿露西娅离开了捷克斯洛伐克。她们没打招呼就出现在洛塔尔在瑞士的家门口。洛塔尔与薇拉收留了她们一些时日，然后帮她们在瑞士重新安顿。

洛塔尔与兹登卡努力维持友谊。但二十世纪七十年代初，

[①] 原文为捷克文 "Literární noviny"。

他们一致认为，他们最好各自分开继续生活，将他们共同的经历深埋心底。洛塔尔最后的日子里因帕金森症身心俱弱，他还在迫切呼唤着兹登卡。但几个月前，她遭遇了一场事故，导致她无法行走，无法出行探望他。他们再没有见过面。洛塔尔于1992年去世。兹登卡则在十一年之后去世。不同于我追查的其他女性，兹登卡虽然后来又结了两次婚，但她从不改姓。她终生保持着诺伊曼诺娃的姓，这是诺伊曼在捷克语中的女性形式。

洛塔尔与薇拉将他们的艺术藏品以及洛塔尔拍摄的照片捐给布拉格的多家博物馆。2012年，薇拉通过他们的女儿马达拉，将洛塔尔的几盒书信、文件与他的相册寄给我。薇拉于2012年去世。

战后兹德涅克·图马在蒙塔纳工作，1947年同妻子一起搬去了斯塔雷梅斯托镇，他们在那里养育了两个儿子。他终身从事涂料业。不同于汉斯，他对家人讲了一些他在柏林时候的事。他继续以读诗写诗为乐，还把里尔克的抒情诗《爱与死亡之歌》从德语译成了捷克语。尽管兹德涅克与汉斯住在截然不同的世界，但他们一直保持着联系。他们秘密的伙伴关系与持续终身的友谊给他们都带来了极大的快乐，直到1991年兹德涅克在家人的陪伴下去世。

米拉与汉斯的婚姻从一开始就全是问题，但他们还是在加拉加斯过起了日子，抚养儿子，也就是后来改名米格尔的我同父异母的哥哥米哈尔。他们在1969年离婚之前已经分居很久了。尽管米拉多次冒死给汉斯带来食物与慰藉，她也从不讲过去的事。童年时我随父亲拜访过她几次，每次她都做他最喜欢的香草小甜饼。米拉与汉斯的友谊一直持续到1990年她在纽约去世。她去世后，我父亲开始把她做给他的幸运娃娃存放在他床边的抽屉里，在他父母的照片下面。我不知道他究竟在什么时候把它放进了我的盒子。

战后，汉斯继续取得了许多成就，多到我估计需要另写一本书来告诉你一切。他是商人、慈善家，精力无穷，生意横跨多国多行业——制造业、报业、农业、旅游业。他对艺术与教育的热情驱使他创立了惠及数千人的项目。委内瑞拉至今有两条街道以他的名字命名，一条在加拉加斯，一条在巴伦西亚。在他1945年致信他的叔叔里哈德时，在他持续"工作、工作、工作"的整个一生中，激情从未离他而去。在他经历多次中风，于2001年9月9日去世前，他才创立了反对查韦斯政权的重要报纸，他已经预见到了查韦斯政权的灾难性后果。

在我早年关于我父亲的记忆中，他总是坐在那里，在房子后生机勃勃的花园里的长屋内修手表。但现在我可以想象他，在布拉格，青春年少，颠三倒四。我珍爱着照片、书信、文字与逸事帮我建构的心理意象。我看见我父亲躺在布拉格鹅卵石路的中间，兹德涅克在角落里咯咯笑，等着把毫无戒备的路人吓一跳。我想象他在河岸边的长椅上写诗，狂蹬自行车，从车上摔下来，吃饭迟到，总是衣着凌乱。我想象他同奥托、埃拉与洛塔尔在一起,他们在利布其采的花园里梦幻的光照下欢乐地逗狗狗们玩。欢笑声、伏尔塔瓦河的奔流声、树上的风声,响亮到让人再也听不见时间的嘀嗒声。

我童年时代一直期待着能有个谜团找上门。当它终于出现时,我花了几十年去解谜。如今我已经是一个有了自己孩子的成年人,我终于找到了布拉格平卡斯犹太会堂墙上问号的原因;我得知了父亲半夜里尖叫着醒来的原因;我解开了身份证的谜团,以及小时候困扰我的关于父亲的其他一切。

我信守帮他撰写事迹的承诺。我穿越时光去调查,找到了他,在此过程中也找到了他的家庭,以及我自己的家庭。我可以看见我的孩子们和前人的联系。我可以看见在一代人身上消失了的特质必定会在另一代人身上出现。

在关于时间的问题上,我的孩子们很像汉斯。

"九点了,"有一次我对时年五岁的小女儿说,"该去睡觉了。"

"是九点零四分。"不出所料她皱起了眉,不是因为我送她去睡觉惹恼了她,而是因为我缺乏精确度。至今她还会纠正我。

我的二女儿在床边放了个黄铜钟摆作为纪念品。每晚她入睡前都要雷打不动地转上八次。我一再问她为什么这么做。在她更小的时候,她有一次回答说:"为了防止做噩梦。"现在,如果我坚持问,她会回答:"因为我必须这么做,也许是为了好运。我就是必须做,不知道为什么。"

我家老大也一定要在床边放个钟,不然他就不睡觉。他一直声称他需要知道时间。哪怕没有设闹钟，也不管在哪里，他总是每天早上六点半醒。所有人都向我保证，说这种习惯肯定会变，说所有青少年都会睡懒觉。但他从不睡懒觉，哪怕他就快成年了。

我的孩子们从未见过他们的外祖父，那个修表人。他们经常听我讲起他。但我直到最近才告诉他们他的那些手表与对守时的执念。有人说，创伤能在某种程度上遗传，无论你出生于其中的环境有多遥远、多隐蔽。我与我的孩子们就这个主题进行过激烈的辩论。他们坚信，我们每个人都决定并塑造着我们之所是，坚信我们从自己的经验与观察他人中学习，坚信无以言说的创伤与教训不会以某种方式镌刻在我们的基因中。我们如何举止，我们成为谁，都取决于我们自己。我不完全同意他们。我们当然支配着自己的身份，但不是绝对的。

我喜欢相信，生活的经验教训会刻进我们内心，并传承下去。我们选择我们是谁，但我们的选择也总是由我们的出处所塑造，哪怕我们不知道出自哪里。对于现在来说，过去是固有的，哪怕有人不予理会。它是决定我们选择成为什么人的部分机制。我的三个孩子说说笑笑时，我看着他们，祈祷除了守时与坚韧，他们也拥有我父亲的果敢、诗意与坚强。还希望有一点他的好运气。

父亲收藏的钟表中，有一个我没有小时候关于它的记忆。我向母亲求证，她证实它对他有特别意义。我喜欢所有钟表，喜欢它们的复杂性、装饰性的雕刻与色彩，但这件计时器是我的最爱。它像一本书。它显示时间，但不发出声音。事实上它根本就不是一块表。

它是一种叫象牙双联画的天文装置，在德国城市纽伦堡制造。多数类似的物件由十六世纪至十八世纪初的六大家族的成员制作。这一件的制作者可能是十七世纪初的保罗·莱因曼。

它很精巧，只有几厘米宽，放在我的手心里正合适。它由两块象牙板组成。它的一侧是雕花书脊，带有镀金黄铜制的装饰铰链。另一侧是两个小巧精致的黄铜插销，让这两块板保持闭合状态。

打开书册，露出两个完美对称的圆，一页一个。每个圆都标有数字，框在精心雕刻的花环与花朵图案中，数字与图案都染成酒红色与黑色。铰链附近的微型黄铜杆可以使它调节到打开状态。

左面的板上有一个显示时间的日晷。另一块板上是指示方向的指南针。日晷上有一张脸，根据你看它时的不同角度，它会看似生气或满足。

当我把它抱在双手之间，当我打开它，我感到和父亲之间的联结。它很简单。没有复杂的机件要上发条、维护或维修。没有可供欣赏的外壳，没有可供确认时间是否真的在流逝的转动的齿轮。至于方向，只要拿着它时保持稳定即可。要知道时间，需要小心倾斜它。时间会由阴影的位置标明。所要做的只是耐心捕捉太阳投下的光芒。

有时，我失去了方向。我忘了时间已经流逝。刹那间，我想再次冲向父亲。我想沿着大厅的格子地面向那间没有窗户的长屋狂奔而去，然后，在他推起面罩，从他的那些手表中抬起头时，解释说，我终于解开了这个谜团。我必须让他知道，我找到了他曾经所是的那个少年，那个倒霉小囡，并让他知道我爱他。我有多尊敬他后来成为的那个男人，就有多爱那个少年。我渴望告诉父亲，我在他利布其采房子的花园里到处逛，在现在住在里面的人精心制作的书桌上写我们的书。我需要向他保证，再也没有问题了。我想双手搂住他，把头靠在他的心头，在机件声淡出之时，在寂静之中，低语，我明白。

致 谢

那么多人以各种方式帮助我调查并完成了本书，对此我万分感激。

首先，我要感谢那些和我最亲近的人。感谢我心爱的安德鲁·罗杰，感谢他成为我的第一位编辑、我的头号粉丝、我最温柔的批评者，感谢他为我的梦想助威，感谢他让我保持脚踏实地，感谢他拿我作为他的主要笑柄。最重要的是，我感谢他成为我最好的朋友与最特别的丈夫、父亲与精神病医生，总是毫不犹豫地成为爱的源泉。如果没有他以及我们三个好孩子塞巴斯蒂安、埃洛伊塞与玛丽亚－特雷莎，我可能永远都无法完成本书。我感谢他们每一个人，感谢他们无穷无尽的耐心、持续不断的爱，感谢他们的欢笑，感谢他们参与这一切，并忍受着这么多年的探索与我许多单调的日子。他们不断给我的当下带来欢乐宠爱——成为远离过去的避难所。如果没有他们的光芒，黑暗将过于令人生畏。

我特别感谢我的母亲玛丽亚·克里斯蒂娜·安索拉，感谢她爱上我父亲，感谢她教会我那么多事，感谢她数百小时的对话，感谢她的爱、智慧、指点与友谊。我感谢约翰·海曼，感谢他三十多年来一直是她心爱的伴侣，感谢他对我与我家明智的建议与善意。

我非常感谢我的阿姨马亚伦·安索拉，她同我一起投身黑暗之中。她的建议与爱，她在书信、泰雷津历史与写作上的帮助价值连城。我有幸在现实中和精神上都由她作为我的教母。感谢她的丈夫恩佐·维斯库西，感谢他一直是我的支持者，感谢他讲述的精彩故事，感谢这些年来他从夹克口袋里掏出的数百首诗。

感谢我的哥哥伊格纳西奥，感谢他把我扔进泳池，感谢我们的聊天、他的回忆，感谢他的耐心与爱。感谢凯与格雷斯使他保持完整。

感谢我的堂姐马达拉，感谢她在这次奇妙冒险中的信任、爱与陪伴。感谢她的丈夫斯蒂芬·斯特罗贝尔在此过程中对我们的支持。也感谢我的堂姐苏珊娜与堂姐夫菲利佩，感谢他们允许我讲述洛塔尔的故事，感谢他们的鼓励。

感谢我在安索拉家那边的所有亲戚，感谢他们的支持，感谢他们对我父亲的回忆。感谢阿尔弗雷多·何塞照顾我。感谢弗洛林达·佩纳分享她的与我哥哥米格尔有关的回忆，感谢她一直是我的闺蜜。

我也感谢我所有的新家人，我出色的捷克、英国、法国与美国亲戚们，他们忍受了我没完没了的问题，分享了他们的回忆，在他们的阁楼与盒子里翻找纪念品来帮助我，感谢你们所有人的鼓励与支持。我唯一的遗憾是，我做不到将你们分享给我的每一个精彩故事都囊括在内。我特别感谢格雷格·纽曼寄来他父亲收藏的邮票，感谢维克托·纽曼所有的信息与对话，感谢耶纳·诺伊曼诺娃与她丈夫谢尔盖·韦特拉奇尼的故事、爱与香草小甜饼，感谢我的表姐达尼埃拉·施米多娃，感谢她的照片，感谢她翻译并分享她母亲的文字。所有人都极其热情善良，慷慨提供他们的时间与回忆。此外我还要特别感谢两位苏珊娜·帕努什科娃，感谢在利兹度过的美好的一天，感谢族谱、照片与故事。感谢他们的家人，也感谢扬·希克与卡罗利娜·姆尔克维奇科娃。

感谢卡罗琳娜·埃雷拉一直在我身边，从加拉加斯花园的那些星期六早上开始，她始终是秘靴俱乐部完全尽忠的会员。但愿我们有另外一千次冒险与谜团要一起完成。感谢莉萨·特雷恩充当我的读者、我的宣传者，感谢她倾听我没完没了地瞎聊我的追求，检查我的癫狂程度。感谢奥雷利·贝里阅读、聆听、评论，感谢她持续提供图书与文章，尤其感谢她作为手表、双联画、明信片以及玩偶摄影师的才华。本书中许多物件的照片都出自她之手。感谢卡罗琳·施密特·巴尼特的友谊、德式拥抱与宗教课程。感谢埃玛·布莱斯代尔数之不尽的散步与永无终结的谈话。

感谢塔德·弗兰德的所有建议、敏锐的洞察力、耐心的指点、布鲁克林茶以及不同寻常的在行车中读写的能力。感谢玛格达·韦塞尔斯卡,感谢她坚韧不拔地查阅每一份档案,感谢她的侦探技巧与对我数百封满是问题的电子邮件的耐心。感谢安娜·哈伊科娃的知识、指点、宽容、幽默感与友谊。

感谢卢卡斯·普日比尔,感谢他破解了那么多书信与文件,帮助我解开了那么多谜团,感谢他总是不拘一格地思考问题,感谢他永远一个电话就能联系到,感谢他持续打气,最重要的是,感谢他的友谊。普日比尔先生,我在此任命您为秘靴俱乐部名誉主席(即使你欠我一些你母亲的香草小甜饼)。同样感谢加布里埃拉·普日比洛娃在泰雷津书信原始译文上的帮助。

感谢伊万·内德维德克、埃娃·内德维德科娃与耶纳·斯特拉科娃,感谢你们的时间、持续的微笑以及对我与我家人无限的善意。你们的母亲与继父冒着巨大的风险隐匿并帮助我的父亲,对此我无论怎么感谢都不为过。幸亏有他们的勇气,我父亲才能够幸存,我才能够在这里讲述我家与你们家的故事。

感谢小兹德涅克·图马与他的侄女巴尔博拉·图莫娃,感谢他们花时间分享这些关于我父亲无上勇气与忠诚朋友的精彩故事、回忆与照片。

感谢米哈尔·佩日纳,感谢保险箱里的文件,感谢那张美丽的书桌,感谢在利布其采的那个美妙下午,以及他欢迎我造访他住房的善意。

感谢伊日·哈夫尔达,感谢他作为令人难以置信的情报来源,感谢他关于科拉尔的纪录片,感谢他如此愿意透露消息，如此充满欢乐，当然还要感谢他帮我找到露西娅。感谢我的新朋友露西娅·艾伯哈德，感谢她允许我写下她英勇非凡的母亲兹登卡的事。感谢她对我的信任，感谢她慷慨分享她母亲的过去，感谢她的善意与她所有可爱的书信与照片。感谢博任娜·马茨科娃花时间回忆家人与她的表姐兹登卡。

感谢阿莱纳·博尔斯卡回忆她最好的朋友、我的表姑薇拉。感谢她分享地下学校的事，并允许我使用她的精彩照片。

感谢另一位新朋友贝阿特丽策·苏希尔，感谢她极度的同情心，感谢她将她父亲弗兰蒂泽克·朗格尔的回忆、照片与事迹托付给我，并分享她家的基恩画作。她父亲同我的祖父母在恐怖年代缔结友谊；而在一个但愿更温和的世界里，我们世代延续这份友谊。特别感谢朗格尔工程师的外孙斯坦·毛赖什，感谢他为提供那张精彩的基恩肖像画照片所付出的一切努力。

感谢伊夫林·爱泼斯坦与她妹妹玛格丽特·波利科夫，感谢她们的坦诚与热情，感谢她们分享她们外祖母施特拉·克龙贝格尔的事迹。

感谢马费·马查多、凯文·特拉维斯与埃利奥特·布罗斯一直在我身边并信任我。还有许多我必须致谢的人，他们最近或很久以前直接在调查和写作过程中帮助我，有时也在不知不觉中帮助我，经常回答问题或提出问题，投入时间或讲出实情，他们有：塞萨雷·萨切尔多蒂、纳塔莉·查里斯、夏洛特·坎宁安、马克·坎宁安、奥利纳·佩克娜、斯坦利·布克塔尔、罗杰·穆尔豪斯、杰茜卡与阿达姆·苏韦达尼、盖伊·沃尔特斯、芭芭拉·席布、马丁娜·福格特、卡罗琳·施泰因克、乌尔里克·维尔纳·格里姆、弗洛里安·鲁德克、马丁·纳夫拉蒂尔、米拉达·科金索娃、克劳迪娅·塞亚与约翰内斯·施密特、索菲·福希耶、埃洛伊·安索拉·E、罗德里戈·安索拉、帕特里夏·安索拉、迭戈·安索拉、罗伯特·贾米森、彼得·罗森贝格、乔安娜·埃布纳、尼克·克拉本、梅雷迪思·卡普兰、卡米拉·帕特里奇、罗伯托·许马塞罗、伊丽莎·阿卡亚、霍尔达纳·弗里德曼、莉萨·罗森、阿尔瓦·德·阿蓬特、塞西利亚·德·路易斯、罗慕洛·塞尔帕、埃里克·肖、布赖恩·亚当斯、阿莉西亚·格里马尔迪、本·帕西科夫、霍华德·法尔克森、阿龙·伊泽斯、利奥妮·梅林杰、汤姆·格罗斯、基思·克雷格、弗洛里安·吕德克、保罗·伯德、罗宾·约翰逊、马汀·纳夫拉蒂尔、路易斯·E.阿尔卡拉、科西马·卡特、里卡多·诺伊曼。感谢我的表弟埃洛伊·安索拉发现细节的眼光与技术专长，感谢瓦妮莎·诺伊曼照料玩偶，感谢萨姆·恩达科特在最初的组织与调查上的帮助，感谢丹尼尔·勒科尔东对手表的喜爱，感谢杰茜卡·亨利–普赖斯绘制的美丽地图，感谢米夏埃尔·哈斯劳关于魏森塞的丰富专业知识与他的照片，感谢阿尔巴·阿里卡的评论与鼓励，感谢梅内娜·科坦的艺术品，感谢贾尔斯·纳尔逊照看毛毛，以及感谢佩德罗·梅内塞斯·因伯（我祈祷您所在之处不存在时间），包括提供了我的第一本讲犹太教的书。感谢伟大的作家、我非凡的大学文学教授胡安·阿朗索的启发与鼓励。1993年我向他承诺写一本书，很抱歉我花了这么久。感谢所有其他人，我可能在本书付梓前一时没想起他们，但他们仍永远在我心中，谢谢各位。

最后，我非常感谢那些<u>直接参与本书创作的人</u>。

感谢我的两位优秀编辑苏珊娜·巴博诺与里克·霍根，衷心感谢他们从一开始就理解我的想法，感谢他们让本书变得比原先好得多，感谢他们帮助我实现既定目标。我十分感谢苏珊娜精心打磨手稿，感谢无数次愉快的对话，感谢小鸭子，感谢拥抱。感谢里克绝妙的创造性建议、共进的午餐、热情与欢笑。也非常感谢西蒙与舒斯特以及斯克里布纳的优秀团队，尤其感谢伊恩·查普曼持续的鼓励与美妙的电子邮件，感谢娜恩·格雷厄姆给我的大丽花，感谢她与罗兹·利佩尔精彩的建议与支持。感谢商楷雅（音）的严谨、汽车与象征性的握手。感谢埃米莉·格林沃尔德提供所有的答案。感谢贝克特·鲁埃达的帮助与对工作的全情投入。感谢布赖恩·贝尔菲利奥的热情与善良。感谢贝丝·托马斯精心的文字加工，尤其是感谢她伸出援手。感谢正在制作本书的弗朗西丝卡·西罗尼与为本书排版的M.鲁尔斯。感谢才华横溢的沙恩·威尔逊为本书设计了精美的封面。感谢艾特肯·亚历山大的每一个人，尤其感谢格芬的慷慨支持与极速回复电子邮件的惊人能力。我得到了最好的指点与关照——同各位共事绝对是一种乐趣。

非常感谢温迪与比尔·吕尔斯，感谢他们一贯的才华以及对精神与观点的慷慨分享，引领我找到合适的人，使我得以将这项调查变成一本回忆录。

感谢玛丽亚·坎贝尔，感谢她对一个陌生人的善意，以及她把我介绍给克莱尔·亚历山大的不可思议的远见，后者同我有许多共同之处，并恰好是世界上最好的代理人。

克莱尔是我遇到的最聪慧的女子，没有她对我、对这个故事的信任与坚定不移的支持，本书根本就不可能成书。在许许多多方面，这也是她的故事。感谢她帮助我捕捉亮点，感谢她指点我把它塑造成一个连贯的整体，感谢她持续不断的明智建议，感谢她成为我的支持者，以及最重要的是，成为我的朋友。她对耳环的品位也非常棒。

还要感谢以下机构与档案馆花时间用专业知识帮助我：

Archiv bezpečnostních složek, Praha（布拉格安防服务档案馆，Archives of Security Services in Prague）

Archiv hlavního města Prahy（布拉格市政档案馆，Municipal Archives of Prague）

Archiv města Brna（布尔诺市政档案馆，Municipal Archives of Brno）

Archiv města Košice（科希策市政档案馆，Municipal Archives of Košice）

Archiv Městské části Praha 8（布拉格第八区市政档案馆，Archives of the Prague 8 Municipality）

Federace židovských obcí v ČR（捷克共和国犹太社区联盟档案馆，The Archives of the Federation of Jewish Communities in the Czech Republic）

Národní archiv, Praha（布拉格国立档案馆，National Archives in Prague）

Moravský zemský archiv, Brno（布尔诺摩拉维亚土地档案馆，Moravian Land Archives in Brno）

Památník Terezín（泰雷津纪念馆，Terezín Memorial）

Pinkasova synagoga, Židovské muzeum v Praze（布拉格平卡斯犹太会堂与犹太博物馆，The Pinkas Synagogue and the Jewish Museum of Prague）

Státní oblastní archiv v Praze（布拉格国家区域档案馆，State Regional Archives in Prague）

Státní okresní archiv v Hradci Králové（赫拉德茨－克拉洛韦国家区域档案馆，State District Archives in Hradec Králové）

Státní okresní archiv v Teplicích（特普利采国家区域档案馆，State District Archives in Teplice）

Státní okresní archiv v Třebíči（特热比奇国家区域档案馆，State District Archives in Třebíč）

Vojenský ústredný archív, Bratislava（布拉迪斯拉发中央市政档案馆，Central Military Archives in Bratislava）

Landesarchiv（柏林档案馆，The Berlin Archive）

Centrum Judaicum, Berlin（柏林犹太人中心）

Gedenkstätte Stille Helden（柏林无声英雄纪念馆，The Silent Heroes Memorial in Berlin）

The Auschwitz-Birkenau Archives（奥斯威辛-比克瑙档案馆）

Yad Vashem, Jerusalem（耶路撒冷以色列犹太大屠杀纪念馆）

The Wiener Library, London（伦敦维也纳图书馆）

参考文献

本书并非历史书，但尽可能准确地叙述了我家人与他们遇到的许多人的生活。书中描述的个人事迹来自经历过这些事的人们的书信、官方与个人文件、回忆录与逸事，有书面的，有口述的。这些回忆与逸事不可避免地受到时间与记忆的影响，但即便如此，它们仍是真实的。

多数物品、文件与照片属于我自己家。少数借自档案馆或相关家庭。

本回忆录的其他具体与一般的背景信息、数据与创意是通过多年的调查与阅读历史及有关记忆、身份、创伤、第二次世界大战与种族灭绝的小说搜集得来。它来自大范围的资料，包括以下珍贵文献：

文章与图书

H.G. Adler, *Theresienstadt 1941-1945* (New York: Cambridge University Press, 2017).

Madeleine Albright, *Prague Winter. A Personal Story of Remembrance and War 1937-1948* (New York: Harper Collins, 2012).

Hannah Arendt, *Eichmann in Jerusalem. A Report on the Banality of Evil* (New York: Penguin Books, 1994).

Alba Arikha, *Major/Minor. A Memoir* (London: Quartet Books, 2011).

British Intelligence Objectives Sub-Committee, G. Palmer, A., Mc Master, H. Hughes, *German Aircraft Paints*, 18 October-10 November 1945, Final report 365, Item 22. London 1946.

Donald de Carle, *Watch & Clock Encyclopedia* (London: Robert Hale, 1999).

Hans Fallada, *Alone in Berlin* (London: Penguin, 2010).

Viktor E. Frankl, *Man's Search for Meaning. The Classic Tribute to Hope from the Holocaust* (London: Random House, 2004).

Saul Friedländer, *The Years of Extermination* (London: Weidenfeld & Nicolson, 2007).

Jeremy Gavron, *A Woman on the Edge of Time. A Son's Search for his Mother* (London: Scribe, 2015).

Nancy R. Goodman, Marilyn B. Meyers, *The Power of Witnessing: Reflections, Reverberations, and Traces of the Holocaust: Trauma, Psychoanalysis, and the Living Mind* (London,

Routledge, 2012). The quote by Norbert Fryd is from p.191.

Ulrich Werner Grimm, *Zwangsarbeit und "Arisierung". Warnecke & Böhm-Ein Beispiel* (Berlin: Metropol, 2004).

Anna Hájková, *The Last Ghetto: An Everyday History of Theresienstadt, 1941-1945* (New York: Oxford University Press, forthcoming).

Anna Hájková, "Sexual Barter in Times of Genocide: Negotiating the Sexual Economy of the Theresienstadt Ghetto", *University of Chicago Signs*, Vol. 38, No. 3 (Spring 2013), pp. 503-533.

Trudy Kanter, *Some Girls, Some Hats and Hitler. A True Story* (London:Virago, 2012).

Sven Felix Kellerhof, *Berlin Under the Swastika* (Berlin: Bebraverlag, 2006).

Gerda Weissmann Klein, *All But My Life. A Memoir* (London: Indigo, 1995).

Ivan Klíma, *My Crazy Century. A Memoir* (New York: Grove Press, 2013).

Heda Margolius Kovaly, *Under a Cruel Star: A Life in Prague 1941-1968* (London: Granta, 2012).

Zdenek Lederer, *Ghetto Theresienstadt* (New York: Howard Fertig, 1983).

Primo Levi, *If This Is a Man, The Truce* (London: Abacus,

2014).

Primo Levi with Leonardo de Benedetti, *Auschwitz Report* (London: Verso, 2006).

Steven A. *Lloyd, Ivory Diptych Sundials 1570-1750* (Cambridge: Harvard University Press, 1992).

Daniel Mendelsohn, *The Lost. A Search for Six of Six Million* (London: William Collins, 2013).

Anne Michaels, *Fugitive Pieces* (London: Bloomsbury, 1997).

Patrick Modiano, *La Place de L'Etoile* (Paris: Gallimard, 1968).

Patrick Modiano, *Livret de Famille* (Paris: Gallimard, 1977).

Melissa Müller and Reinhard Piechoki, *A Garden of Eden in Hell: The Life of Alice Herz-Sommer* (London: Pan Macmillan, 2008).

Gonda Redlich and Saul S. Friedman, *The Terezin Diary of Gonda Redlich* (University Press of Kentucky, 1992).

Livia Rothkirchen, *The Jews of Bohemia and Moravia – Facing the Holocaust* (Lincoln: University of Nebraska Press and Jerusalem: Yad Vashem, 2005).

Philippe Sands, *East West Street. On the Origins of Genocide and Crimes Against Humanity* (London: Weidenfeld & Nicolson, 2016).

Simon Schama, *Belonging. The History of the Jews* (London:

Random House, 2017).

Vera Schiff, *Therensienstadt: The town the Nazis gave to the Jews* (Michael Schiff Enterprises, 1996).

W.G. Sebald, *The Emigrants* (London: Harvill Press, 1997).

Gita Sereny, *Into That Darkness. From Mercy Killing to Mass Murder* (London: Pimlico, 1995).

Mary Jalowicz Simon, *Gone to Ground* (London: Profile Books, 2014).

Ervin Staub, *The Roots of Evil. The Origins of Genocide and Other Group Violence* (New York: Cambridge University Press, 1989).

Bernard Taper, "Letter from Caracas", *New Yorker*, 6 March 1965, pp. 101–143.

Richard Tedeschi and Lawrence Calhoun, *Trauma & Transformation. Growing in the Aftermath of Suffering* (Thousand Oaks: Sage Publications, 1995).

Marie Vassiltchikov, *The Berlin Diaries 1940-1945* (London: Pimlico, 1999).

Edmund de Waal, *The Hare with Amber Eyes: A Hidden Inheritance* (New York: Picador, 2011).

Jirí Weil, *Mendelssohn is on the Roof* (London: Daunt Books, 2011).

Jirí Weil, *Life with a Star* (London: Daunt Books, 2012).

Sarah Wildman, *Paper Love: Searching for the Girl my Grandfather Left Behind* (New York: Riverhead Books, 2014).

以下网站与机构提供了文章、数据与信息：

网站

Auschwitz.org

cdvandt.org

www.holocaust.cz

The Holocaust Encyclopedia United States Memorial Holocaust Museum（美国大屠杀纪念馆大屠杀百科），www.ushmm.org

www.forgottentransports.com

The Visual History Archive of USC/Shoah Foundation（南加州大学／大屠杀基金会视觉历史档案馆），sfi.usc.edu

Yad Vashem, The World Holocaust Remembrance Center（以色列犹太大屠杀纪念馆，世界大屠杀纪念中心），www.yadvashem.org

机构

Archives of the Prague 8 Municipality（布拉格第八区市政档案馆）

Archives of Security Services in Prague（布拉格安防服务档

案馆）

  Auschwitz–Birkenau Archives（奥斯威辛 – 比克瑙档案馆）
  Berlin Archive（柏林档案馆）
  Federation of Jewish Communities in the Czech Republic, Prague（布拉格捷克共和国犹太社区联盟）
  Central Military Archives in Bratislava（布拉迪斯拉发中央市政档案馆）
  Central Technical Library of Transport, Prague（布拉格中央交通运输技术图书馆）
  Centrum Judaicum, Berlin（柏林犹太人中心）
  Moravian Land Archives in Brno（布尔诺摩拉维亚土地档案馆）
  Municipal Archives of Brno（布尔诺市政档案馆）
  Municipal Archives of Košice（科希策市政档案馆）
  Municipal Archives of Prague（布拉格市政档案馆）
  Museum Pankow, Berlin（柏林潘科夫博物馆）
  National Archives, Prague（布拉格国立档案馆）
  State Regional Archives in Prague（布拉格国家区域档案馆）
  State District Archives in Hradec Králové（赫拉德茨 – 克拉洛韦国家区域档案馆）
  State District Archives in Teplice（特普利采国家区域档案馆）
  State District Archives in Třebíč（特热比奇国家区域档案馆）
  Terezín Memorial Archives（泰雷津纪念档案馆）

图片版权归属

2　　提供者：Pinkas Synagogue, Jewish Museum in Prague（布拉格平卡斯犹太会堂与犹太博物馆）

111　　提供者：State Museum Auschwitz–Birkenau at Oswiecim（奥斯威辛 – 比克瑙国家博物馆）

120　　提供者：National Archives, Praha（布拉格国立档案馆）

146　　提供者：National Archives, Praha（布拉格国立档案馆）

256　　提供者：Michael Haslau（米夏埃尔·哈斯劳）

291　　提供者：Federation of Jewish Communities of the Czech Republic（捷克共和国犹太社区联盟）

312　　提供者：National Archives, Praha（布拉格国立档案馆）

译后记

还在念书的时候，我同几个朋友一起接了一本学界某前辈的大部头来合译。那是一个莽撞的决定，因为那本书的主题不属于我们任何一人的研究领域，最多只有一点间接的关系，以至于其中一位朋友的导师得知此事后这样吐槽："×××的书你们都敢翻啊？"毫无疑问，翻译的过程自然是苦不堪言（尽管为了翻译那本书而熟悉的威妥玛拼音在后来的工作中帮了我大忙），那时候我就想，以后再也不翻书了。果不其然，十多年过去了，那本天坑至今仍未出版。

然而，我并不是一个意志坚定的人，总是被好书所勾引，于是接了一本又一本。之所以接下（明明是近水楼台先得月好吧）阿里亚娜这本家族回忆录，是因为它对我而言实在太具诱惑力。这种诱惑力不仅仅在于它的主题是我长年深耕的纳粹与犹太人大屠杀，更在于阿里亚娜是讲故事的高手，她能够把一段悲恸的往事写得悬念丛生。早在做选题论证的时候，我就深陷其中了，不惜熬夜读完样书，写出论证报告。版权到手，到了找译者的阶段，我二话不说，截和。

在此之前，我已读过大量关于纳粹与犹太人大屠杀的著作，政治哲学、历史学、非虚构文学，不一而足，但没有哪一本像本书这样疑团重重，也没有哪一本像本书这样，先展示出种种美好，再把这些美好被逐步摧毁的过程详细呈现给读者。正如我在选题论证报告中所写的："本书是幸存的犹太人后代根据家人遗留的档案拼凑出的家族史，其中有人于第二次世界大战前就移民走了，有人直接被送进奥斯威辛杀害，有人先进了其他集中营，直到最后才被送进奥斯威辛杀害，有人逃脱被遣送集中营的命运，还有非犹太人的亲友帮助家族各人，可以说是以一个四口之家为主线，牵扯出整个家族三十多人的命运，由此折射出第二次世界大战时期犹太人经历的群像。作者寻找家族历史的过程穿插其间，也有侦探小说的感觉。这使得本书非常好看，也与同类题材作品非常不一样。"

接下本书的时候，我正在到处看房，打算给自己安下一处固定的住所。因此，在翻译的一年里，白天的时间，工作日要上班，休息日忙于买房—装修的漫长历练，留给翻译的往往是深夜。在这三百多个深夜里，我深入汉斯与阿里亚娜的世界，共情着他们的欢乐、他们的疑惑、他们的不安、他们的恐惧、他们的痛苦。由于本书，对现在的我而言，布拉格很亲切，柏林有点可怕，尽管我从未踏足过欧洲；而说起加拉加斯，我总是想起曾经到访的某加勒比海岛国,虽然我只在那里逗留了不到一天半。也正是在这三百多个深夜里,遥远时空中的悲恸透过电脑屏幕上不同语种间的转换而逐字逐句渗透出来,与当下的现实形成共鸣。为此,我只有祈求历史永远不要重演。

子扉我
2024年谷雨　芙蓉之巅灵霄阁

图书在版编目（CIP）数据

时间停止了：父亲的战争及其遗存 /（委）阿里亚娜·诺伊曼著；子扉我译 . —上海：上海社会科学院出版社，2024

书名原文：When Time Stopped : A Memoir of My Father's War and What Remains

ISBN 978-7-5520-4130-9

Ⅰ. ①时… Ⅱ. ①阿… ②子… Ⅲ. ①回忆录—委内瑞拉—现代 Ⅳ. ① I774.55

中国国家版本馆 CIP 数据核字（2023）第 092744 号

Copyright © ARIANA NEUMANN, 2020
Simplified Chinese edition copyright © Shanghai Naquan Cultural Diffusion Co., Ltd., 2024
This edition is arranged with Aitken Alexander Associates through BIG APPLE AGENCY.
All rights reserved.

上海市版权局著作权合同登记号　图字：09-2023-0483
审图号：GS（2024）0991 号

时间停止了：父亲的战争及其遗存

著　　者：[委]阿里亚娜·诺伊曼
译　　者：子扉我
选题策划：风之回响 RESONANCE
责任编辑：包纯睿　刘欢欣
特约编辑：沈乐慧
审　　校：肖小蕾
装帧设计：王媚设计工作室
出版发行：上海社会科学院出版社
　　　　　上海顺昌路 622 号　邮编 200025
　　　　　电话总机 021-63315947　销售热线 021-53063735
　　　　　https://cbs.sass.org.cn　E-mail: sassp@sassp.cn
印　　刷：上海盛通时代印刷有限公司
开　　本：890 毫米 ×1240 毫米　1/32
印　　张：11.5
字　　数：215 千
版　　次：2024 年 11 月第 1 版　2024 年 11 月第 1 次印刷

ISBN 978-7-5520-4130-9/I·488　　　　　　　　　定价：68.00 元

版权所有　翻印必究